温暖的记忆

天门教师作家作品选

天门市作家协会

编

北方文艺出版社

图书在版编目(CIP)数据

温暖的记忆：天门教师作家作品选／天门市作家协会编. -- 哈尔滨：北方文艺出版社，2021.5
ISBN 978-7-5317-5039-0

Ⅰ.①温… Ⅱ.①天… Ⅲ.①中国文学-当代文学-作品综合集 Ⅳ.①I217.1

中国版本图书馆 CIP 数据核字(2021)第 022555 号

温暖的记忆：天门教师作家作品选
WENNUAN DE JIYI TIANMEN JIAOSHI ZUOJIA ZUOPINXUAN

编　者／天门市作家协会

责任编辑／李正刚　　　　　　　　装帧设计／书香力扬

出版发行／北方文艺出版社　　　　网　址／www.bfwy.com
邮　编／150008　　　　　　　　　经　销／新华书店
地　址／哈尔滨市南岗区宣庆小区 1 号楼
发行电话／(0451) 86825533

印　刷／成都兴怡包装装潢有限公司　开　本／880×1230　1/32
字　数／250 千　　　　　　　　　　印　张／9.75
版　次／2021 年 5 月第 1 版　　　　印　次／2021 年 5 月第 1 次印刷

书　号／ISBN 978-7-5317-5039-0　　定　价／68.00 元

目录
CONTENTS

诗　歌

小

说

龚春霞

君自故乡来

1

下午四点半，萧竹薇决然地拎起包包，头都不回地走出公司的大楼。大楼外面正下着蒙蒙小雨，她毫不迟疑，三步并作两步地走下台阶，快速地走上街边的人行道，感觉到行道树将自己与公司大楼完全隔绝，后背上没有目光的灼烧之后，她才松了一口气，稍稍放慢了脚步。

一块块彩砖泛着水光，歇落着黄绿交杂的树叶。她感觉自己也像这软绵绵的树叶一样，沮丧至极；又像一只在天空中飘浮的气球，外表轻盈，内里却膨胀着快要爆炸了的惊恐。

小城雨中的街道整洁而清静，在微凉的风雨里，她漫无目的地沿着街边的店铺一家一家走过去，有一眼没一眼胡乱地瞅着。几次摸出手机想打电话，终究一次次放弃了。

快到家的时候，西边的云层里露出了阳光，树枝上偶尔落下一两滴水珠，掉在头上，渗进头发，温热的头皮被冷水濡湿了，她也清醒了一大半。

其实一路上都希望着，手机能传出什么响动，不管是江俊廷、刘清洛，还是白继舜，不管是什么消息，至少让她感觉自己还是个活物，还没有被这个世界抛弃……

2

每天早上五点半，萧竹薇准时醒来，睁着眼睛，等候闹钟的声音。待闹钟响起，她便一边关闹钟，一边喊醒隔壁房间的女儿含嫣。含嫣读高二，聪明乖巧，学习上并不怎么要她操心。往往是早上她喊含嫣起床，晚上再守候含嫣回家，弄点夜宵，谈谈校园新鲜事，或者母女间谈谈心，再各进各的房间，一天就算安安稳稳地过去了。

进了卧室的萧竹薇没有马上睡觉。她打开电脑上的地图，鼠标移动中，沿着京广线一路挥师南下：岳阳、长沙、株洲、韶关……地图放大，海珠区、广州大道南，迷宫一样的街街巷巷出现在她眼前。她侦察兵一样地琢磨着江俊廷说过的每一个地名：南城、中大、上冲，哪儿是他所住的出租屋，哪儿是他买过食物的面包房，哪儿是他买过白加黑感冒片的大药房……渐渐地，在她的脑海里，以江俊廷租住屋为中心，四周的面包房、奶茶店、药店、小超市、风味小餐馆自动融汇成一个部落。在这个部落里，有她的爱人，他背负着全家的希望，独自在异乡打拼。

有一天她蓦然惊觉，原来眼巴巴地查看着地图，寻觅着千里之外的蛛丝马迹的自己，不知不觉竟也成为留守妇女大军里的一员——丈夫背井离乡、妻子独守空房。生不易，活不易，万般皆不易，一股莫名的悲怆自萧竹薇的胸腔幽幽散发开来。

　　每天下班后，她便一个人随便弄点吃的，差不多天快黑了，就往附近广场上去。广场上非常热闹，太极剑、广场舞、气功，还有小孩子们的各种游戏，嘈杂而沸腾，让她如此喜欢。这广阔而充满生活热情的场面，无声无息地消融掉她的渺小与孤独，让她暂时忘掉自己是一只孤单的大雁，是一个没有男人陪伴的女人。

　　广场西侧入口处，栽种着几棵高大的合欢树，夏季的时候粉红的花朵开得茂密而多情。临近黄昏，天际总是缀满彩色鱼鳞，连乌黑的云彩也镶上了一圈圈绚烂的金边。她常常从人群里抬起头，满怀深情地凝望着那高高的合欢树，树上粉红色的树冠，静静地绽放在幽蓝无垠的天幕上，多像古代女人的凤冠霞帔，隆重而盛大；又多像出嫁新妇簇新的红装，娇艳而绮丽。

　　可这一切，都是虚幻的。红颜如画，她的良人远在天涯。

　　江俊廷停薪留职去广州做档口，萧竹薇没有告诉任何人。一是担心外人知道她男人不在家后，可怜、欺负她娘俩；二是无法预测江俊廷会有一个什么样的未来，如果不能富贵还乡呢？单位里的同事没有人知晓，就连左邻右舍偶尔无意中问起"这些天没见到你家帅哥呢"，她也是呵呵两声就搪塞过去了。

　　起初，她总是隔三岔五询问档口的生意情况，跃跃欲试地希望参与进去，为千里之外的老公助一臂之力。江俊廷不忍拂了她的热情，提议她在电脑上找版，要求是时尚、新潮、吸睛，并发了几款样品供她参考。有一件豹纹裙子，肩头露着，胸部是网纱，下摆短短的；还有一件拼接的裙子，上半身粉红色，领子很低，从左肩斜到右臂下，胸前缀着同色的蕾丝花瓣——都是那种露得特别多，又性感十足的女装。

从那天起，她一有空便打开淘宝网，像个担负选美任务的网络特工，将女装一页页地翻开，兴致勃勃地浏览、下载、保存，然后发给江俊廷。对头几次发过去的图片，江俊廷是持鼓励态度的。他说："不错不错，还可以选更好的。"再后来，江俊廷就不要她选了，一是怕耽误她工作，二是说她不了解市场，根本不了解哪些款式及风格正流行。

萧竹薇自我解嘲道： "归根结底是长期幽居在家，眼光不行。"

既然如此，便也罢了。接下来的生意如何，萧竹薇不太清楚，帮不了忙便不敢多过问。她负责后方稳定，他负责开疆拓土，他就算是上了贼船，一路狂风恶浪，也该他去面对。她对聪明的老公是充满希望的，如果生意做得顺，他们就去新城买个大一点的房子，告别目前这老旧的单元；也为公公婆婆在乡下盖一幢简单点的新屋子，通水通电，让他们安度晚年——万一败走麦城，也还有退路呀，江俊廷是办了停薪留职手续的，回来还可以继续上班。

小家庭正在按照规划蓝图发展；虽是摸着石头过河，但前景应该是乐观的。可她自己，却遇到了麻烦。

3

那一天，座机响了，同事握着话筒喊萧竹薇："刘总叫你去办公室！"

总经理刘清洛坐在宽大的办公桌后，看见她进去了，视线却忽地闪到一旁，说："上海有一个行业观摩会，你想不想去？"她不假思索地说了声想去，却又本能地说了声怕。她还没去过上海呢，只身千里赴会，她想都不敢想。

等了一会儿，见刘清洛没有再说话的意思，萧竹薇退了出来。出来时，她悄悄地看了看刚才刘清洛一直盯着的墙角，那儿除了一棵长势茂盛的发财树，并没有什么异样。

萧竹薇内心里一直很感激刘清洛。

四年前，这家公司缺少写材料的人，她只不过是偶尔写些豆腐块发表一下，竟然顺利地应聘进来。办公室是个嘈杂的地方，人来人往，偏偏萧竹薇却是个安静的人，勤勤恳恳，任劳任怨。麻麻利利地把手头的事做完了，她就在自己的位子上看看书，戴着耳机听听音乐。

一个月之后，财务科没有发她的工资，她不好意思去打听；两个月时，工资还没有动静，她有点坐不住了——再高风亮节，也不能白干吧！

那天，财务科长有事来办公室，刘清洛不知怎么也来了。他与财务科长聊了几句其他的事，转头看见萧竹薇，便问萧竹薇工资发了没有。她说还没有，刘清洛听了，脸色一沉，转过身厉声责问财务科长："财务科是怎么搞的！两个月都发不出来工资？人家是人才，到我们公司是受委屈了，你们不能这样怠慢！"

她是人才吗？对刘清洛的好感与信任，霎时间如一股激流迸发出来，又马上被一股强力猛烈地按压进身体里，整个人却像踩在阳光照射着的云端里，温暖而柔软起来。

时间久了，萧竹薇看出刘清洛的刚愎自用，但那也许是自信与果断吧。他话语很少，脾气很大，经常把公司上上下下的员工教训得战战兢兢，女人们被批得灰头土脸后，聚在一起免不了说说他的坏话，这让萧竹薇略略地不开心。

第二天，萧竹薇从走廊里经过，副总经理白继舜迎面走来，她朝他微微一笑，算是打招呼。眼看要擦肩而过了，白继舜蓦然开腔问她："哪天动身?"

"啥?"萧竹薇愣了一下。

"去上海呀! 刚才在会上都说了。说要和你到上海出差，把其他工作都安排好了。"白继舜声调猛然拔高了八度，生怕她听不见。

白继舜和刘清洛关系不好众人皆知，他每一句话都省略了主语，可每一句话都是赤裸裸地指名道姓，指向刘清洛。

萧竹薇的脸上顿时火烧一般，她感觉整座楼的人都听见了白继舜不怀好意的挑衅。她没参加过公司管理层的会议，不知道刘清洛葫芦里卖的什么药，不敢多言，随口应了声，便匆匆地离开了。

她退回办公室，白继舜的话让她根本就平静不下来。想了想，决定起身去找刘清洛。

刘清洛坐在办公桌后看着报纸。见她进去，只抬了抬眼睛，不说话，视线旋即又转到报纸上去了。

萧竹薇不敢直接问，拿白继舜的话试探："刘总，我刚才上楼，在过道碰到白总了。"

她停了下来，不知道该不该往下说。刘清洛又抬了抬眼睛，看了她一眼。她脸一红，索性把话说了出来："白总问，哪天去上海?"

刘清洛默默地听完，并不看她，只从鼻腔里"嗯"了一声。然后从容地放下报纸，伸手端起桌上的水杯，缓缓站起来，站定了，才抬起眼认真地看着她，一字一句地回答她："你说不敢去，我陪你。"

他的理由简洁明了，他的语气轻松平淡，不禁让萧竹薇心生怀疑：难道他是有意安排的？因为他一直都对自己印象不错，想给自己这样一个机会，是吗？

她记起有一次公司组织优秀员工外出旅游，安顿下来后，手机里突然冒出来一条短信："开心吗？"

就算是平时工作中，刘清洛也没给她发过短信。而那夜半时分横空出世的三个字，雷电轰鸣般，击得她眼前金光直冒，脑瓜嗡嗡作响。整个夜晚，她头脑都晕晕乎乎的，仿佛睡在海浪起伏的船上，又害怕又不知所措。他是上司，还是霸道的上司，她该怎么办？

或许，是他发错了？这样一想，平静了许多。第二天清早，她装作刚睡醒的样子，不露声色地回复了镇守公司的他："开心。谢谢。"

旅游结束回来之后，作为一个寡言的女子，每天从他身边经过一百遍，她依旧安静到一句多余的闲聊都没有，除非他先开口，或者她需要向他汇报工作。那条短信如一滴莫名其妙的水，无声无息地湮灭在沙漠深处了。

对了，还有一次，她送材料到他办公室，将材料放好，转身正准备离开，刘清洛叫她等等。他拿起桌上一个小盒子，递给她，说："一个小东西。"

她打开盒子，里面是一块金牌一样的东西。她狐疑不解地望着他，问："这是？"

"前几天去普陀山带回来的。已经开过光，很灵，但愿能保佑你。"那张平时严肃的脸上笑微微的。

她不知那小牌牌价值几何，犹犹豫豫地拒绝了："还是您留着吧。您经常出差，让它保佑您一帆风顺，一路平安。"

他看着她的脸，依然是笑着的，似乎有话要说。她脸红了，转身就走。

公司里的女人，多如花园里的蝴蝶，她们美貌，风情万种，热闹，萧竹薇压根儿就是一只不起眼的蚱蜢。

午饭后，女人们总会呼朋引伴地走出单位院子，穿过马路，迤逦南去，说说闹闹就到了长堤上。健康步道两旁，枇杷树没了果，还绿着；紫薇树已凋零，垂着串串花椒般的黑果实。夹道花径，龙须草纤长而油亮，兰花葳蕤而炫目，更有不知名的花儿草儿，都跟她们一样懒洋洋地享受着秋末的安闲。

红砖路面，洁净无尘，偶有落叶在风里悠悠飘坠。孩子，老公，胖瘦，健康，美食，扯来扯去，总是跑不出这些话题。一天复一天的，又没什么新鲜事，不说这些说啥呢。

这几日，堤下的渠水竟然漫至堤坡。水草如野云般一团团铺满河面，浓浊的绿水不曾流动过，静静地望着岸上走远的她们。两旁的住户沿着台阶走下去，欠着身子洗着拖把。一个女同事走在萧竹薇前面，穿一件玫红色的长风衣，正一步三摇、风情款款地穿花拂柳，时不时低下头打量打量脚上的新鞋。午后的阳光穿过树枝树叶，一个个金色的光圈落在她身上。许是睡意漫上来了吧，萧竹薇朦胧中感觉她如一只刚刚脱茧而出的大蛾子，缓缓扇动着点缀了花斑的翅膀，飞向无边自由的风里。

萧竹薇有那么几秒钟的恍惚。难道刘清洛眼里，一只蚱蜢飞得比蝴蝶还高？

不知道这上海之行，到底蒙着什么面纱。或许，是她想多了。

4

而白继舜呢，干吗要那样让她难堪？她和他私底下没什么密切的来往，也算是友好的吧！

在她印象中，白继舜是个厚道之人，幽默风趣之中还夹杂着自黑，与他打交道，是一件轻松愉快的事情。那次公司外出旅游，刘清洛镇守在家，就是白继舜带队的。白继舜在大巴车上调侃自己的外貌："五官俱全，鼻子长得很好，长在眼睛下面，嘴唇上面，闻香知臭，于我颇有益处。只是偶尔鼻炎，呼吸困难，实属不便。耳朵两只，分在两边，幼时常被拉拽，以致大小不匀，但非致命缺陷……"

一整车人都被他逗乐了。

晚上的酒局散了，白继舜步行在回家的路上，想起白天公司开会的事情，气不打一处来。作为一个过来人，刘清洛那点心思他还不清楚吗？他坚决要进行干涉。

手机响的时候，萧竹薇正在广场上散步。她看了看来电显示，想都没想就接通了："白总好！"

"在干吗？"

她回答他："在散步。"她以为单位有事呢。

那边是白继舜急促而霸道的语气："你是不是答应了去上海？你不能去上海！"好像上海是张着大口的洪水猛兽！

一个不和她商量就定了行程，一个明显对此事非常在乎和生气。萧竹薇彻底蒙了："啊？为什么？"

"为什么？因为这个会议应该是我去。你不懂业务，你去干什么？"白继舜怒气冲冲，劈头盖脸就是一顿斥责。

白继舜的愤怒顺着电波在耳际嗡嗡震荡，萧竹薇果真胆怯了，"那，我，我……"她握着手机，思忖了半晌，觉得自己莫名其妙就成了砧板上的肉，"明天上班再说，行吗？"

白继舜在公司里是老资格的二把手，恃才放旷，对市里指派来的一把手老总刘清洛明里尊重，暗地里十分抵触，常常说一些含沙射影的话。这让他俩的不和在公司人人皆知。同时，不知怎么回事，他点点滴滴的家事也不时地传出，成为大家的笑柄。他想拆刘清洛的台，公司里的人想看他的笑话——真是一个怪圈。

白继舜与老婆的婚姻是媒妁之言，起初还好，后来两个人发现性情合不来。女人需要男人怜香惜玉，男人照样也需要温香软玉。在白继舜的眼里，老婆越来越市侩、庸俗、短视，让他回到家里就觉得憋闷，透不过气来，装聋作哑便成为常态。

萧竹薇初到公司时，并没有引起白继舜的注意。她外貌并不出众，行事也不招摇，安安静静之中，事情就有条不紊地完成了。她并没有多少言语，每当要与人说话时，脸部的表情才旋即生动起来，漆黑的眼睛微微地笑成一对可爱的月牙。

随着交往和交流的增多，白继舜渐渐地有了不同的感觉，他从萧竹薇身上感觉到了一股清爽。她的身上有清新气，有如清泉，又如清风，爽人而不知，润人于不觉。他心理上情不自禁地希望与她靠近，与她相处。他甚至以领导的口吻关心地对她说："你要扩大生活的圈子，多跟朋友交流。圈子小了，你慢慢就不快活。再说，同事们都是有趣的人，陪你聊聊天你会开心。"

有一次，白继舜转到公司办公室，有几个同事正议论着热播剧里的感情纠葛。

有人模仿着剧中人物的腔调说："人生本就是平淡的。没有激情的时候，觉得人生是死水一潭，没有滋味；而拥有激情之后呢，又可能让自己焚烧在烈火中。疯狂的激情，剧烈的焚烧，再然后是死一般的沉寂，透支干净了，再没有可以燃烧的了，再没有可以回忆的了。所以，无数的爱情到了最后，都是静悄悄地收场，重新恢复死水一潭的局面。"

有人说："真正的爱情走到这一步，男女双方都有责任。激情必须互动，没有互动，自然消亡。"

见萧竹薇默默在旁听，白继舜怂恿她也说点啥。潜意识里，他想听听这个女子内心里对情感的看法和态度。

萧竹薇以为白继舜是希望她多与同事交流，变得合群点呢。她感激地望着白继舜微微一笑，又想了想，谨慎地开了口："可能是惰性的原因吧，我对很多事情都不是很敏感，也不是很狂热。对于爱情，大概跟女人的新衣服一样吧，最初的几天是新鲜的，时间长了……"她一笑，话题转了个向，"我觉得感情的事情，主要还是看缘分吧。随缘就是享受人生，随缘就是在天时、地利与人和都达到一致时，让激情与快乐发挥到极致。"

大家专注地听着，有人问她："听你的说法，不太相信爱情哟！"

萧竹薇说："我相信爱情，但更敬重那些同甘共苦的夫妻。我一直认为，一个家庭能不能坚守，与有没有爱情是无关的。能够坚守下去的，只是因为双方对家庭的责任而已。"觉得一下子成了被采访的对象，她便莞尔一笑："说到底，都不过是纸上谈兵罢了。生活中，我也是不知道怎么糊里糊涂地过的。"

是呀，生活就是一团麻，谁能说得清楚呢？大家都不约而同地点了点头，表示赞同。

白继舜却不愿意罢休，接着她的话题进行发挥，说："真的爱情一定是同甘共苦的。而现在，大多数人追求爱情时衡量的是什么？是金钱权势，是家庭背景，有多少心思放在人身上？爱情这个东西确实很难界定，但在考虑感情的时候，将权钱放在前面，绝对不是爱情。"

萧竹薇本想偃旗息鼓了，但又不想默认他的观点，打断了他："你说的我不赞成。爱情是一个有附丽的东西，任何人都不可能孤立地存在于社会之中。当一个人出现在人们面前的时候，他身上一定已经依附了相关的色彩，这是不可能与他本身脱离开来的东西。有没有金钱，有没有才能，有没有好的品性，都是贴在你身上的标签。一个人有赚钱的能力，也有弹琴画画写作的能力，这些能力都是通过后天努力才拥有的，光明正大！姑娘爱慕你才华横溢你觉得是真爱，爱你会赚钱就不是真爱了？怎么就非要跟金钱过不去呢？这都怪人们以前穷怕了，提起钱都是羞答答的。也怪中国的传统文化，比如说起'嫌贫爱富'就是个贬义词。很简单的事情，在身材、相貌、才华、人品等其他所有条件相同的前提下，在感情基础也相同的前提下，你是会选择一个祖宗三代都赤贫的人和他一起白手起家地奋斗，还是会选择一个富二代一步踏入上层阶级？趋利避害是人的本能，为什么不能正确地看待金钱问题呢？"

大家又一次笑了起来："真想不到啊，说得这么透彻，真不愧是才女！"

白继舜还想说什么，大家却都打着哈哈，陆陆续续地走了。

谁的生活不是乱麻一团啊！聊且一聊，图个穷开心而已。

5

刚挂了白继舜的电话，手机又响了起来。萧竹薇看了看来电显示，把手机放在耳边。

"竹薇——"江俊廷那带着宠溺的口吻，熟悉地传递进萧竹薇的耳膜，"吃饭了吗?"

"吃了。"

"在干吗呢?"

"刚在广场上去转了一圈，正准备回家呢。"以为他几日不见，思念娇妻了，便也柔柔地："你呢?"

哪知他口气马上就转急促了："我现在很忙，有个事，你赶紧回我家一下！老头刚才打个电话来，说妈不舒服。我叫他先弄到村头医务室看看。"

"啊?!"萧竹薇捏着手机，愣了片刻。这事，她还真不知道该怎么办，但还是果断回复他："好，我马上回去。有什么事再和你联系。"

挂了电话，她怔怔地想，该不是又喝农药了吧！况且，几十里路怎么回去呢?

前几年，萧竹薇把公公婆婆接到了城里，老两口过得好好的，但不知怎么的，婆婆就患上毛病了。先是拿着报纸正看反看，说报上写着冤枉她的话，然后就神神道道地讲述一段谁也不知道的历史，以证明她的清白。后来越来越离奇了，说窗外有人在窥视，准备下手，吓得萧竹薇不敢出门。令萧竹薇哭笑不得的一次，婆婆竟然拉着她，说："你去看看窗台上，别人将暗器放在那里。"萧竹薇将信将疑地过去一看，窗台上真有一把生锈的削笔刀。婆婆说："信了吧，小李飞刀！"婆婆的神情越来越神秘，说出的话好像生活在另外的世界里，她的表情也越来越不像正常人，常常出神地望着很远的地方，目光呆滞而阴狠，令人不寒而栗。她越来越亢奋，病情也越来越严重，总说有人要害她，还要害她的儿子江俊廷。

有一次婆婆竟然走火入魔，说饭菜里下了毒，吓得一家人连饭也不敢吃了，赶紧将她带到市精神病医院看医生。医生说她患上了臆想症，开出了药品。当了解到她是进城跟着儿子生活后，医生建议江俊廷还是把她送回乡下老家，乡下熟悉与开阔的环境有助于她病情的缓解与治疗。

萧竹薇苦笑着对江俊廷说："我这真是弄巧成拙了，本来是好心好意让他们来享福的，谁知道现在闹成这样子。医生的话也有道理。你妈妈这样子，不光我天天汗毛倒竖，我还怕对含嫣有影响呢！"

"你是好心，也是好媳妇，要怪，只怪她命不好。"江俊廷默许了让父母回家。

"他们好模好样地来，现在却古古怪怪地回去，回去后不知道会闹出什么事。"萧竹薇女人心，往细密里一想，又添了堵。

她担心的事情果真发生了。回家没几天，江老汉就打来十万火急的电话，说婆婆喝了农药。小两口租了车赶回去，把婆婆拉到镇卫生院洗胃，婆婆咬紧牙关，死活不肯，说不洗不洗，死了算了，不活着坑害孩子们了。混浊的泡沫从她嘴里不住地冒出来，她渐渐地也挣扎得没了力气，平静地睡着了。医生看那情形，对他们说："估计喝的是假药。呕吐出来的泡沫没药味，病人精神状态和身体状态还好，不要紧。"

一朝被蛇咬，十年怕井绳。这次呢？

萧竹薇没有任何犹豫，回拨了白继舜的手机。

6

进村的路已经全部铺上了水泥，水泥路两旁白色的楼群向田野深处延伸。很快，在雨后春笋般矗立起来的新楼间，路的尽头，一座低矮破落的旧屋突兀地出现在面前。房顶盖着黑色的布瓦，瓦上长着青苔，青苔上长着大片大片绿油油的仙人掌。远远望去，那间土屋就像一座低矮的小庙。

公公婆婆住得太差了，但这现状目前没法子改变。他们的儿子，她的老公，正是为了改变家庭的贫穷、为了父母妻女生活得好一点而舍身一搏。

毕竟不是一个越穷越光荣的年代了。在路边下了车，萧竹薇与白继舜两人一前一后往土屋走去。萧竹薇掩饰着内心的尴尬，装出一脸平静的样子，指着土屋对身后的白继舜说："就是这里。"然后自己急匆匆地跨进了古老的木门槛，一眼就看见堆满杂物的房间里，婆婆躺在床上，面色苍白，沉沉地睡着。床前看上去还整洁，不像是上次喝农药后又脏又乱的样子。

公爹正手足无措地站在一旁。他见萧竹薇进屋，嘴里含含混混地介绍情况："她这几天不多吃东西，打不起精神。"

萧竹薇直奔主题："出什么事了？"

公爹说是摔了一跤。

"严不严重？有没有哪里疼，不舒服？"

"没摔到哪里，就是扶起来后没力气。"公爹沧桑的老脸上一脸无辜。

白继舜站在房间门口，一脸严肃地看着这一幕。他一路上知道萧竹薇有多焦急如焚，此刻也感觉到萧竹薇被耍弄的心情，他插了一句话，安慰她，也算是安慰她公爹："应该不要紧吧。"

萧竹薇走近婆婆床边，轻轻喊了一声。婆婆动了动身子，嘴唇微微翕张着："没得事，没得事……是我自己不小心的，又麻烦你们了……老砍脑壳的，我没力气，我也不想吃，他一口饭都要我烧……叫他不要打电话，他偏要打……俊廷又不在家……他不怕把伢们害死了……"

萧竹薇本来一腔怨气，在婆婆游丝般的气息中散去了。难得她在糊涂中还知道儿子在外谋生不易。她眼一热，说："您还是要多吃点饭，不吃饭哪来精神！"

扭过头，她压低了声音问公爹："您是不是嫌麻烦把药给多了？这药是抗狂躁的，吃多了身体会虚弱的！婆婆身体这么差，您就不会自己烧点饭吃？"

公爹不敢与她对视，赶紧垂下眼皮，头扭到旁边。

婆婆并没有大碍，只是需要营养，但这么甩手而去，萧竹薇显然于心不忍。她站在门口，左右为难。

白继舜察言观色，眼前的这个女人，已经毫不隐瞒地向他敞开了身后的底牌——她手握一手烂牌，不知如何是好。他不禁深深地看了萧竹薇一眼，轻轻地提醒她："给你老公打个电话，说说情况。"

江俊廷不想因为自己的父母连累萧竹薇。他一个大男人不在家，萧竹薇又要上班，又要照顾女儿含嫣，里里外外的事情都要她独自处理，已经够烦。所以他在电话中说既然没事就回家算了；然后又要公爹接电话，叮嘱他勤快一点，对婆婆耐心一点，公爹小鸡啄米似的乱点头。

挂了江俊廷的电话后，萧竹薇在堂屋里站了片刻，然后做出了一个决定。

她一边让白继舜帮助她把婆婆弄上车，一边让公公清理出二人的换洗衣裳带上，直到车开动起来往城里走，她才给江俊廷回了个电话过去。她说婆婆身体虚弱，缺乏营养，没有人照顾，又得不到休息，继续待在乡下显然好不起来；今天就把婆婆接到城里去，等身体好点了再回来。

再次把公公婆婆接到城里，萧竹薇更忙了。一大早，督促女儿含嫣起床上学；然后自己到菜场买菜、买两位老人的早点；中午一回到家里就把电饭煲插上电做饭，把菜一个个炒出来，吃完后马不停蹄地收拾锅碗；晚上又是如此。

7

公公婆婆来后，基本上就待在家里，六楼对他们而言太高，下去一趟就很难上来。萧竹薇细心体贴，嘱咐他们楼上楼下走动一下，与院子里的老人们聊聊天，免得憋得慌。尽管如此，他们仍然老嚷着要回去。渐渐地，婆婆的精神状态好了一些，萧竹薇偶尔就敲打一下公公："婆婆现在这样子，您不要再指望她还能给您做饭洗衣。您身体现在还好，在家里多做些事，免得婆婆毛病犯了。”

含嬷说要喝莲子汤，萧竹薇就到超市去买了洪湖莲子。她本来不善于做家务活，也不善于烹饪，只能照着别人的经验依葫芦画瓢。先将莲子焯了水，放到冷水下冲洗，莲子米很小，水煮之后溜溜滑滑的，红色的薄绡紧紧地附在莲子米上。她端着莲子去客厅，公公婆婆睡得早，她独自听着戏曲频道，剥着一颗一颗的莲子。萧竹薇本就是个多愁善感的女人，寒冷的冬夜，漫长而又静谧，不知不觉，心中的南国红豆、北国风雪，都随着万里山水化作点点滴滴的哀愁。

公公婆婆来家后，几乎每天她都会与江俊廷简单地交流，问问老公在干什么，问问档口当天的生意如何。江俊廷时常过了饭点都还饿着肚子在布匹市场选料配料，夜半三更还在裁床那儿排队，还在往加工厂送裁片……总是说很累。每当萧竹薇心疼地嘱咐他注意身体，他总是说不要紧，扛得住。有一次，在萧竹薇的要求下，两人还视频了一回，江俊廷看上去瘦了不少，而他却笑笑，说自己精神着呢！

近年来，小城风俗有了很大的变化。以前结婚的时候，要求男方有车有房有存款，现在还加了一条：要在南方有档口，且档口越多越好，因为有了档口就代表着有了生钱的路子。江俊廷老家有许多靠服装起家的大亨，他们现在都已经脱离了亲自采购、加工、销售一线，而是囤积档口租卖给后来者，只凭收取租金就日进斗金，当起了坐收渔利的大富翁。想当初，这些和江俊廷年龄差不多的同乡，早早地辍了学，到社会上摸爬滚打，而今赚得盆满钵满；江俊廷考上了大学，坐进了机关，却一贫如洗。说好的“书中自有黄金屋”呢？

当江俊廷拿回单位创业倡议书后，在赤裸裸的财富诱惑面前，平静的生活悄悄地泛起了涟漪。一直安贫乐道、怡然自得的小家庭，思想的天平悄悄地倾斜了，当机会出现，不去尝试一下，平庸的人生如何甘心？

江俊廷南下前的那天晚上，正月里的雪下得飘飘扬扬。漫天飞雪中，天地缩成小小的一团，紧紧地包裹着即将分别的一家三口。屋子里开了取暖器，家具物什上都蒙上了暖洋洋的色彩。萧竹薇依偎着江俊廷，让女儿给他们照相；又让父女两个靠在一起合影。习惯了平时的相依相伴，面对着这仓促来到的命运转折，离愁别绪涌上萧竹薇的心头，她一次一次偷偷抹去眼眶里的泪水：亲爱的人，今夜，以及更多的旅途、更多的夜，踩着雪印离家的人，一定要记着家中温暖的炉火……牵挂的序幕已经拉开，等你回，我们一起生来一起活……

江俊廷收拾行囊，像出征的将军，霸气地朝家中的娘俩挥挥手："等我回来！"

从来没有预料到，曾经双飞双栖的岁月静好，转眼间就成了花开两朵、各表一枝的现实。野百合迎来春天，萧竹薇相信，她也会迎来繁花似锦的未来！

思绪绵绵的萧竹薇抬起头，拿起放在一旁的手机，拍了一张莲子图片发给江俊廷，并附了一句诗：低头弄莲子，莲子清如水。

十点半，莲子熬得差不多了，女儿也该回来了。萧竹薇振作精神，打开大门，客厅的灯照出去，家门口的楼道就亮了。她倚在门框上，听见含嫣正唱着歌，歌声悠悠荡荡从楼道中传上来，板眼儿咬得特投入，有的地方还在认真地重唱。含嫣在楼梯口转弯，抬头看见萧竹薇正倚门谛听，马上捂住嘴，做了个鬼脸。孩子的歌声把萧竹薇的心都快要暖化了——你是快乐的，我就是心安的！

　　她殷勤地为含嫣接过书包，拿出棉靴给含嫣换上，又回转到厨房，捧出热热的莲子汤，呼唤含嫣快来品尝。

　　含嫣真是个乖孩子，她说：“妈妈你也辛苦了！你也喝吧！”

　　幸福的感觉轻轻易易地俘虏了萧竹薇。幸福是什么？幸福就是每天清早烧好了热水喊你起床；幸福就是每晚打开了阳台上的灯等你回家；幸福就是倚在门口听着你一路唱歌回家来；幸福就是你还在泡着脚，我已经将热水袋塞进你的被窝……

　　煦暖的阳光下，温柔的春风里，金黄金黄的油菜花漫山遍野地开着，江俊廷背着包蓦然出现了。他大步地走在田埂上，走了一会儿站住了，接着点燃了一支烟，随着烟头红光一闪，又跃进路边茂盛的花丛中，不见了人影。萧竹薇正在诧异间，他已然穿过花海，站在她的身旁了，笑嘻嘻的，竟然是他少年时候的样子。

　　萧竹薇真不愿意醒来呀！她觉得自己仿佛卧在三月的大床上，金黄的油菜花是暖暖的被子，她沉醉在油菜花儿的芳香中，梦中的温馨与团聚让她向往，梦中的少年让她留恋与感伤。

8

　　萧竹薇没有将白继舜打电话的事告诉刘清洛。不是说她不在乎白继舜的想法，毕竟刘清洛才是一把手，说话算数的是刘清洛；何况，她心里也想去见见上海是什么样子。再说，如果刘清洛知道了白继舜在背后搞这一幕，两人关系岂不是更僵吗？她不想成为搬弄是非的女人。

她把要去上海出差之事告诉了江俊廷。江俊廷非常赞成，说："去吧，去见见世面！"

司机把刘清洛和萧竹薇送到了武昌火车站，果真是坐地日行八万里，几个小时后，他们就置身于繁华都市大上海了。她睁大眼睛看着巍峨高耸的大楼、金碧辉煌的建筑以及流光溢彩的车流，不知道人该往哪个方向挪动。刘清洛领着她去会议地点报到，她看到他在与会人员名单上只写下了他的名字。报到之后，他又带着她寻找住宿的宾馆。

东西都放置好了，他将如何开门，如何关门，房间里的电视、空调、灯具、拖鞋以及洗漱用具等等一一指点给她，教她如何使用。她跟在他的身后一一点头，说明白了，为自己在他眼中的没见过世面而难为情。

刘清洛交代完那些，回到房间中央站住，说："我去开两天会，你就找一些风景地玩玩吧，宾馆一般都和旅行社有联系的，我出去看看。"不等她说话，他又出门到前台咨询旅游的事情，很快就定好了线路和出发的时间。

然后他们又一起回到房间里来。他在沙发上坐下来——一连数个小时没有休息好，忙碌了半天，真的累了。房间里孤男寡女的，萧竹薇感到极不自在。刘清洛嘱咐她："我坐一会儿就走了，你自己照顾好自己，有什么事打我电话。"

萧竹薇眼圈一红，突然失声哽咽起来。

刘清洛一愣，显然没料到她如此失态，便笑笑，安慰她："哭什么呢？这不是好好的吗？你有事可以打我电话的。"

　　萧竹薇不好意思地抹了抹眼泪。

　　那天傍晚，她在宾馆门口拦了一辆出租车，叫司机开到最近的超市，拎回了一大包吃的用的物品。然后进了卫生间，洗头发，洗澡。明亮宽大的镜子上还挂着欲滴的水珠，她看见里面站着一个明眸皓齿、乌发如云的少妇。打开电视，全是陌生的频道，也不知道有些什么好看的节目，索性丢下遥控器。她将房间所有的灯全部打开，双层窗帘密密的褶皱上缀满大片大片的花朵和飘逸不羁的云彩。此时，她仿佛是新婚的公主，到了完全陌生的国度，内心的新奇与激动不可言传。拥着柔软洁白的被子，她心里很乱，似乎在渴望什么，好像是远在天边，却又像是近在眼前。难道，她一直是喜欢他的吗？然后，他一定感觉到了；而且他也喜欢她。所以当有这样的机会的时候，他陪着她一起来了。他一定是想报答她对他无声的关怀，对他沉默的凝望。她突然意识到，她和他，已经远远地离开了那个他们生活的圈子。在这个暧昧的夜晚，不管她和他有没有故事发生，在那遥远的地方，绝对会有不可避免与不可阻止的言语开始揣度与流传。

　　手机意外地响起来，她吓了一大跳。刘清洛问她睡了没有。她说："还没呢。"鬼使神差地补了一句，"一个人，好怕。"

　　话一出口，她自己都吃了一惊。但话已经收不回来了，她希望他没有听见。

　　捂住突突乱跳的心，那一边，却是他温和的语气："我又不能去陪你。"

　　一向暴躁如他，怎么会如此温情脉脉了？

　　他是想和她在一起的，只是暂时不能过来，不是吗？半夜里，一个虚空的电话，一个无由的臆想，竟然让她分外满足。很快，她便沉入了睡梦中。

上海的天空，似乎永远是晴天与骄阳，用极大的热情向她展示大都市的魅力。管它呢，她也游兴甚浓。第三天下午，她刚从外滩回到宾馆，来不及休整一路的辛苦，刘清洛的电话来了。他说："我在你的对面，你把门打开。"

她狐疑地打开门，刘清洛站在斜对面的房门口，身后的房门开着。他朝她笑笑，叫她过去。

她心里装了十五只吊桶，七上八下地凌乱着。磨蹭了很久后，装得平平静静地过去了，手足无措地站在他的房间门口。房间里，刘清洛坐在沙发上。她谨慎地挨着门边的床沿坐下。席梦思软软的，她不敢完全坐下去，怕陷下去后没力气站起来。

他和她说这说那，说了许多。对了，他似乎说他没开完会，提前离开了会场。她脑袋里面始终白茫茫的，似乎有一个世纪那么长，终于，在他的某个话题似乎要结束的时候，她鼓起勇气适时地插了句什么，然后逃一般地退出了他的房间。

第二天，在他的带领下，二人上了飞机。萧竹薇在靠窗的地方找到了自己的座位，情不自禁地惊呼道："靠窗啊，太好了，可以看云海了！"

刘清洛注视着她兴奋的样子，脸上露出得意的神情："知道你肯定想靠窗，特意订的！"

一股感动，接着又是一股内疚，先后涌过萧竹薇的心田。她想，她是误解他了！

司机在天河机场接他们。接过萧竹薇的行李往后备厢放时，他低了声音，神秘兮兮地眨眨眼睛："小心！回去老公要检查的！"

萧竹薇知道他在半真半假地开玩笑，但脸还是红了。在同事之间，这玩笑似乎也无伤大雅。模仿那些女同事的腔调，她笑骂了他一句："嚼舌根!"

<h1 style="text-align:center">9</h1>

回去后，一切如常，但司机的那一句话，不时地从脑海冒出来，让她总感觉背后有人指指点点，极不自在。虽然与刘清洛之间清清白白，但一个是妙龄的少妇，一个是成熟的老总，是个正常人思维就会往暧昧处滑。

她不能捂住同事的嘴，也一样不能控制自己琴弦般敏感的心，轻轻碰触即有脆弱的低回。

不知是不是错觉，她觉得白继舜在她面前也没以前自在了。

这天，萧竹薇刚走到办公室门口，就听到里面热闹得很，推门进去，白继舜和一帮人在里面。一见她进来，人们笑得更响了，却不再说什么，不约而同地一哄而散，屋子里只剩下白继舜一人。

萧竹薇疑惑地开玩笑："您该不会在和别人说我的坏话吧?"

白继舜沉默了半晌，回答她："没有。我很少跟别人聊八卦。在别人跟前，我更舍不得评价你，评价一个自己心仪的女子是亵渎。我也不愿意和别人谈论你，我怕他们分享。"

萧竹薇瞬间石化了。她没料到白继舜已经是如此心思，更没料到在他心里，她已经成了他的私有财产和别人不可碰触的宝贝! 这样的话语对任何一个渴望浪漫的女人来说，完全是所向披靡，何况是心思敏感、情感细腻的她——而她，哪里又完美无瑕呢?

白继舜仿佛读懂了她的沉默，也看到了她内心涌起的波澜，他以坦诚的目光迎着她，语调平静而从容："不要感动，这是我的自私。要那么好干吗，这样已经够了。我在公司里只和几个男的聊，看那群女人做戏。你知不知道，我不喜欢这些女人，她们太浅薄了：有的哗众取宠，有的矫揉造作，有的装清纯，有的扮忧伤……"

看多了连续剧，萧竹薇平白地有了一股入戏的感觉。她略略咬了咬双唇，恶作剧般地问他，"那你喜欢什么样的女人？"

"此时此刻，站在我面前的这位红颜，令我很喜欢，喜欢得要命。给你背首诗吧，不一定应景：'迢迢牵牛星，皎皎河汉女。纤纤擢素手，札札弄机杼。终日不成章，泣涕零如雨。河汉清且浅，相去复几许。盈盈一水间，脉脉不得语。'"白继舜背完诗，接着又呵呵笑道，"这诗意多明快啊，可是辞藻既委婉又含蓄，比现在乌七八糟的口水诗强多了。"

听着他时而古风，时而口水诗穿越时空的转换，萧竹薇也展颜一笑："不就是想说'盈盈一水间，脉脉不得语'吗？还绕这么大个弯子！"

"我这人做事必须有引子，直接说最后一句不行。就跟喝水一样，喝急了容易呛着。"白继舜停顿下来，狡黠地望着她，"美好的东西都在无意间，若清风拂身，通体清爽，却触摸不到。"

萧竹薇嗅到了一股危险的气息，她不愿意就此耽溺，想迅速拔腿而去。她一边往门口走去，一边朝他哈哈一笑："公司里美女如云，姹紫嫣红。您还是好好地享受吧。"

白继舜见状，急忙喊住她："等等！听我把话说完！——"

萧竹薇情不自禁地停住脚步，眼光朝他扫了过去，正碰上他热烈而期盼的眼神。"听说我完——谁是美女啊？唯有你是天然清丽，不染丝毫俗尘。我跟她们隔得太远，我跟你没有距离。你有让我心热的感觉，但我一直不愿意说。一只鸟儿在树上唱歌，我听得着了迷，不敢惊动它，怕它飞走了再也不回来。她们在我眼里没有性别，只有你常常使我感到心跳。我实在愿意将此埋在心底不说出来，因为害怕没了从前的无拘无束。"

白继舜大胆的表白让萧竹薇有一股突来的伤感。她不是一个封建守旧的女子，只不过，他们都是樊篱之内的人，并无自由之身。她缓缓地斟酌了语句，说："白总，谢谢你。不过，生活太沉重了，所有光鲜的诱惑都让我望而生畏。请你原谅。"

一缕落寞随即蒙住了白继舜的眼神。

爱是自私的，爱意味着占有与独吞。萧竹薇可以理解白继舜的寂寞，然而，她真的不宜继续待下去了。她拉开门，最后看了他一眼，悄然离去。

10

暴风雨悄悄地来了！

这天下午刚上班，说要召开民主生活会，刘清洛破例要萧竹薇去做记录。

在互相之间不着痛痒的批评与自我批评后，会议有了短暂的沉默，一种山雨欲来的压抑与紧张笼罩着会议室。好像大家都知道接下来要说到什么，箭在弦上，直等着有人拉开已经绷紧的弯弓。

萧竹薇隐隐地不安起来。不是因为她第一次参加这种会议，而是对于灾难的预感，她往往有着超出常人的直觉。

刘清洛是党委书记，会议的主持人。终于，在喝了好几口茶后，他清了清嗓子，声音低沉而清晰："下面是关于我的事情。有人举报我，说萧竹薇应聘到公司，说我上次和她到上海开会，"他停顿了两秒，似乎后面的话难以启齿，"有生活作风问题。"

一盆污水当头泼下，萧竹薇惊呆了！

最初的两秒钟，她以为自己听错了，这种谣言怎么会与她有关？她怎么会被卷入这种可耻的是非中？但是，刘清洛说得那么清楚，那么慎重，大庭广众，众目睽睽，萧竹薇觉得自己像被扒光了衣服一样难堪！

她脸上火烧一般，猛地坐直了，两手扶着桌沿，嘴唇哆嗦着大声辩解："这是污蔑！污蔑！不可能的！"

没有人回应她。会议室里静悄悄的，所有人都屏住了呼吸。她愤怒的目光扫过刘清洛的脸，那是一张冷峻如铁的脸；她的眼光迅速扫过那些与会者，那些脸一张比一张没有表情，一张比一张高深莫测、讳莫如深，生怕萧竹薇的眼光粘在他们的脸上，烫着了他们！

更大的打击还在后面。她听到刘清洛不紧不慢，却字字如刀地向某个人示威一般："对付别人的攻击，最好的办法就是用事实来堵住别人的流言！不是说我把人招聘进来了吗？那好，我解聘她！解聘了看你还能说什么？"

一道惊雷把她劈蒙了！有那么一瞬，她呆呆地坐在座位上，像被天罗地网罩住了一般。会议室里坐着的那些人，大概都在快意地享受着她的这种屈辱和羞愤吧！

进公司的这几年来，她一直对他彬彬有礼，尊敬有加，最近的上海之行，她甚至神思恍惚，以为他对她格外恩宠！此时此刻她明白了，她不过是别人棋局上的一枚棋子！需要的时候，他愿意陪她游历盛世繁华的上海，飞过三万英尺的高空；不需要的时候，他把她扫地出门，踢到九霄云外，心狠手辣，毫不犹豫！而且，当他举重若轻地宣布他的决策的时候，竟然没有提起萧竹薇三个字，只用个"她"字，轻描淡写，替而代之！

他让她来做记录，就是让她听了这消息自我了断，而不必自己对她当面宣布？在他眼里，她就如草芥一般，卑微若此?!

她的意识慢慢地回缓过来，恨不得有个地洞钻下去。一个清高的人竟然受到了如此奇耻大辱！难道，她需要为自己树一块忍辱负重的牌坊吗？不！一个已经被扫地出门的人，没必要杵在这里受人观赏了！

她腾地起身，拂袖而去。

萧竹薇回到办公室，整理好桌上的东西，拎起包，关了门，大步流星地冲出了公司大门。来到路边，她焦躁不安，左顾右盼，拿出手机，时间显示下午四点半。她想打个电话，却不知道可打给谁。她奔到路中间，想拦一辆出租车，可是出租车竟然绝迹了一般，半天都不见影子。终于，她顿了顿脚，拔脚就走，只想快点远离此是非之地，越快越好，越远越好！

她沿着雨后的街道急匆匆地往前走着，像一团被意外点燃的湿棉花，烦躁而又焦煳，散发着灼热的惊惧与无措。微微的凉风荡涤着她，她渐渐地清醒过来，发现自己走在回家的路上。就像一匹沙漠中的骆驼，尽管有时慌不择路，却总是嗅着绿草与水源的气息而行——只有家，才是她永远的水源和绿洲啊。她渐渐地理清了茫然的思绪，发现困兽一般的自己在期待着外界的援救。毕竟，落水的人儿，谁不渴望等来一根从天而降的稻草呢？

事情一点儿也不复杂，简直一目了然：刘清洛只想着保护自己，只想着怎样才会让自己安全，于是，在关键时候，他把一个弱女子呈送上祭台，呈送给了幽暗之中的对手，保全了自己。

以前的萧竹薇总觉得自己在生活和工作中有贵人相助，是因为自己好人有好报，以为会一直这么平静而美好。可是，会议上的这一幕，如一记响亮的耳光，让她措手不及。不是副总白继舜，不是司机，不是那些躲在后面放冷箭的同事，而是刘清洛！

公司里其他人欺负她且不说了，现在，连一把手都向她举起了屠刀，她还能往哪里逃！她恼恨刘清洛，之前为什么一点儿消息都不告诉她呢？即使是在开会前透露给她，让她心理上预防着一点点也好。作为公司的一把手，他难道就没有站在一个普通女职工的立场上为她着想一下吗？一个女人，一个无辜被他牵连的女人，会因此蒙羞受辱，受到巨大的伤害！

他连累了她，却没有一声道歉；反倒为了向敌人示威，刺伤她的心口，还狠狠地剜了一刀。

她想去质问刘清洛，是她工作没做好吗？还是她在公司里有任何不良言行？他自作主张的上海之行酿成的后患已经对她构成了巨大的伤害，现在不仅没给她任何安慰，反倒还要落井下石，雪上加霜，端了她的窝，把她赶下枝头，不管雨打风吹中她将是如何落魄……

生活再也回不到以前的安宁了。

11

萧竹薇没有告诉江俊廷，她不希望他知道。他在外面奔波已经够辛苦了，还要他为这破事操心，她于心不忍。再说了，本来空穴来风的事情，传到江俊廷耳朵里，他会做何想？会用怎样的眼神看她？家庭会受到什么样的影响？所以，萧竹薇决定一个人扛，扛过去就没事了。

一个突然之间跌落云端，失去了幸福感的女人！

一份被野蛮屠宰之后，又粗暴置于祭台的供品！

接连几天，萧竹薇把自己关在家里，像一只受伤的母兽，独自舔着流血的伤口。她茶饭不思，精力不振，可又不得不强颜欢笑！她不能让单位的同事看她的笑话，她还要照顾女儿，还要照顾被她菩萨心肠接到家中的公公婆婆！

天气一天一天地变冷了，新雪也飘落下来了。雪落小城，落在所有高高低低的事物上，将一场浩大的温暖铺在了人们渴望已久的心田，引起人们的激动与欢呼，踏雪出游。

萧竹薇渴望在自己灵魂的深处，也下起一场大雪，任她在北风中飞舞，任她在黑夜里飘扬，直到最后筋疲力尽，无声地匍匐成千里冰封……

回家对着公公婆婆强颜欢笑，她再也装不出来了。她要为自己减负，她不能把所有的担子都扛在自己的肩上，不能把所有的隐患都埋伏在身边。她该让公公婆婆迅速撤离这儿了，免得他们听到了不该听到的东西。否则，每天低头不见抬头见，她如何做人！

早上起来，萧竹薇对公公婆婆说："你们这些天总说我忙，想回家去。我看婆婆精神状态也好多了，二老吃了饭后就收拾一下，我叫辆车把你们送回去。回去后有什么事，还是及时通知我们。"

她到超市去买了些营养品，又到菜场去买了菜，午饭时精心做了三菜一汤：海带排骨汤、洋葱炒香肠、鱼块和西红柿炒蛋。终于要回家了，早已收拾好简单行李的公公婆婆如遇大赦一般，心情也好得很，吃饭的时候有说有笑。吃完后，萧竹薇将五百块钱塞到婆婆手里，领着他们下楼，到马路边拦了一辆出租车，给司机交代好目的地，给了车钱，车子一溜烟地开走了。

家里顿时显得空旷起来。萧竹薇打开门窗，冷风呼呼地吹进屋子，她开始做里里外外的卫生，脑子里装了杂七杂八的东西，搅得她丢三落四的。

她该怎么办呢？她就这么灰溜溜地被辞退了吗？一个莫须有的理由，一个没有担当的领导，让她灰头土脸地窝在了家里。她应该去辩解，应该去学秋菊打官司吗？她不想遇见那些人，也不想再跟那些人打交道了！可是，难道她就不想挽回自己的清白，维护自己的权益吗？萧竹薇简直无计可施！

如果真要找一个人倾诉，她想来想去觉得这个人竟然只可能是白继舜。太亲的人，怕伤害了；太远的人，不值得信任；唯有不远不近，不亲不疏，却有着朋友与亲人般默契的人，才是此刻的选择。那次婆婆发病，她不是也毫不犹豫地请求他支援了吗？

可是白继舜，他在会上未吭一声啊！枪打出头鸟，那么敏感的时刻，所有人明哲保身，鼻子里一丝大气都不敢出，何谈来为她鸣不平呢？

在这个世界上，多的是灰姑娘，没有人为她们振臂高呼，更没有人为她们赴汤蹈火。

12

正在她过得暗无天日之时，一个高中同学打来了电话。他还不知道萧竹薇已经离职的事情，开门见山地央求她帮个忙。

同学在一家化工厂工作，厂里这次策划了一期关于化工厂项目主研人的专访。专访是《中国涂料报》的记者采访后撰写的，他很不满意，但一时又说不出来应该往哪个方向深入。"我手上有篇报道，感觉逻辑很混乱，你能不能帮我看看——你是我们班上的才女嘛！"不由萧竹薇分说，同学补充道："我把文档发到你QQ上。"

"那，好吧。我现在就到电脑上登录QQ去。不过，能不能达到你的满意程度，我不敢保证。"同学的期待让她拒绝不了。再说，闲着也是闲着。

文章有点长，也确实有点乱，采访对象是工厂里新来的博士。萧竹薇初看了一遍，开玩笑地说："这大概是实习记者吧。"

同学发了个调皮的表情："我也这么觉得。"

萧竹薇本来没情没绪的，加上文章里面有许多专业术语她不懂，就勉强打起精神看了一会儿，把她的意见发了过去。想了想，又怕自己的思路让同学笑话，补充道："也许我的观念已经很老土了，不适应现在的新理念、新写法。但你要我看，我是恭敬不如从命啊！"

没料到同学竖起大拇指："你真棒！还是宝刀不老啊！几句话就如醍醐灌顶，令我茅塞顿开！我马上让他们照你这个思路去重写！"

萧竹薇脸红了："你糊弄我吧？你真的认同我的观点？"

"你就是我心目中的女神，才情天纵，青春不老！"然后他寒暄道，"近来过得好吧？"

"还不是老样子。"萧竹薇客气地敷衍道。说完了，又觉得自己太压抑了，不如趁这个机会聊聊也好，免得憋出抑郁症。

她索性拨通了同学的电话，一股脑儿地倒了出来："我遇到很大的麻烦了，感觉自己挺不过去了。老总也许被纪委盯上了，有人落井下石，说我和他相好。本来我和他什么关系也没有，但老总现在为了避嫌，为了保全自己，他竟然要辞退我！你说这是不是滑天下之大稽的冤枉和笑话！"

"啊!？"那边也被这一席话炸蒙了。

"辞退了？"他追问。

"没正式通牒，我自己没再去上班了。"萧竹薇咬了咬嘴唇，哽咽道，"反正我也就一平头老百姓，无所谓名誉和地位，也不想去争个水落石出。你说这样是不是特别窝囊？若不是看在女儿分上，真恨不得死了算了。"

"别别别，不要瞎想。你的心情我完全理解。再说了，你公司那帮人乱七八糟的，辞职也没什么了不起！"同学停了停，问，"你老公知道吗？"

"我没告诉他，也不想告诉他。他不在家里，知道了也是无可奈何，白白地跟着心烦。"萧竹薇说，"我现在只对你一个人说了。你不会笑我吧？是不是？"

萧竹薇脆弱之时的信任，令同学非常感动。他发自内心地说："你说哪里去了。在这种时候你能够想到我，我很欣慰，说明我这个同学没有被你遗忘。"顿了顿，他又问，"你打算怎么办?"接着轻松地一笑，"不如你来我厂里吧，帮我坐镇总经办。凭你的能力，我相信完全能胜任，而且待遇绝不会比原来差。"

萧竹薇心里一惊：她只是想向他倾吐内心的苦闷，没料到他瞬间就为她安排好了退路，多么热情，多么贴心！

"我，我是说现在处境很尴尬，无脸见人，但没求你收留我……"萧竹薇的脸红了，她不希望被同学认为她是想借机靠近他。

那边哈哈大笑！"我怜香惜玉，偏要收留一个落难的美女，有罪吗?"

连日来，萧竹薇沉溺于颓废悲观之中，来自同学的这艘诺亚方舟的出现，让她受到了巨大的鼓舞。

13

冬天一天天地临近，无孔不入的寒意瑟缩着人们的手脚，举报事件更使公司里里外外都笼罩着一股讳莫如深的寒意。许多人心里因为寒意的入侵显得空洞而迷惘，这种感觉于白继舜更甚。

饭局散时，天空淅淅沥沥地下起雨来，雨滴落在饭店前面碧绿的芭蕉叶上，一种彻骨的寒冷与孤单令他无所适从。他没有回家，进了一间茶馆，找个座位坐下来，叫了一壶茶。昏黄的灯光下，茶香缭缭升起，微薄的醉意中，一些模糊的面孔飘然而来，纠缠起他无处安放的灵魂。

在公司里，他与人为善，幽默风趣，一直自以为是一个大好人；现在才发现，原来，这样衣冠楚楚的一个人，他的心里也住着可怕的魔鬼，当嫉妒积聚到极致，那只一直潜伏的魔鬼便张牙舞爪地跳将出来，肆意妄为，伤害无辜！

萧竹薇是多么珍爱自己，像一只精巧美丽的小鸟爱惜自己的羽毛一般；他也是多么珍爱她，曾经连与同事们说说她的笑话都舍不得，却竟然鬼迷心窍地朝她泼下了污水！

那次会后，她再没有在公司露面，一个蒲草般柔弱的女子，她爆发出来的刚烈令他始料未及，也令他肃然起敬。是的，他没有看走眼，她的确值得他敬重，值得他倾心。

他的本意是让刘清洛不舒服，可是事件的结果于刘清洛毫发无损，反倒是萧竹薇被伤得体无完肤！他恨自己的愚蠢，恨自己做了躲在暗处的小人，恨自己无中生有的举报毁了她的名声，砸了她的饭碗，伤害了她一颗与世无争的心灵。

他回忆起萧竹薇投向他的求助的眼神，而那时，他轻飘飘地扭过了头，避开了她。白继舜哪白继舜，你还是个男人吗？做了坏事，为什么不敢担当？他放下手中玩弄着的茶杯，抬起胳膊，狠狠地扇了自己两巴掌。

突然间，白继舜内心里涌起一股冲动——他真希望此时此刻，萧竹薇就安静地坐在他对面，菩萨般地聆听他的忏悔，她是否会原谅他，已经不重要了！

再也不能躲避了，就在今天，就在此时！他一刻也没有犹豫，准确地拨出了那十一个数字——至于如何开口，他并没有多想。

可是，决绝的小女子，不给他一个解释的机会：

"对不起，您拨打的号码已停机！"

14

此地不留爷，自有留爷处。与其缩躲在家里饱受煎熬，不如出去走一走，散散心。那么到广州吧，看看江俊廷。

也算是一趟说走就走的旅行。可是女儿含嫣怎么办？早晚都要照护，生活学习都要关心，况且，她不能泄露关于自己的一点风声，让女儿知道了担心。含嫣正是花儿一样绽放的年龄，应该无忧无虑，快乐成长。

萧竹薇说要去广州，一边做好含嫣的思想工作，一边与母亲联系，让含嫣到外婆家住宿一周。虽然是娘家，也还是把牙膏牙刷等洗漱用具、换洗衣服，以及床单被套等带去了一整套。

萧竹薇给每天早晚接送上下学的师傅打电话，说："我出去一周，江含嫣下车地点变更了，麻烦您这几天晚上在四牌路口停一下，让她在那儿下车。"

对母亲说："您年纪大了，也不多麻烦您，只要做一件事，每天下晚自习回家时，您在路口接她一下。"

对含嫣说："妈妈去看爸爸，只去一个星期时间，很快就回来。你还是照常上学，除了晚上在外婆家睡觉，学习生活规律也没怎么变。一定要记得在四牌路口下车，我让外婆九点半在路口灯下等你，接你。"

安排妥当后，萧竹薇关好家中各处门窗，简单地背了一个包，踏上了千里探夫的路程。一百八十元的车票，下层卧铺，很好，高了她还怕被车子晃下来呢！

车到毛嘴，拐进了一个厂院，看样子是个自发的候车点，地上到处散放着行李，有许多人在买毛嘴卤鸡。车门开了，卤鸡浓郁的香味趁着风飘进了车内。毛嘴卤鸡香飘江汉平原，冲着这名气，萧竹薇也买了一只，用塑料袋装着，刚出锅的，还冒着热气。

长途客车在路上停下吃饭，萧竹薇跟着胡乱地扒了几口，她没有心思。很快就要见到江俊廷了，激动是激动，但一直压抑在心底的悲哀却像打开了闸门似的往外蹿，让她恍惚觉得自己是苦守寒窑十八年的王宝钏，江俊廷却并不是荣华富贵的薛仁贵。他起早摸黑，含辛茹苦，并没有"生意兴隆通四海，财运茂盛达三江"，依然十分辛苦而卑微！当然，她相信自己的丈夫并没有另觅新欢，节外生枝。

想到这里，鼻子一酸，眼眶就热乎乎地潮湿了。

漫长的旅行进入了黑夜，繁华的广州以它的满城灯火迎接着远方的陌生来客。江俊廷清早起床送货到南城的档口；下午三四点钟时，他在中山大市场看布料；五六点钟时，他把进回的布料送到染房；晚上八九点钟，前一天送到裁房的布已经裁好了，他赶紧将裁片送到了加工厂，然后，他就到大塘地铁口等萧竹薇。

终于到大塘停下，车门打开，一股冷风随之进来。她背好包，提好毛嘴卤鸡，走到客车门口，见路边一个人正伸着头朝车上张望。明明是江俊廷，人却瘦了整整一圈！

她走下车门，江俊廷迎上来，接过她手上的塑料袋，说，"很饿吧？你喜欢吃粥，我带你去吃潮汕海鲜粥，保证你觉得好吃！"

双目交汇的瞬间，萧竹薇的泪水忍不住往外涌，酸酸的，热热的。他的眼神是熟悉的，笑容是熟悉的，消瘦的身形却是那么陌生！她想着自己老实巴交的男人像拧紧了的发条，在各个市场各个作坊间仓皇奔走，瘪着肚子挨饿，光着脑袋淋雨，从前少言寡语的一个人，却不得不逢人开口问好，见人点头递烟，赔尽笑脸，说尽好话……

江俊廷却一笑，身上混含着的烟草味道也扑面而来："哭啥呢！不缺胳膊不缺腿，只不过瘦了点，瘦了更有精神——你以前不是老嫌我胖吗?"

萧竹薇振作精神，努了努嘴，说："给你带的毛嘴卤鸡呢!"又伸过胳膊，主动去搂江俊廷的腰，不无哀怨地娇嗔道："跟换了个人似的，碰都不敢碰了!"

现在，他们不再孤单了。凌晨的上冲街道，依旧明亮的街灯照耀着他们。他们沿着一条弯曲的小河往前走着，河岸长着高大茂密的榕树，榕树底部盘根错节，粗壮的根须裸露在地面，甚至延伸到空中，甚是壮观。她的手被他牢牢地牵着，他曾经光滑柔绵的手掌满是粗糙的裂纹，硌得她心里生疼：她的老公，已经磨砺成了广州街头的老榕树!

想到是久别重逢的夫妻，萧竹薇就觉得自己是幸福的；想到是探望老公的留守妇女，她也觉得踏实；想到身边的这个人，他的后院已经燃起烽火，狼藉一片，而她还对他封锁着消息，不禁气短了，悄悄地神伤。

——不管怎么样，她毕竟来到了他身边。一个女人，难道不应该和自己的男人长相厮守吗?

15

出租屋内，一桌一床，阳台上开辟出狭窄的厨房和卫生间。床是之前的房客留下的高低床，江俊廷睡在下铺，上铺零乱地堆放着五颜六色的衣服。

萧竹薇随手拿起一件黑色豹纹裙子，好眼熟的露肩网纱小短裙；翻呀翻，又翻出那件拼接的斜肩裙子。看到她脸上好奇的神情，江俊廷就解释："这就是样衣。当初发给你看过。每做一款出来都有样衣留存。"

"一直做的都是这种衣服？"萧竹薇心里有点不是滋味，她言语酸涩地加重"这种"两个字的语气。

江俊廷毕竟是懂老婆的，他知道萧竹薇不是吃醋，而是心疼自己的男人打着在广州做生意的旗号，其实却活得如此苟且。他爱怜地搂过她，又好笑，又无奈："我的小娘子，我也不想饮盗泉之水，也不想受嗟来之食呀！但现在搞服装这行，我们一没有雄厚的资金，二没有强大的团队，只适合做这种成本较低、市场需求量相对较大的类型。最初来的两个月，没有方向，没有经验，做的衣服销不出去，带来的本钱基本都亏光了。幸亏老天保佑，鬼使神差中出了两款爆版，接连补货，五六月份就回了本。后来慢慢摸索，就一直很稳定了。"

"还亏过？你怎么没告诉我？"她愕然地望着他。

"告诉你有用吗？除了让你白白地担心。好在很快就挺过来了。"江俊廷宽厚地一笑，"但是，最近大形势很不乐观，服装市场都受到了影响。"

江俊廷停顿了一下，似乎本来不想说的话，最终决定还是说出来："现在好多档口都联合起来搞网店了。网店就是把人力财力整合起来实行一条龙经营，采购、生产、销售各自分工，销售的在网上接订单，那些老顾客足不出户就可以收货，不必舟车劳顿来店里进货，实在便捷许多。从往后的发展来看，网店是大势所趋。这半年来，前来打货的客户少了许多，档口整体的生意很不乐观。"他怕这些话吓着她了，改了口，安慰她，"我们档口的生意还好，把今年挨过了再说。"

　　萧竹薇听了他这番话，肚子里的算盘珠子也拨拉了几下，顺水推舟道："不如我们也开网店吧，换个方向，比如做童装，小孩长得快，需求量应该也很大。我辞了职过来，你生产，我销售，咱们开个夫妻店。"

　　她隐瞒了已经离职的事实。

　　江俊廷一口否定："这怎么行？给我乖乖在家上班。含嫣马上就要高考了，一个女孩子，更需要你陪伴。你在公司里，虽然工资不多，但旱涝保收。我已经停薪留职，你再跟着出来，生意不好怎么办？那不是一家人都要饿死？是好是坏我也要把这两年撑下去。你不要七想八想了，一心一意帮我镇守后方。"

　　萧竹薇一言不发，刚刚明亮起来的眼神又慢慢黯淡下去。

　　没有小别胜新婚的缠绵与陪伴，江俊廷每天天不亮就起床，先到加工厂收货，搬运到上冲牌坊处拼车，货到南城后，他再一层一层扛到七楼自家所在的档口，这样一个上午就过去了。下午，他就选购各种布料，送去印染，或者直接送到裁床那儿打版裁片，再把裁片打包送到加工厂。在他陀螺般的运转下，第二天，这批衣服就出现在了南城的档口。

　　萧竹薇在广州待了一周。她每天和江俊廷同时起床，一起到各个市场和各个作坊进货、送货。在远离家乡的广州，在无数致富神话诞生的上冲，他们不是哆嗦悲哀的寒号鸟，而是一对荣辱与共、生死相依的天涯同命鸟！

　　那一周寒雨霏霏，雨水一直没有停歇过。她陪伴着他，上冲、中大、南城，羊肠般的街巷，迷宫般的市场，寒风冷雨中，好好的一双靴子竟然走烂了，晚上回到出租屋，从靴子里拔出来，袜子和脚竟然浸满湿湿的泥浆。昏黄的灯光下，萧竹薇看着浸满泥浆的双脚，泪水无声地淌了下来。不是因为自己的脚受了委屈，而是想起老公独自在外打拼，忍受了无数的寂寞与心酸，承受着无数的责任与委屈，未来不知还将有多少泥泞等着他去无畏地蹚过！

这个她千里投奔的男人，生活的重负已经让他不堪承受，她不能再添压力，她得为他分忧，为他承担。她得放下颜面，矮下身段，继续成长，修炼成为一个百毒不侵的坚强女人。在他的后方，她不仅仅是妻子，还是母亲，是女儿，是儿媳妇，她是他们心头的雨伞和铠甲，是他们生活的依靠和力量。她已经不可以再虚荣矫情、意气相拼傲娇地拂袖而去；破帽遮颜，她得重新融入生活的车水马龙。

她装了一肚子的秘密从故乡逃来；现在，还得装着一肚子秘密，默默地跨过长江归去。

龚春霞　湖北省作家协会会员，工作于天门市教育局。

黄潜平

一瓶牛奶

宋小佳，七岁，刚刚读小学二年级。

他生了一张很俊秀的脸，如果笑起来，这张脸一定非常好看，但他很少笑。也许家庭的窘困使他从小就有了一种忧患意识，他的眼里盛满了一种六七岁孩子少有的深刻与成熟。

老师吃力地把一大筐早点拎进教室，宋小佳本想去帮一把，但是又害怕看到别人眼里流露出来的那种不屑的神情，他就低了头，默默地走出教室。他没有交早餐费，每天两元钱已够他们全家吃一顿早餐了。他们家的早餐几乎总是红薯汤，尽管他很不喜欢吃红薯，但当他看见给人帮工的父亲和母亲也将头埋在红薯汤碗里，他就不好意思说什么了。他知道，父母都下了岗。

下了岗的父母极少到他学校里来，他们特别不愿和那些花枝招展的家长们在一起，那些"比美"的话题让他们有些自惭形秽。六一儿童节学校里搞文艺汇演，宋小佳的母亲到学校里来了一趟，却是坐在最后一排。看着儿子穿着借来的演出服在台上极认真地放声歌唱，母亲眼里竟有了泪。回家的时候，她牵着儿子的手，决定为儿子做一套那样的衣服，一模一样的。宋小佳今天就穿了这套衣服来上学，这衣服他平时是不穿的，今天有家长会，母亲让他穿的。但他不知道母亲今天不能来。

操场上开始有了人，吃完了早点的孩子们涌出教室。

"宋小佳。"

有个孩子叫了他一声，拿了一瓶奶跑过来，是他的同桌。

"我们今天发牛奶了，老师让我们自愿登记，每天只加一元钱。大家都登记了，只你没有。"

宋小佳看看他的同桌，又看看他手中的奶瓶，眉毛往上挑了一挑，没有说话。

同桌将奶瓶递过来："宋小佳，给你喝吧，反正我也喝不下。"

宋小佳低着头，摇了一下，又一下，口腔里却下意识地有了一个很明显的吞咽动作。

开家长会的时候，老师在台上讲，为了对学生进行早期的智力开发，学校决定开办各种兴趣班，请家长们根据自己孩子的爱好和特长，选择兴趣班对孩子进行培养。宋小佳听着寡味，就往窗外瞧，他瞧见了小姨的身影。

小姨显然是匆匆赶来的，她的额上已渗了一层细细的汗珠。宋小佳把手给小姨，他感到小姨的手很暖，心中就有了种踏实的感觉。

家长们议论一番，就开始为自己的孩子报名。

小姨问他："你想学什么？数学还是美术？"

宋小佳摇摇头。

小姨就问："为什么？"

宋小佳附在小姨的耳边说："每个月要交九十多元的辅导费呢。"

044

　　小姨听了，心中涩涩地难受。回家的路上，她想做点补偿，就问小佳想吃点什么。

　　宋小佳想了想就说想喝瓶奶。她给小佳买了瓶奶，又在他口袋里放了五元钱，说："好好学习，将来小姨有了工作，就供你上大学。"

　　宋小佳点点头，心中有了憧憬，竟变得激动起来。看见小姨走远了，他才回到卖奶的棚子前，叫了一声："阿婆。"

　　老人抬起一张沧桑的脸，上面写满了慈祥。

　　"阿婆，我把奶放在您这儿，明天早上再来取好吗？"

　　得到了肯定的回答后，宋小佳夜里就做了一个与牛奶有关的梦。梦里的奶不甜，宋小佳就喝了一大口，仍然无味。再喝时，奶没有了，他很失望。从梦里醒来，就一直惦记着那瓶奶。第二天，他早早就去阿婆那里取了奶，早餐的时候，宋小佳破例没有出去，他坐在座位上喝奶。奶是甜的，他感到很满足。

　　可接下来的事情让大家吃了一惊，老师发奶的时候，发现少了一瓶，大家的眼光不约而同地转向了宋小佳。宋小佳让这种场面弄糊涂了，也惊呆了，就站起来，涨红了脸分辩道："我没拿，这瓶奶是我小姨买的。"

　　老师慢慢地站起身来，她什么也没有说，只是有些疑惑地看了宋小佳一眼。奇怪的是宋小佳这时反倒平静了些，他说："真的，老师，我不骗您，我昨天就买了。"

　　一种淡淡的笑容慢慢地从老师的脸上消失，她知道在小孩子身上发生了这样的事并不奇怪，但重要的是她不能容忍宋小佳当众撒谎的态度，因为她认为宋小佳撒谎了。她什么也没有说，只是走到宋小佳面前，摸了摸宋小佳的头，低声地对宋小佳说：

"宋小佳，你回去，让你的家长来学校一趟。"

宋小佳就回去了，他是哭着回去的，他还挨了他父亲重重的一巴掌。放学的时候，宋小佳领他的母亲来了，同来的还有那个卖奶的阿婆。阿婆告诉了老师事情的经过。阿婆讲的时候，宋小佳还在哭，哭得很伤心。

宋小佳的母亲好像有很多话要说，嘴唇动一动，却只说了一句："老师，让您费心了。"就长长地叹了一口气，牵了宋小佳的手回家。本来她还想说几句，可是她心里堵得慌，她怕说多了自己会哭出来。她没时间哭，刚刚接了包工头的电话，一户人家搞装修，天黑之前要帮人家把装修材料送上去。

要装修的人家住在五楼，那栋楼没有电梯，材料要一趟趟送上去。材料很多，都特别重，宋小佳的父亲挑了一担瓷砖，母亲搬了一件，宋小佳提了两盒油漆。敲开那户人家的房门时，他们愣住了。

开门的人他们认识，是宋小佳的老师。

老师显然没料到替自己送砖的是宋小佳一家人，她就没有再让宋小佳下去，给宋小佳倒了一杯水。

宋小佳发现老师的手在抖，抖得很厉害。

第二天，老师在发早餐前对全班同学说："昨天少一瓶牛奶的事情弄清楚了，是老师的责任，在取回来的时候没有点清楚，与宋小佳同学没有任何关系。在这里，我要向宋小佳同学道歉。"说完，她走到宋小佳的面前，深深地给宋小佳鞠了一躬，说："宋小佳同学，对不起，老师错怪你了。"

宋小佳委屈的泪水夺眶而出，但他脸上的笑却很真诚，很灿烂。

　　发牛奶了，老师拿了一瓶牛奶递给宋小佳说："宋小佳同学，这是学校专门发给你的，费用由学校承担，一直到你小学毕业。"

　　整个小学期间，宋小佳每天都能够喝到一瓶新鲜的牛奶，他很高兴，也很满足。那种香味让他的童年充满了欢乐。

　　很久以后，宋小佳已经是一名出色的外科医生了，一个偶然的机会，他才知道，其实当年学校并没有专门给他发牛奶，牛奶是他的老师帮他买的。

　　黄潜平　湖北作家协会会员，任职于湖北省天门中学。

彭永军

一个摩的少年的日记

3月19日　星期六

今天天气阴沉沉的，似乎要下雨。爸爸上完夜班回来了，提着一条我最爱吃的鲩鱼。鱼煎得有点糊，没有妈妈烧的好吃。我想妈妈了。

两年了，不知道她在哪里，不知道她是不是还喜欢穿红色的裙子，不知道她过得好不好，不知道她有没有想我，不知道她知不知道我很想念她。爸爸说，妈妈不会回来了，她给别的小孩当妈妈去了。我不恨她。

吃完饭，我又向爸爸提出到他厂里干活的事，他拿着筷子敲着桌子说："和你说过多少遍了！老子负责挣钱，你负责读大学！你只要把大学读好就行了，老子还养得起你！"我不敢顶嘴，因为只要我一还嘴，那筷子就会落到我头上。

吃过中饭，爸爸气呼呼地去睡觉了。他的世界是黑白颠倒的，白天睡觉，晚上上班。呼噜声很快就响起来了，由浅入深，就像老师的课堂。

我觉得很无聊，就去街上闲逛，不时有摩的司机按着喇叭问我要不要坐车。我心里忽然冒出一个想法：我已经满十八岁了，不也可以去当摩的司机吗？

3 月 20 日　星期天

今天我赚到了有生以来的第一笔钱。

中午等爸爸睡着了以后，我偷偷地把他的摩托车开了出来。我的第一单生意费了好大的劲才做成。因为害羞，我迟迟张不开口和那些老练的摩的司机抢生意，眼巴巴地看着一个又一个顾客从我身边经过，坐上了别人的车。后来我终于豁出去拉下脸去跟一个顾客搭讪，我从顾客异样的眼光中发现，我的年龄成了生意成交的巨大障碍。好不容易有个看起来很急的人想坐我的车，旁边一个凶神恶煞的摩的司机破口大骂道："从哪里蹦出来的小子！毛长齐了没有？也不看看这是谁的地盘，给老子滚一边去！"我只好躲到一个比较僻静的角落去等客，终于有一个衣着时髦的美女坐了我的车，我穿行了七条大街八条小巷十个红绿灯把她送到目的地，说好的八块钱，她却只给了我五块。我紧紧握着那张钞票，眼泪止不住地流了下来。

回到家里，爸爸还在酣睡，我做好了晚饭，自己先吃了。爸爸要到半夜十二点才去上夜班，我把他的饭放在保温盒里，就去睡了。

一整夜都在做梦和别人讨价还价。

3 月 28 日　星期一

前几天吃饭时，爸爸叹着气说："不知道怎么回事，最近摩托车耗油比以前多了很多，以前加满一次油跑半个月都没问题，现在跑个三五天就没油了，不知道是不是老化的缘故，但愿不要出大的毛病，否则可买不起新的。"

这两天我跑完生意都记得把油加得满满的才回家，今天爸爸又摸着头一脸茫然地说："这摩托也真怪，前些天费油，这两天我都没给它加过油，油箱还是满满的，真是邪了门了！"

我口里含着饭想笑，但又不敢，只能拼命忍着，脸憋得通红，我的样子一定很滑稽，我从爸爸打量我的眼光中看得出来，他走过来摸了一下我的额头，又摸了一下他的，喃喃自语道："没发烧呀！怎么脸这么红呢？"

4 月 12 日　星期三

今天我被爸爸揍了。昨天晚上生意特别好，我多跑了几趟，回到家都十一点多了，实在是困得不行就没写作业，结果被辅导员告到爸爸那里去了。

下午我放学回家，破天荒看到爸爸没有睡。他在等我。这种事一般不会发生，一旦发生肯定是有大事。他黑着脸问我为什么不写作业，我没吭声，我不想撒谎，但我也不想说出事实真相。大概我的沉默让他觉得是一种无声的对抗，他家长的威严受到了挑战和蔑视，他咆哮着朝我冲过来，一把抓住我那瘦小的身躯，把我像从机器上拆下来的一个零件一样扔到地上，他用一只脚踩着我的背，解下他的皮带一边抽我的屁股一边吼："我叫你不做作业，我叫你不做作业！"

好疼！屁股就像是着了火一样。

我咬着牙没有哭。爸爸却哭了。他把我拉起来抱在怀里，老泪纵横地说："阿辉，要争气呀！咱们这个家就指望你了，千万要把书读好呀！难道你将来想像你老爸一样，没什么文化，只能跟车床打一辈子交道吗？"

我心里暗暗发誓：今后一定要先写完作业再出去拉客！

4 月 27 日　　星期四

最近我特别喜欢到一家奶茶店门口等客人。老板娘是一个四十岁左右的中年妇女，每次我去买奶茶，她总是笑容可掬地给我装得满满的，珍珠比别的奶茶店放的要多一些。有一次我俩的生意都特别冷清，我就买了一杯奶茶，靠在柜台上和老板娘聊了会儿天。她问我年纪轻轻的为什么不读书，我不想骗她，就告诉她我其实还在上大学，只是放学后出来跑几个客，赚一点生活费。她很惊讶地瞪着双眼问："你这么小，你妈不管你吗？"我的眼眶一下子就红了，感觉心里最柔软的地方被人用刀子捅了一下。老板娘大概猜到是怎么回事了，她叹了一口气，不再问什么，又往我的杯子里加了一勺满满的珍珠。

对了，老板娘和我妈一样，也喜欢穿红裙子。

5 月 16 日　星期一

今天辅导员说周末要来我家家访。最近我总是觉得困，上课总是忍不住打呵欠，有时甚至打瞌睡，我已经在尽力克制自己了，但有些事情不是你想忍就忍得住的。辅导员找我谈过几次心，我没敢说实话，就说最近家里伙食比较差，可能营养跟不上，老师说要上我家跟我家长谈谈，青少年营养不良不是一件小事。上次没做作业挨了一顿揍后，我再也不想让爸爸为我的事操心了——倒不是怕挨揍，只是不想让爸爸分心。上个星期他们车间有个工人操作时走了一下神，被机器切断了几根手指，我可不想这样的事情发生在爸爸身上。怎么办呢？一个荒唐的想法突然冒出来：找个人冒充家长！找谁呢？我第一时间想到了奶茶店的老板娘。她会帮我吗？两个萍水相逢的人，甚至连彼此的姓名都不知道，我实在想不出她能帮我的理由。而且周末是奶茶生意的黄金时间，她怎么会为了一个素不相识的大学生而耽误自己的生意呢？

我实在想不出还有谁能帮我。

5 月 26 日　星期四

今天是我的生日，但我一点都开心不起来。妈妈早就给我打了个电话，说她又给我生了一个弟弟，才两个月，她每天都要围着他团团转，很抱歉不能来给我过生日。她在网上给我买了一个大大的玩具熊，说是送给我的生日礼物。我表面上很淡定地说了声没事，但挂了电话后眼泪却不争气地流了下来。那个玩具熊我前天就收到了，我把它塞到床底下了，连包装都没有拆，那底下还躺着她去年给我买的滑轮车。在她心里，我永远十三岁，我的兴趣爱好永远停留在五年前。现在我如果突然出现在她面前，我怀疑她能不能一眼认出我来。

晚上做了一个梦，一个奇怪的梦，我梦见我妈妈给我开了一个盛大的生日宴会，她穿着一身红裙子，拍着手给我唱生日快乐歌，可是……可是……当她走近了，我突然发现那不是我妈，那分明是奶茶店的老板娘！

然后我就惊醒了，一切都消失了，蜡烛不见了，生日蛋糕不见了，那个穿红裙子的、不知道是我妈还是奶茶店老板娘的女子也不见了。

一只蚊子不识趣地飞过来，我啪地一掌把它拍死在墙上。

5月28日　星期六

今天有点冷，气温比昨天降了十度差不多。风格外大，街上冷冷清清，偶尔有一两个行人，都缩着双肩两手交叉把衣服抱得紧紧的，好像一松手就会被风刮跑似的。我坐在摩托车上守了半天都没有守到一个客人。

突然两个黄头发的年轻人骑着摩托车神色慌张地从我面前疾驰而过，后面有一个中年女人穷追不舍，一边跑一边喊："我的包！我的包！"我定睛一看，那不是奶茶店的老板娘吗？我来不及细想，发动车子就追了上去。几个月的摩的生涯，既锻炼了我的车技，又让我对脚下的这片土地熟悉得就像自己的几根手指头一样。那两个劫匪很快就被我逼到了一个死巷子，他们掉转方向，坐在后面的那个掏出一把刀，龇着牙阴森森地说："兄弟，识相一点就放我们一马，否则别怪我们不客气！"我看了一下那把刀，刀锋很长，闪着寒光，应该很锋利。穷寇莫追，这道理我懂。可是不知道为什么，我觉得抢回那个包是一件值得用生命去换的事。那两个劫匪发动车子呼啸着冲过来，我来不及细想，一扭油门冲了上去，在两车相撞的一瞬间，我感觉到左臂被狠狠地扎了一下，伴随着一阵尖锐的疼痛，有什么东西从我的手臂喷涌而出。

一阵天旋地转，我倒在了地上。

5月31日　星期二

谢天谢地！我只是左手受伤了，右手完好无损，还能够继续写日记。

这两天有很多人都来医院看望我，包括一些记者和普通市民。我的床头柜堆满了鲜花，本地的日报用头版头条报道了我的"英雄事迹"，还加了编者按。在他们笔下，我被描绘成了一个自己都觉得陌生不已的人。他们甚至采访了我的爸爸、我的同学、我的老师，还把我以前的一些事迹经过深度加工后登载在报纸、网络上。随便翻看一下本地的论坛、贴吧以及网友们的朋友圈，铺天盖地都是我的"光辉事迹"。可实话实说，除了那些照片是真的，其他都是掺杂了水分的。我并不是他们所说的身上从小就流淌着见义勇为基因的人。

可是话又说回来，如果再让我重来一次，我想我还是会毫不犹豫地去追赶那两个劫匪。

奶茶店的老板娘也来看我了，她一来就责怪我："你怎么那么傻呀！那个包里除了一个手机外，并没有多少钱，干吗那么拼命呀！你是不是觉得上次阿姨冒充你妈帮了你一个忙，想着要报答我呀？那才多大的事呀！别说我不是你亲妈，就算是亲妈也不能冒这样的险！"

我定定地看着她，没头没脑地说了一句："你今天怎么没有穿红裙子？"她莫名其妙地说："上医院穿红裙子干吗？又不是什么喜事！"

6月1日　星期三

今天是我出院回家的第一天，爸爸给我烧了我最爱吃的鲩鱼。现在他知道我为什么有时候会不写作业、上课打瞌睡了，他没有打我，但是他还是骂了我："你这个小兔崽子！这么大的事也不跟老子商量一下！以后我申请上白班，你再也不要跑什么摩的了！钱少一点没关系，咱爷俩好好过日子。"

看着他在那狭小的厨房转来转去地忙碌，听着刀在砧板上跳跃的声音，我突然觉得我们父子很久没有这样相处过了。常常是早上九点钟过了他才回家，草草吃点饭倒头就睡。下午放学后我如果早一点回家还能见到他一面，在路上稍微耽搁一点时间家里就连个人影都没有了。

开饭了，爸爸把鱼身上最好的肉一股脑地全塞进了我的碗里，我吃着吃着眼泪吧嗒吧嗒地掉了下来。在蒙眬的泪眼中，我仿佛看到了以前一家三口围在一起吃饭时其乐融融的情景。

政府奖了我一笔钱，我买了一条红裙子给妈妈寄了过去，我希望有一天，她能穿上它来看我。

彭永军　天门市作家协会会员，任教于天门市天宜学校。

杨 飞

爱在边缘

1

如果不是这场秋末冬初的雨，那发散着砭骨寒气的记忆碎片不会如白云那般悠然地浮上浓黑一片的脑际。尽管如此，我正享用着一个漂亮女孩给我的香蕉。不过，据我所知，这个与我很熟的女孩对我并不来电——也许隐藏着落叶般飘零的某种喜欢，但那萧瑟的情感绝不是爱。

"羊羊，咱俩去泡网吧吧！"女孩的声音掺和在香蕉的醇香里，叮叮咚咚地敲打着我的记忆碎片。

"行。"做出这个回答时，我感到了自己自欺欺人的伪虚。事实上，我并不喜欢将课余时间挥洒在电脑网络上，不仅因为我本性拒绝那个温情脉脉的虚拟世界，而且因为键盘鼠标一直以来与我关系生疏。我想我的一口答应不但证明了这个女孩的漂亮，也表明了我灵魂的脆弱和单薄。捏了捏钱包，产生了一些心痛的自信：请她上网不至于引发我的经济危机，可她毕竟是个与我的爱情无关的女孩。

雨是在今天早晨停止的，而那冰冷的记忆碎片并没有随之沉入往昔旧事的尘埃里，时不时以一种虚妄的真实在我眼前飞扬跋扈地跳荡。我看着走在前面的这个漂亮女孩生动的背影，记忆是记忆，现实是现实。错误与美丽，偶然与必然，它们之间的牵连是否只是世事的一种极简单的循环方式？至少，我要坐到她身旁陪她上网，这不容置疑。我们将共赴一个名为"魔鬼与天使"的网吧。

午后的太阳像我失恋后的眼眸，一点仓皇，一点迷惘，一点哀伤。它昏黄色的疲倦目光洒在我和这个漂亮女孩以及其他芸芸众生身上。逐渐风干的街面上残留着一些或清晰或模糊的辙痕，仿佛带着些许无奈的依依不舍，深情怀念着那个刚刚逝去的雨季。漂亮女孩甩洒着轻盈的步子，叫人疑心她是一只在秋日阳光下自如翻跹的彩蝶。她真的很漂亮，我快步走上前与她并肩而行，立即感到了世界的新鲜。是的，漂亮女孩是这世上的美玉，哪怕她跟我的爱情没有丝毫关联。

2

躺在床上，我漫不经心吐出的袅袅青烟，随性地弥散在空落落的寝室里，带着若有若无的颜色和味道，从从容容地飘荡，飞升，从纱窗的千万个小孔漫溢到广阔无垠的外面的世界，也无非徒增一份虚空而已。心头唯一存留的清晰影像是那个与我一同在"魔鬼与天使"里上网的女孩，她原生态的活泼与顽皮给我一种似曾相识的感觉，于是，我的记忆碎片愈发坚硬，愈发冰冷。

那天我们从网吧出来，一顿温馨的深秋晚餐便在我和她之间轰轰烈烈地展开了。她尽情尽性吃喝的姿态张扬出一种甜美而原始的性感。于是我渐渐觉出她是一个懂生命，懂风情，有滋有味享受生活的女孩。然而，我终于无法胃口大开，我的脑海里供奉着另一个给我夹过菜的女孩，虽然她早已翩然离我而去。我的记忆碎片又不可遏制地冰冷起来。即使如此，我买单时仍然对这漂亮女孩感激得心甘情愿。

当我安详地闭上眼，舒展在我床铺的白色里，我蓦地感到自己的卑俗和苍白。喜欢她的人如同夜空里不计其数的星星，而我只是假模假样且并不璀璨的一颗，可有可无地亮在她的世界里。无须悲哀，只需释然，我与她的靠近也许仅仅缘于我冰冷的记忆碎片。

3

吁吁在哭，哭得伤心无声，叫人心疼，惹人怜爱。自从那次晚餐之后，我就不再叫她的真名，而叫她的网名。漂亮女孩的网名叫"吁吁"。其实，吁吁轻易不用泪水清洗眼睛的，她幽深若潭的眸子里常常盛着快活的秋波，而且也不吝啬将快活的秋波送人。她的哭让人感到不可捉摸，但我以为我无须追根究底。"哭吧，哭出声来，我不认识流泪的吁吁，因此，我现在没有视觉和听觉。"我如是对她说着，很绅士地握住她的双肩。一个男人与一个女人单独相处的所有内涵便在于此了。吁吁搂住了我的腰，趴在我肩头大哭起来："妈妈看到我与男生的一些合影，就骂我放荡，还打了我一耳光。"然而，我并没留意她伤感的叙事和抒情，尽管她的声音和她的身子一样娇柔。我情不自禁地想起了三流导演的爱情剧，觉得荒唐又可笑。

所谓"罪大恶极"的合影，我主观臆断无非是吁吁在假日里与同学游玩时一些有心或无心的勾肩搭背的情景而已，而今的家长视之为洪水猛兽倒也罕见。只是男人被女人当作一次性面巾纸才有些流行，与其说是被信任的幸福，还不如当作千篇一律的剧情。有关我记忆碎片的章节片段又丝丝缕缕地从我心间抽血般疼痛悲怆地抽了出来。眼前的故事与抽出的旧日片段有着惊人的相似，所不同的是——从前我不可救药地感动了，而今我却无动于衷。

我的衣兜里总装着被时代遗忘的叫作手帕的小布块，吁吁趴在我肩头哭泣时，一方洁净的手帕正躺在我的衣兜里，我没有让我的手帕变成电影道具。吁吁哭罢，自己动手，扯出我的纯棉衬衣擦干眼泪，雨过天晴地咯咯大笑起来："告诉你吧，我妈妈才不会骂我呢，我哭是因为我昨天甩了我的第二十一任男友。"吁吁的眼里流泻的并不全是心伤，我发现这一点是在她哭泣的初始，因而她突如其来的破涕而笑并没令我感到莫名其妙。"你刚才声称你没了视觉和听觉，但你还有感觉。"吁吁连哭泣时都在耳朵上装着一颗冰雪聪明的心，这使我相信她的痛苦有比她的漂亮更深刻的可能性。

阒无一人的处所沐浴着嫦娥清冷绵长的相思，夜，静若处子。吁吁大嚼特嚼着阿尔卑斯奶糖，叽叽喳喳地坐在我身边。上一年，同样的月夜，我带着赴死的悲壮第一次以恋人的心态满怀憧憬地深情抚摸了一个女孩的手——一双我试图牵一辈子的手，当然不是吁吁的。

"羊羊，你跟我说点什么吧，这可是我们的第一次'夜生活'，你有必要涂上些罗曼蒂克的色彩。"吁吁耐不住我透明的沉默："你那点破事算什么呀！"她的嘴里喷涌着馥郁的奶腥，事实上她一点不知我的破事。

"唱唱歌吧，随便什么歌。"我跟你说什么呢，有些话，说第一遍时单纯赤诚，说第二遍时连自己都会感到恶心。

吁吁唱了一首《太委屈》，一首《盛夏的果实》，便泪光盈盈了。我对她的怜惜倏地沉甸起来，但还是没掏手帕。我扯出衬衣事不关己地为她拭泪，而后将她搂在怀里。她不再出声，我也不再说话。她的手粘在我的背上，我感到阵阵彻骨的冰凉。不多会儿，她沉沉睡去，在我怀里。

我望着空际那轮苍白的月儿，努力驱逐心头冰冷的记忆碎片。直耗得虚汗覆额，呼吸急促。月下，我怀抱着一个女人怀念另一个女人，另一个女人或许正在某个我不认识的男人怀里像吁吁一样不知所以地安眠。吃完吁吁剩下的奶糖，还是觉得冷，于是将吁吁抱得更紧了。

4

天一脸的煞白，没有太阳，也没有云彩。一片似有若无的残月失魂落魄地粘在天际，欲说还休地等待最后的消逝。清晨的天空干净得近乎荒凉。树枝无精打采地光秃着，在晨风中瑟缩战栗。连续第三天旷课了，我还不想进教室。在吁吁的宿舍楼下徘徊了好一阵，最后没叫她。

"信奉交谈是一种慰藉，正如同信奉画一个饼可以充饥"，我的那些莫须有的小忧小怨不过是吃饱了穿暖了安逸出来的，不是心灵需要倾诉，是生活害怕孤独。一年前，在另一座城市，一个冷雨纷飞的黄昏，那个盛气凌人的倩影义无反顾地翩然弃我而去，我的精神依托和情感归属瞬间烟消云散。即使我于凄冷的雨夜独步在那座陌生的让我失恋的城市时，我还是认为我很坚强。事隔一年，我坚强吗？我终于没有叫吁吁，我为自己这点理性的犹豫而加倍爱恋自己。可我毕竟产生过找吁吁的念头，不论将吁吁视作一个爱情传说，还是一段欲望念想，在排山倒海的寂寞面前，我的虚弱不堪一击。"孤独的人是可耻的"，燃起一支烟，我愈发怅然若失。恍惚间，觉得我正和乱七八糟的世界搂作一团，饮鸩止渴地享受沉沦。

中午，我出校吃饭。用迷乱且堕落的步子丈量着宿舍到校门的距离，散漫的目光撞上了正在桂园里嬉闹的吁吁。吁吁扭着纤细的腰肢调皮而心无旁骛地踹一棵满是黄叶的银杏，片片黄叶宿命地自在飘零，吁吁的笑声便水波般地荡漾开来。她的确有属于她自己的快乐方式。显然，她没有注意到我。她不想见到我时，哪怕我站到她跟前也徒然。我绝不会去打扰她，加入她的活动，我未必能收获如她一样的快乐。我远远的，欣赏音乐短片一般，眯着眼望了望她，继续走我自己的路。

5

寒假不紧不慢地跟在考试后面，又该离校了。从前，日子习惯等我；现在，我习惯等日子。我是那么钟情对远近未来进行种种假设，即使更多是徒劳。吁吁收拾行装和她找寻快乐一样简单，一个模样古怪的小背包就盛尽了她准备回家的全部。她朝我挥挥手，很响亮地说："See you next term（下学期见）。"待我含混地向她颔首示意时，她已背对着我了。

寒假里，我处于深居简出的类冬眠状态。偶尔出门，竟遇上了史赤瓷。

史赤瓷夹着一支烟朝我走来，他身后是无边的黑暗，因此他手里的那一点火星特别热烈特别烫眼。他已立在我面前了，我紧闭双唇不开口。我知道他知道我，而我一点也不知道他。他也不开口，只是若无其事地掸了一下烟灰，这让我更坚定地觉得知道他的名字是我这辈子犯的最严重的错误。他站在我对面，但我的视线里装的不是他，而是白天那一缕将我感动至流泪的白色阳光。他开口了，仅仅为抽烟。我无意间发现他的牙齿很白，像某个女人的皮肤。显然，抽烟在他很偶尔。我开口了，只是叼了一支烟。能叼一支烟说明抽烟已成为我的一个习性。我们都开口，我们都抽烟，我们都不说话。旁边，有人路过，有车驶过，没谁驻足。这是一座早已荒芜的城市。

史赤瓷抽完烟时，我的烟还燃着。与以往不同，他抽着他的烟，我抽着我的。他将烟蒂弹到马路中央，转身离去。我站着，不管不顾。如果我没猜错，他的不想遇见我正如我的不想遇见他。他走出五六步远，回头看看我，又继续走。他看出我丝毫没有叫住他的意思。我站在原地抽完烟，觉得曾经相熟的人和事，而今都成了陌生。与我有关的史赤瓷，因为先于我与那女人有关，所以，史赤瓷也好，那女人也罢，现在都与我无关了。

再次返校，吁吁换了几身素色的行头，依然显得像刚刚到来的早春一样新鲜，一样欣欣然。与她手牵着手在旱冰场上狂飙，"飞翔像风一样自由"。我感到她年轻的内质顺着她的手臂源源不断地注入我的身体。"你还想踹小树吗?""不想,那时我是帮助枯叶快些轮回转世。"吁吁的回答使我的记忆碎片开始消融。枯叶尚可轮回,人何以堪?"经历不可替代,人人都在生活",懂得流泪也应懂得拭泪。"累了吗?"吁吁难得有这样的温柔。我满足地应着,独自到场边休息,看吁吁恣情释放。

6

雨中的丁香,温润的酒廊,我喜欢日子慢慢变老的模样。当日子无可挽回地老去,我还能对正在逝去的岁月说些什么呢?坐在吧台前,我吞着香若断魂的桂花酒。在酒精的浸润中,我的心在未知的地方流浪。吁吁与我的交往随着毕业的临近到了触手可及的尽头。潘军说"手摸不到的就是远",那么手摸得到的呢?我茫然无措地晃荡着高脚杯里的酒和冰块,不知自己是喜是悲,也不知自己在乎什么不在乎什么。饮尽杯中酒,世界便开始旋转了。

酒吧的乐手用萨克斯深情款款地吹奏出 *My heart will go on*(《我心永恒》)时,吁吁来了。她弹给我一支万宝路,我点燃,冲她吐了一个极圆的烟圈。她不闪避,任那个壮实的烟圈在她柔嫩的脸颊上撞得粉身碎骨。我凝视着她,呷了一口蓝带,喃喃地仿佛自言自语:"你先回吧,太晚了。"吁吁沉吟片刻,深深地吸了一口烟,抓住我夹烟的手,一字一句地说:"羊羊,Promise me that you will never give up, No matter what happens(答应我,不论发生什么都不要放弃)。"我的心像吧台上被风吹动的烛火猛烈地摇曳起来。我感激地捏了捏抓着我的手的温软小手,举起杯认真对她点了一下头。

7

晚餐后，学校的广播郑重宣告我们将于明晨光荣离校，踏进广阔天地，我这才意识到我还没与吁吁道别。晚餐时，她还从我碗里掠去了一块牛肉。

洗完澡，我煞费苦心地将自己修饰了一通，刚走到吁吁的宿舍楼下，我又不想叫她了。有时保留一份未曾实现的愿望比实现本身更美好。回到寝室，我找出我仅有的一张吁吁的照片，端详良久，用火机点燃。待烟尽火灭，几分钟前的俏丽影像化作一团蜷缩着的黑灰，俨然一只死不瞑目的黑蝴蝶。

第二天清晨，霞光绚烂。我坐在遣送毕业生的大巴上，揉揉发青的眼圈，发现窗外一闪而过的褪色的"魔鬼与天使"，它仿佛在绯红的晨光中沉湎于落寞的怀旧，而我久违了的冰冷记忆碎片却无处可寻了。

杨 飞 天门市作家协会会员，任教于天门市天宜学校。

郭　玲

寒冬里的一个星期

　　这个冬天很寒冷，而一个人的冬天更加寒冷。

　　正值正月，寒风劈头盖脸毫不留情。眼看快到开学的日子了，李寒一想，大学生活还剩下半年。时间就是这么无情，可正是它的无情才显得它那么有情！

　　眼下最重要的是找个体面的工作，这半年对于所有即将毕业的大学生来说都极为关键。

　　李寒明白，她找到工作的分量，不仅是一家人的希望，更是实现梦想的开始，她显得十分焦急。正月十五开学，可她非要正月初八就回去，倔强的她却不知道等待她的是什么。

正月初八

　　她的家在山尖儿上，到乘车的地方还要走几个小时的山路。凌晨四点钟就得从家里出发，冬天的凌晨，干冷干冷的，无处可躲，漆黑一片，有些吓人。老爸的三轮车载着她颠颠簸簸就到了。李寒心里有些不忍，可苦了上了岁数的老爸了，到达乘车的地方时七点整，刚好赶趟儿。李寒想想，这些年真苦了老爸老妈，看着老爸骑着三轮车在寒风中渐远了，她心里隐隐地疼，无数次责备自己无能，可现实就是这么残酷，事与愿违，尤其这么平凡、渺小的自己，又能如何呢?

到了火车站，才知自己做了个愚蠢的决定，人山人海，水泄不通。她太柔弱娇小了，在人群中被挤来挤去，体会到了什么才是"身不由己"。根本没有进站的机会，眼看只有十分钟动车就要开动了，可她仍被排挤于电梯口，眼睁睁地看着车走了却毫无办法。更愚昧的是，她竟然自不量力地拖着两个箱子，里面全是书，像石头一样笨重，还真以为自己是个大力士，其实就是个手无缚鸡之力的丫头片子。在人群中挣扎了一个多小时，她终于得到了改签的机会。此时她满头大汗，胳膊已经麻木了。又要在人群中挤来挤去了，她的双腿在颤抖，可必须咬咬牙挺过去，不能倒下。

殊不知，这时候危险在逼近，站在她身后的中年男子已经做好抢她的手提包的动作。她的右手拎着小箱子，票夹在指缝里。在上电梯的一刹那，这丑陋的男子一个箭步，冲上去抢了她的手提包。她还没有反应过来到底发生了什么，身体已失去了平衡，身份证也飞落电梯的缝隙里，她倒在一个中年妇女的身上，幸好那女人有些力量扶了她一把，好险，差点成了电梯里的亡魂! 中年妇女骂了她一通："找死别拉上别人，有病!"

她必须捡回身份证，请求工作人员的帮助，年轻的工作人员不屑地说："这么多人不可能为你一人停电梯，自己想办法!"

"可是我快要误车了，刚刚被人抢了手提包。"

"那是你自己的事。"

"姑娘,"下面三个阿姨,显然是清洁工,年长的一个叫了她,"没事,我帮你,电梯旁边的道子是不动的,可以站在电梯上用铁钳子顺势夹起来!"就这样,好心的阿姨帮她把身份证夹回来了。李寒眼睛湿湿的,深深地向阿姨们鞠了一躬。她终于上了车,可是她的包却被抢了,这让她十分失落,幸运的是包里什么也没有。刚才的一幕让她心有余悸。大冬天,她的头发如被泼了水一般。

黄昏时分,到了古城,她有些不知所措,以为走错了地方。古城一改往日的热闹温馨,一股寒气浸透了李寒的全身。风雪交加,人烟稀少,洁白的雪地,竟没有一个脚印,大街小巷门窗紧掩,死一般的沉寂、荒凉。此刻,李寒觉得并非所有的安静都是美的。

学校在郊区,连个的士也拦不到,好不容易来了一个,三公里竟然四十,完全吃肉不吐骨头。李寒头也不回地走了,心想:三公里而已,本姑娘我自己走!幸亏学校的大门开着,可算到了,李寒心里想着可以美美地睡一觉!一到公寓门口才发现事情不妙,门锁着。不过门卫阿姨还在,窗户里亮着灯。这女人三十五岁,可那副嘴脸活像个巫婆,平日里拉着脸,似乎每个人都欠了她八百万。

天越来越黑了,李寒越发地冷,雪水浸透了她单薄的鞋子,起先是刺骨的疼,现在已经失去了知觉。"阿姨,能开开门吗?我是319室的寝室长——李寒。"她敲了门卫的窗户。"等会儿,烦人!"门卫嘴里嘀咕着打开了窗户。

"什么事儿啊?"这女人一脸厌恶地问了李寒一句。

"阿姨,能开门让我进去吗?我刚从家回到学校,又冷又累。"李寒几乎用了央求的语气。

"开学时间没到呢，你一个人进去出了意外，我可负不起责任!"

"阿姨，你要相信我，我是寝室长，做事有分寸，不会出事的，我向你担保!"

"不必多说，讨厌鬼!"啪的一声，她关上了窗户，"这风真冷!"

李寒就这样被无情地关在了门外，冷得要命，天色漆黑，李寒有些害怕了。又责备自己平时怎么不多套些近乎，和阿姨关系好些也好办事啊，不至于让自己露宿街头。

她再次冒着风雪，拖着两个沉重的箱子，走在冷清的街上，挨家挨户地敲门。骄子旅社的灯是亮的，经过一条狭窄的巷子就到了，门开着。"有人吗?"房东应了一声走出来，上下打量着这位远道而来的可怜虫（从她的表情可以看出，房东不会对这位脸冻得发青的姑娘心生同情，而是觉得可以好好坑一笔），冷冷地说："现在春节期间，住一晚八十，住不住?"可前一个月这种小旅社还是四十一晚，突然就涨了四十。她沮丧地走开了，打算再回去求求门卫。

不远处亮着灯，一个老婆婆正收拾着蔬菜叶子。朝李寒挥手喊道："娃儿，这么晚了，去哪儿?"李寒觉得这是根救命稻草，直奔过去。"婆婆，我想寻一个住处，要不，我就只能露宿街头了。"

"咦，这可怜呢，跟我来!"

李寒觉得自己还是幸运的。或许人在最艰难的时候，上天总会给点意外的惊喜吧。

跟着她走过一个极窄的巷子，便是住处了。原来老婆婆竟住在后港夜色的后面，以前常常经过后港夜色，只知道这后港夜色是个环境优雅的茶馆，没想到后面是农舍。

婆婆五十出头，可一双眼睛溜溜打转，一定是个聪明人。天上不会掉馅饼的。"女娃儿，你就住这里，一个月一百二。"婆婆指了指旁边的屋子。这间屋子约二十平方米，里面有一张木板床，上面铺一块脏兮兮的棉布，一个破旧的柜子上面落满了灰尘。"大冬天的，我给你烧瓶热水拎下来。"

"谢谢您了！"不一会儿，她拿了两床被子和一碗蛋炒饭给李寒。"快趁热吃。"李寒狼吞虎咽地吃起来，从没觉得蛋炒饭这么好吃。李寒悟出一个道理来：离开父母的庇护，真正独立起来并不是一件容易的事情。

她住的这间屋子挨着一间储藏室，堆满了杂物。多是种菜的工具，烂衣服，破鞋子和臭袜子，一股臭味让人窒息。幸好房门关上后，便闻不见了。寒风呼啦呼啦响，拉警报似的，身子冷得如被鞭子抽一般。"风一更，雪一更，聒碎乡心梦不成，故园无此声。"李寒不由得背起这首词来。终是如梦了。

正月初九

天微微亮，李寒听到响声，醒来顿时感到自己身上冰凉。起身推开门看，是老婆婆骑着三轮车出门弄出的响声。她身上落满了雪花儿，手上的泥巴湿湿的。"阿姨，您这是去哪里？"

"卖菜。"

"这么早会有人买吗？"

"赶早占个好位置，冬天正缺蔬菜，生意才好哩。"老婆婆语气里透着喜悦。

这老婆婆冬日里这么冷的天还要赶早儿卖菜，李寒顿时心生佩服之情！

"这前面三个大棚的蔬菜都是我种的，你要是会做菜，随意摘，不要客气。"

"那阿姨您路上注意安全。"李寒此时觉得自己很幸运了，街上冷清，有钱也不好使，现在有青菜也是幸福了。李寒来的时候备了几包方便面，加些青菜煮一煮也是香喷喷的。吃罢，搓搓手便读起书来。外面的雪花静静飘着，这心也跟着越来越静了。能这样安静地学习也是幸福啊！李寒虽是在乡下出生，可山上的日子也是滋润的，尤其是正月，是山里人最悠闲的时候，亲朋好友，男女老少喜欢聚在一起，围在暖烘烘的火炉旁，吃着，喝着，玩儿着，聊着，好不热闹！可是对于李寒来说却是百无聊赖且浪费光阴的，二十多年来，年年如此。在这样的环境中，如何能学习呢？话又说回来，如果不是这样的经历，又怎么知道家里鸡鸭鱼肉的美味呢？

不知不觉，已经是下午四点多钟，那婆婆该回来了吧？李寒都忘了自己没吃午饭。听见门响，李寒知道婆婆回来了。她戴一顶黑色的尖尖的毛线帽子，看起来很风趣。身上、脸上都白白的，真像个圣诞老人，可爱极了。"女娃儿，吃了吗？"婆婆语气轻快，看来生意不错。"您怎么这么晚才回来？""我的菜早卖完了，今天去了慈善会，你看我这里有好东西！"说着便掏出来塞到李寒手里，还是热热的，是一包吃的，只是盒子有些特别，上面印着一个爱心符号。"这是我们这儿的慈善组织发的，外乡人每人一份。"说罢，她便嘿嘿地笑起来，光是看到她的笑容，李寒就温暖很多了。食物还冒着热气儿，是糯米鸡肉卷，真香！李寒告诉自己：一定要考上，哪怕只是当个普通的上班族。

正如围城，外面的人想冲进去，里面的人想冲出来。

正月初十、十一

大雪一直下到正月十一，估计老天自己都烦了，老是那一套。由于李寒饥寒交迫，所以这几天觉得特别漫长，但认真起来日子又是飞快的。

正月十二

太阳笑呵呵地来了，天地间万物皆因太阳的到来而欣喜若狂，它给了一切生命生的希望。李寒打开窗户，让阳光洒进来。其实一切都不难，只要见到阳光什么都会烟消云散！雪融化了，田地里的蔬菜绿得格外精神。李寒收起书来到街上，好好享受这如金子般的阳光。人多起来了，各色小摊儿都开张了，饭馆儿炒菜的香味儿钻到李寒的胃里。烧烤的烟雾跟从前一样呛得人直咳嗽，原来那么讨厌的东西，现在也成了一种不可或缺的美。绕着小街道走了一圈儿，李寒便去小摊上买一碗炒饭边走边吃了。

李寒不能浪费了这么好的天气，折回去拿了书本和卷子往校园走去。在阳光的沐浴下，校园里朝气蓬勃，不过这也不全是阳光的功劳，还因为校园里多是年轻人，多少沾些青春的气息。这气息比花的清香更有味道。原来人们苦苦追寻的幸福，其实在途中已经遇到了，只是并没在意，以至于它走了，我们也不知情。

这熟悉的一切，却又是那么新鲜。

阳光下，深红色的教学楼格外漂亮。

李寒经过主教楼，仿佛听到了往日的喧闹，恋人们手牵手一起吃糖葫芦、羊肉串，一起喝奶茶，甚至大打出手，吵架分手……凡此种种，要是看戏这可是最热闹的地方。

校园，少了往日的琅琅书声，也少了情侣的打情骂俏，倒是多了几分静美。现在校园是她一个人的，似乎有点奢侈了。李寒拿出书本大声读，做完试卷，已近黄昏。从小西门出去右拐便到了兰州拉面馆，吃一大碗面，身上暖和起来，便回到小屋子。洗一洗躺在床上，回想着今天的美景，今天的阳光。

正月十三

这天十点多，老婆婆兴致勃勃跑过来对李寒说："这大好的天儿，不如跟我去转转，别老是学习，闷坏了。"跟在婆婆后面，李寒来到一个院子，里面很多盆栽，看这陈设，颇有几分高雅的味道。上楼后，最里面有一间客厅，推开门，一屋子老太太围成一圈儿，聊得热火朝天，场面温馨极了。长方形桌子上放着各种包装精美的吃食，电视上方的墙壁上挂着前几天见过的那个爱心标志。领头的站起来，对李寒说了一句："你好，欢迎新人的到来。"她有些不自然，心里直犯嘀咕。在领头的带领下，大家唱起一首不知名的歌，李寒也跟着附和几句。看起来她们很是虔诚，祷告完后，一起说："阿门。"然后一起画十字。这种氛围让她意识到自己的卑微。接着便要唱《圣经》里的歌，李寒就是个滥竽充数的，听着这些虔诚的整齐的歌声，她心里竟感动了。

接下来便可以享用那些可爱的食品了。李寒听她们聊天，从谈话的内容中，她了解到：这些老婆婆多以卖菜为生，她们所挣的钱都捐给了贫困的孩子。一张红色的票子，得冒多少次风雪才能挣来。

此时，李寒快要流下泪来，为了这片刻的温暖，为了这群老人的信念。这是几天以来，李寒过得最特别的一天了。对这一天她充满了感激。年过半百的老人，方能在风寒中卖菜，为了贫穷的孩子不再寒冷，而她有什么理由不坚持？她不贪心，只求今生做好一件事，便安心归于尘土。

正月十五

元宵节，李寒是在那位婆婆家度过的，她有些拘谨，不过有个可爱的孩子很喜欢她，跟她亲近，让她很开心，不过更开心的是总算熬到了开学的日子。街上、校园里恢复了往日的热闹与繁华。李寒要搬走了，在这繁华街道的后面，有那样一个小屋子，珍藏着李寒最宝贵的东西。

春天总会来，又总会走，日出便会日落，雨过便是天晴。

郭　玲　天门市作家协会会员，任教于天门市蒋场中学。

郭 妮

栀子飘香

　　夏日的艳阳高悬，映照得窗外的绿叶格外明丽，清脆的鸟鸣声不时传到教室里来，初夏的风是凉爽的，拂在人身上有慵懒的魔力，一阵阵夏风拂过，风里弥散着栀子的清香。

　　"沈星燃，你烦不烦呀！"杨夏夏将辫子拉到肩膀前，一看，发尾绑着的两朵栀子花已被摧残得掉了花瓣，恼怒地拿起正在做的《物理金牌练习册》，朝身后的沈星燃打去。沈星燃却是早就敏捷地离了凳子，跳到三个课桌外的一条过道上，一脸无辜地说："这次真不是我扯你辫子，冤枉啊！我比窦娥还要冤！"

　　杨夏夏对此早就见怪不怪，她倒是被气笑了："演，继续演！沈星燃，奥斯卡金像奖不颁给你，可惜了。"沈星燃作委屈状："不信你可以问博轩，博轩可以为我做证。"沈星燃用手肘推推身边的男孩。

　　邵博轩用左手扶了扶鼻梁上的眼镜，正在写算式的右手也停了下来，他抬眼看了看周围的状况，见到手拽着书正在生气的杨夏夏，和站在他桌旁脸上委屈、眼底却露出狡黠笑意的沈星燃，心里什么都明白了，笑着说："平常你欺负杨夏夏同学的时候，我倒是可以做证。"说完，他拿起桌上的数学试卷，站起来，径直走向教室中间的最前排，没有理会身后正被杨夏夏追打的沈星燃。

他走到一位身着白色连衣裙，扎着高马尾，正咬着指甲，对着试卷埋头苦思的女孩身边，停下，看到桌上的白纸上凌乱的计算过程，很多都被笔划掉了。邵博轩微笑着俯身，不经意嗅到了女孩马尾辫上栀子的香气，用手指了指女孩面前的试卷上的一处地方："22 题给的信息有点问题，这里应该是 6x，不然，这道题解不出来，6 的后面少了 x。"女孩略一思索，便迅速地在纸上书写起来，头顶的栀子花片片舒展着身躯，笑着露出里面的花蕊，开得灿烂。片刻后，女孩欣喜地说："对呀，我怎么没有想到！邵博轩，还是你聪明。"邵博轩仍是笑着，没有自夸，看着女孩手上被啃得参差不齐的指甲，笑意更浓："叶柠，我们去办公室找罗老师，求证一下这道题。""好呀！"女孩正打算拿试卷和笔，邵博轩阻止了她："试卷我已经拿了，上面写好了计算过程。我们走吧！"叶柠感激地对他笑笑，正欲起身，却看到"机灵大圣"孙伟急匆匆地跑进教室，大喊："都别讲话了，班主任来了！"同学们纷纷慌忙回到座位上，"臭屁王"王宇森因为心急，没有留心脚下，踢翻了陈嘉仪的书包，趔趄地向前跨了几大步，扶住课桌才没有摔倒，顿时，教室里又喧哗起来。

班主任刘老师抱着语文听写本进门来，皱了皱眉，敲敲桌子，伴随着上课铃声响起，刘老师厉声说："我从办公室一路过来，就我们班最吵，都初三了，下课还在吵闹呢！作业都完成了？"同学们个个低头不语，坐得端端正正。看着眼前的孩子们，刘老师不觉心软，缓和了语气："这是最关键的一年，同学们要好好用功，心仪的高中正在等着你们呢！"不知是谁回答了一句

"好"，教室里异口同声地接着高声回答："好！"刘老师的脸上终于露出笑容，同学们也微微笑。刘老师接着说："对了，今天咱们班来了一位新同学。"刘老师边说边走到教室门口，微笑着跟门外的人低语。同学们好奇地朝门口张望，有些胆大的同学已经开始窃窃私语了。不一会儿，刘老师再次进来，身后跟着一个背着书包、低着头走路的男生。

大家的目光一致聚集在这位新同学身上，好奇地打量着他。男孩个子高高的，却极瘦弱，低着头，看不太清五官，宽大的书包、黑色长袖、浅蓝色的牛仔裤和脚上的运动鞋都出自同一名牌，同学们的私语声更多了。叶柠坐在第一排座位上，离讲台最近，因此，她清楚地看到了这位新同学放在牛仔裤口袋里的双手正不知所措地摩挲着。叶柠悄悄瞧他的脸，不料，新同学突然微微抬头，原来是刘老师正说让他做自我介绍。叶柠正好撞上他清冷的目光，那目光中有不耐，有警告，也有一丝无措，叶柠装作没有看到，大方地对他笑笑。

在刘老师数次示意下，他终于开口说话了："我叫徐远……阿嚏……"一阵风袭来，站在讲台上的男生打了个喷嚏，一条绿鼻涕流了出来，教室里哄声一片，他连忙用袖子捂住鼻子，窘迫地羞红了脸，原本惨白的病态的脸变得绯红。刘老师急忙止住教室里的哄笑声："安静！安静！"叶柠想起了课桌里原本打算做沙包的手帕，她将手帕递给这个羞赧的男同学，坐在第一排的其他同学也纷纷拿出纸巾递给他。

刘老师温和地说："徐远东同学不久前重感冒，一吹冷风就容易打喷嚏。我们班是一个温暖有爱的大家庭，同学们要多多照顾和帮助新同学。大家用热烈的掌声欢迎新同学！"教室响起热烈的掌声，刘老师让徐远东坐在第一组最前面靠窗的位置，然后开始讲解课文。同学们的注意力和兴趣都转到了有趣的文言文上，小风波就这样过去了。

　　课后，刘老师将叶柠叫到办公室，对她说："徐远东同学之前在外地上学，现在回来参加中考，他因为生病，之前上学总是断断续续，功课有些跟不上。叶柠，你是班长，也是小组长，又是年级里成绩最好的同学，老师将徐远东放在你们小组，你要多多帮助这位新同学啊！"此后，叶柠所在的学习小组多了一个身影。

　　不知从什么时候起，叶柠发现每天早上自己的课桌上总是莫名出现一朵栀子花，有的时候是开得正艳的栀子，有的时候是刚刚绽开的栀子，花瓣上还残留着晶莹的雨水……起初，她并没有在意，因为五月末正是栀子盛开的时候，班里女生的头发上、课桌上经常出现栀子花，一些同学早上来学校上早自习时，也会乘兴摘下一朵新开的栀子，送给老师们。如果问，属于五月末初夏的气息是什么，叶柠一定会毫不犹豫地回答，是栀子的清香！

　　很多很多年后，叶柠大学毕业，走出了校园，参加了工作。后来，她收到过很多种类的花，玫瑰，百合，向日葵，满天星，马蹄莲……可只要到五月，风里又吹来栀子的香气，叶柠就会想起那白色的花，还有那再也回不去的青葱岁月，那只有一次的中学时光。恍惚间，好像又回到了那个夏天，杨夏夏追打着沈星燃，邵博轩约她一起去找老师请教问题，严厉又温和的班主任正在训话，还有，那个瘦弱的少年……

　　郭　妮　天门市作家协会会员，任教于天门市蒋场中学。

散

文

教 维

江汉平原上的河

　　江汉平原上的河，从古至今只有两条：一条是汉水，另一条叫石家河。它们都是江汉平原上的文化符号，它们都活在我的感触里。

　　石家河，一段五千年的乡愁。

　　石家河文化是新石器时代文化，因发现于湖北省天门市石家河而闻名。我是 2017 年秋走近石家河的。我不知道五千年以前，这个叫石家河的地方是不是也有条河；我不知道五千年以前，这个地方究竟发生了些什么；但我知道这里的的确确存在着一个用黄土夯筑的城池，一个用刀耕火种塑造出的梦。那梦一定是纯洁的：天空一样瓦蓝，流水一样清澈，炊烟一样轻柔，飞鸟一样自由！于是石头成熟了，收获了。在经过了一个收获的季节之后，我们的祖先带着我们的胚胎离开了土城，他们要去寻找一个比石头更美的梦。

　　五千年，也许只是一场梦的长度，可梦醒以后呢？先祖们再也找不到回家的路了。一代代的先祖只好把乡愁留给了洛阳铲。道不尽洛阳铲下的"天地玄黄，宇宙洪荒"，五千年的寻根之旅，我们追寻到的究竟有多少个谜团。谭家岭、三房湾、严家山、邓家湾……这里也许有最早寻根的人家，是放不下的乡愁把他们重新召集在"印信台"前。印信台是一个誓言般的存在，那里曾经的会盟场面还记录在黄土层上。一切只为了生命的延续，我们的祖先曾在这里歃血为盟，祈求上苍，规则在墨守与革新的冲突中演变，信念在坚贞和背叛的较量中强大，于是才形成了乡愁的感召力，这力量穿越了五千年让我们故地重游。

当我看见邓家湾出土的泥人俑的时候，我就像是看见了祖先的模样，我想起了女娲造人的传说，我想到我自己的形象也许就是来源于他们中的某一张脸谱。我还看到一些活泼的家畜，它们被豢养成了通人性的动物，一个个乖张的姿态，洋溢着农耕文明富足的气息。然而那制陶工场里，满地的残片，为何又是一地的忧伤？我们走进土城中部的谭家岭，瞻仰了祖先躺过的瓮棺。祖先把通透精美的思想化成玉器留给了我们，他们的躯体虽然归于尘土，但是那一件件巧夺天工的玉雕却给我们讲述了一个文明时期的灿烂与辉煌。我仿佛看到了那时的太阳是怎样旋转的，听到了那时的鸣蝉是怎样在高枝上歌唱的，看到了族人首领是用怎样的一种态度向自己的臣民传达上天的旨意的。那红陶罐上的符号已经向我们证明了所感受到的一切是真实的。

五千年过去了，谭家湾的陶鬶里还散发着美酒的香醇，陶扣碗里的山珍还没有揭开，那是祖先们为了随时迎接追梦游子的归来。

五千年了，我们从河姆渡到油子岭，从油子岭到屈家岭，从屈家岭再到石家河，一路风尘地感受着中华文明的激荡，乡愁也在这回溯中渐行渐浓，浓到有一种化不开的力量。

石家河故地应该有一条河，是绕着土城歌唱的河，是流入长江的河，它一定是乡愁系统的一道支流，是华夏大地上五千年文明中精彩的一笔。

蜿蜒南北古道秋，纵横山水入画来。如今的石家河土城风韵在秋日的黄昏中更加美丽。走出土城时我突然想到：我们今天的游览不仅是为了告别一段乡愁，而且是为了续写好另一段乡愁吧。

汉江就是祖先不断续写的另一段乡愁。

离开了石家河古城遗址，我沿着汉水江岸回溯。我想起少读《愚公移山》有句曰："指通豫南，达于汉阴。"句中之"汉"即是汉水。它发源于秦岭南麓。听说它流经湖北的襄阳、老河口、丹江口一带，有"汉水连天河"的奇景出现过。我没有见过这种绮丽的景象，但我坚信汉江之水是来自天河的一滴，它带着上古的恩泽走进了我们的生活。它就像一支笔从远古一直书写至今，于是就有了汉字及汉字的乐章，于是就有了汉水女神及智慧化了的人民。"气蒸云梦泽，波撼岳阳城"的景象已不复存在，坦荡的江汉平原已经与洞庭湖无关。先秦时那位名叫"云梦"的楚王也已经不在我的脑海里狩猎了，然而农耕文明的炊烟却依然在眼前延续着、飘荡着。

我们现在的生活与水相依，就像依偎着古老的汉字，文字里满是渔樵耕读的日子，在慢节奏的向往中享受着大自然所馈赠的一切。在这里无论河水狰狞还是微笑，人生的浮华奢求都不会太高，只要船篙还在、头还在，早晨升起的太阳就是笑呵呵的，幸福的歌就会唱起来："遍地野鸭和莲藕，秋收满畈稻谷香。"

生活是真实的。中华龙脉的气韵勾勒出的这个平原的形象，没有山，但被渺渺的远山所拱卫，就像所有的平原一样，但只要你进入它的腹地，你就得像山一样站着，以山的姿态与一条河流相依偎。你可以奇崛，可以呆萌，就像夏日天空的云山一样变换着自己的形象，但你不能任性，不能辜负一条河流的柔情而丢掉山的气概。

我走过汉水描摹的平原，我知道大禹曾来过，是他让河流湖泊归于理性，也就是在他之后，"天下为公"的理念才扎根在这汉水江畔。千百年之后，当西洋轮船的鸣笛沿着河岸叫嚣的时候，这土地才变得悲伤。辛亥的枪炮并没有唤醒这片沉睡的土地，它只在梦中呻吟。芦荡里愤怒的火种是谁点燃的？是谁站在汉江的岸上，在涛声里发出了愤怒的吼声？是谁注视着长河界定的时空，努力地在《诗经》或者《离骚》里寻找希望？时至今日，我流连在汉水岸边，偶尔找到一句残片："岂曰无衣？与子同袍。王于兴师，修我戈矛。"

人心弯弯曲曲水，世事重重叠叠山。如今的江汉平原，规模化农业把四季的色彩都集约化了。春天的色彩是金色的，油菜花纯粹地铺陈出一片青春的海洋；夏季的麦浪是金色的，沉甸甸的麦穗儿是响彻天际的歌谣，把丰收一路唱到长江的口岸；秋季的稻香也是金色的，成熟的喜悦被风赶着跑，生活的每个角落都能嗅见，直到把人心也熏染成了金色。我行走的秋天里，看见那纵横交错的防护林带也开始泛黄，金黄的叶子开始随风飘舞，那不是落叶，而是金黄的信笺，它在空中飘着飘着。"泛览《周王传》，流观《山海》图。俯仰终宇宙，不乐复何如？"我喜欢在江汉平原的秋天里行走，没有功利，不含心机，只让生命处于最自然、滋润而闲适的状态。

敖　维　湖北省作家协会会员，任教于天门市拖市一中。

曹爱林

日记四则

九月二十七日　星期一

夜晚，刚回到学校，刘校长就对我说："曹老师，今天早操，你班上缺勤的学生很多，尤其是女生，只到了六人，希望你抓一下。"

这段时间，由于一些事情离校外出得比较多，对班里的管理放松了些，没想到竟糟糕到如此程度，这班学生也太不听话了。每次对他们讲要有自觉性，说这是做好任何事情的前提，革命要靠自觉嘛！当时，他们似乎都明白，过后总是忘了。看来，得想想办法，狠狠地给他们点"颜色"看。

九月二十八日　星期二

今天，我给学生来了一个突然袭击，他们以为我仍不在学校，于是同以往一样，有八个学生没有出操。他们有的在寝室里谈天，有的在教室走廊里游荡，有的甚至出了校门，在外面买东西吃。我只是分别喊了他们一声，没有向他们讲什么道理，也没有对他们采取任何处罚。我只是极严肃地警告他们下不为例，明天可要注意点，否则罚跑圈。

九月二十九日　星期三

随着一声急促的铃声，我一骨碌翻身坐了起来，看看表，才凌晨三点五十分。唉，该死的牙疼，害得我做了一场梦。

又一阵疼痛，我醒了。窗外是不太明亮的光线，屋子里还显得很暗，可大喇叭里分明播放着广播体操那明快的乐声，已经上操了。糟糕，我误事了。

我内疚地来到操场上，当看到学生那懒洋洋、有气无力做操的样子时，我恼火起来，向他们怒目而视。而学生们却纷纷用异样的眼光看向我。奇了怪，我想怒斥他们，还没张口，一股疼痛钻心而来，我摸摸脸，原来我的左脸肿得像馒头了。

早操后是跑步。学生们嘻嘻哈哈，毫无规矩，有的只跑了半圈就退场了，好似残兵败将。

其他班都进教室去了。我把我班留下，清点人数，彭勇未到，刘林、王军波迟到。没什么好说的，刘林昨天被抓过，今天罚绕操场跑三圈。不过，我今天也迟到了，先罚我。我跑了起来。

"曹老师，您生病了，就不罚了吧。"

"不，谁犯规，就罚谁！"

刘林自觉地跟在了我后面，昨天没出操的另外七名同学也加入了被罚的行列。

罚完后，我对学生讲道理：经常做操和跑步能提高呼吸系统以及血液循环系统的功能，促进新陈代谢，增强身体各部位对疾病的抵抗能力，促使身体健康发育。广播操动作简洁灵动，昂扬活泼，那懒洋洋、有气无力的动作怎么能收到锻炼的效果？另外，全校学生一起出操，配上明快雄健的音乐，队形严整，动作整齐划一，培养了团结协作意识；长期坚持跑步，能锻炼意志，振奋精神。

九月三十日　星期四

脸上的肿还没有消，昨晚睡得似乎安稳了些，没等起床铃响，我就起来了，牙还在疼。今天和学生一起出操，我一定要精神些。对，穿上我那套蓝色运动服；穿皮鞋可不行，唉，又没运动鞋，那就胶底鞋吧；还要在脖子上套上口哨。

果然，学生今天做操特来劲，动作虽不太规范，却显得很精神。跑步时，我吹起了哨子，同学们都合着我的节拍，掷地有声，威武雄壮，俨然一支强有力的战斗队伍。

我想：教育学生，只要舍得花时间，花气力，在讲道理的前提下，以身作则，总会做好的。

不过，我还得外出几次，因为我还缺一双运动鞋。为了对学生进行广播操动作规范训练，为了教给学生更多的跑步知识，我得去新华书店看看，买几本这方面的书。我还得去瞧瞧医生，因为脸上的"馒头"总是不消。

曹爱林　天门市作家协会会员，任教于天门市岳口初级中学。

曹小燕

崎岖的生命之路（外一篇）

又到了暑期家访的时节了。家访于我，无疑是沉重的代名词，并非我在意路途的曲折遥远，而是每一次家访，都会让我看到人世间因为残缺而带来的种种苦与难。但正因如此，我也能看到特殊教育的使命之所在，也让我觉得自己的工作一定是有意义和价值的。这次家访当然也不例外。

八月二十五日，天气晴朗，我们一早就出发去学生家里。这次学校安排给我们的是比较远的汪场、张港的学生。我看了下地址，都是在下面的村里，心里已有所准备，因为乡村的路是最难走，也最难找的。不出所料，我们到达汪场镇里后，又问了若干次路，才终于在一个多小时后到达了第一个最近的学生家里。这个学生名叫王宇，十二岁，我曾经教过他一年语文，上学期曾因脑积水休学了一段时间。他的家不难找，在一排整齐的新楼房里，有一幢很老的平房，那便是他现在住的地方。他爷爷在门口等我们，看到我们，老人布满皱纹的脸上满是热情的笑容，说王宇不知到哪里玩去了，马上去叫他回来。老人蹒跚着去了，我们便和邻居攀谈了几句，原来这个房子是他大伯的家，他父母都外出打工了，所以跟着爷爷在大伯家里住着，有个姐姐上大学了。看到我们，王宇非常兴奋，嘴里不停地说着什么，一会儿在堂屋里转圈，一会儿又到厨房里扫地给我们看，一会儿把扫帚乱丢，不到十分钟，就嚷着要出去玩，到了门口，又捡了些砖块、树枝要拦路。唉，才休学几个月，行为就大变了，以前是个很温顺的孩子啊。希望到学校以后，他的行为能恢复正常。

　　告别了王宇家，我们去往另外一家，地址显示是张港某村，按理说和汪场在一条线上，我们应该很快就到。但为了保险一点，我还是和学生家里联系了一下，问清楚了路线。原来说的是张港，其实是离蒋湖比较近一点，于是我们又转到另一条路，先到渔薪，再经赵台到蒋湖。到了蒋湖农场，蒋湖农场的老乡真是热情呢，问了几个人，我们终于找到了去学生家里的路。这个学生叫肖琴，是语训班的一年级新生，才八岁，上学期刚来的，所以老师上门家访应该还是第一次，她的奶奶专门步行很远到路口去接我们。到了她家，这孩子竟然还没起床，也没吃早饭，当时已经是十一点了！看到我们，她很紧张，也许是因为老师第一次到她家里，她又不懂我们说的话，不知道要干什么吧。肖琴是先天性的耳聋，没有办法配助听器，她的奶奶不停地说是因为她妈妈怀她时喝了酒，她妈妈是河南的，两口子经常吵架，孩子一生下来就不正常，说话时老人脸上显出了痛苦的神情。这是一个干练的农村妇女，家里种着很多田，肖琴父母都外出打工了，就她和老伴两个人带着肖琴，只希望她将来生活能够自理。我跟她说了我们学校校办工厂的事，老人很欣慰。在和老人交流了肖琴在学校里的表现和她暑期在家的情况后，我们结束了这次家访。

　　家访，看似简单的一件事，但它所带给我们的启示是不可估量的，我愿继续这崎岖的家访之路，来弥补残缺生命的崎岖！

人间自有真情在

　　我认领的孩子叫明明，这是个没有父母疼爱的孩子。但是通过这次认领家访活动，我觉得在他的周围还是有很多关心、爱护他的人，他的人生也并不孤单。

　　他的家在皂市文墩村，为找到这个地方，我们可是费了好大的劲儿，一路上问了不少人，他们都很热心地为我们指路。到了新文墩，明明的奶奶已经在路口等我们了，她问我们有没有看见明明，说明明一大早就去大路口等我们了。我们却没有看见，于是马上转回去找，在大路口问了许多人都说没有看见，看来他们对明明都很熟悉，也很和善。我们决定先到他家里去等他，果然，他在隔壁一个小伙伴家里玩呢，听说我们来了，很开心地回了家。在家的他，可能是知道我们要来，还特意穿了校服，跟在学校时一样，很温和地笑着和我们打招呼。

　　他家住在一个二层的小楼里，据明明奶奶说是她最小的儿子以前的房子，现在让给他们居住。她很热情地端出自己做的米酒要我们喝，让人不忍心拒绝。不一会儿，明明的爷爷也回来了，这是个很朴实的老人家，见到我们只是很诚恳地微笑。老两口这么大年纪了还种着七八亩田，真是不容易，明明奶奶现在还在离家不远的一个仓库里帮别人做饭，一个月可以有九百块钱的收入。周围的人也都很热心地帮助这祖孙三人，亲戚朋友也给予了不少助力，他们就这样抚养着明明慢慢长大。而明明现在在家里也会帮忙做很多家务事，他会做饭、洗衣和干一些力所能及的农活，这让爷爷奶奶觉得很欣慰。

我向明明的爷爷奶奶说明了我们的来意：我将认领明明，以后会和他们一样关心、照顾明明，帮助他健康成长。他们很感动，一再对学校和老师表示感谢，再三邀请我们去餐馆吃饭，我们表示还要到另外两个孩子家里去，婉言谢绝了。走的时候，明明和奶奶一直送我们到上车的地方，目送我们离去。

在返程的途中，我觉得内心如同窗外明媚的阳光一样温暖：明明虽然是不幸的，但是他在家庭、社会、学校的关心、爱护下成长，能够性格开朗，勤劳诚实，却又是幸运的。我现在觉得作为一名特校教师，能尽自己所能帮助一些残疾的特殊孩子，是多么有意义的一件事！愿社会多一些关心残障者的人，愿人间真情抚慰这些受伤的心灵，让他们有尊严地活着！

曹小燕　天门市作家协会会员，任教于天门市特殊教育学校。

陈艳云

相　伴

时间如白驹过隙，从不为任何人停留。但是记忆里，有些风景不会随时间的流淌而消逝，有些面孔不会随时间的消磨而模糊，有些信念不会随时间的涤荡而褪色。

八月，桂花盛开的季节。我接到担任九年级班主任的通知，拿着一份印有五十个名字的学生花名册，怀着激动和忐忑的心情开始憧憬我的九年级班主任生涯。

（一）相识

九月一日，是学生报到的日子。

我早早地来到教室，先在教室门口张贴学生花名册，然后在黑板上写好报到须知。收拾好一切，我满怀期待地等待着学生的到来。这时进来了一位奶奶，我连忙起身询问："您是不是带孩子来报到的呀？"奶奶看着我说："对啊，这个班的老师怎么还没来？"我连忙解释我就是，奶奶一脸不信，我正打算继续解释时，只见奶奶咕咕哝哝地边往外走边说："怎么能让一个小姑娘带毕业班呀，这不是闹着玩儿吗？"留我一个待在原地，这颗原本放下的心再一次悬了上来。

好在这个小插曲过后一切都还算顺利，学生乖巧的模样、家长信任的眼神让我紧张的内心放松了不少。

开学第一课，是新学期伊始的重头戏。我带着精心准备的讲稿信心满满地来到教室。看着那一个个青春洋溢的身影，我仿佛回到了中学时代，不由自主地放下了原本准备好的讲稿，打算另辟蹊径，来一套现身说法。

我记得，那一节课，我做了个特殊的自我介绍，从小学一直到大学再到参加工作，结合自己的求学以及参加工作的经历，讲述了曾经面临的困境，以及走出困境的方法，像讲故事一样给他们讲述了我在不同的地方看到的不同风景以及体验到的不同风俗，成功地勾起了同学们对未来的憧憬。看到同学们眼中透出来的那道希望之光，于是我趁热打铁，让同学们立足当下，在彩色便签纸上写下自己的理想高中，张贴在班级墙的"希望之树"上，并鼓励他们为自己的理想奋斗！看着花花绿绿的便笺纸，看着纸上一笔一画写下的目标，孩子们的热情感染了我，先前的那份紧张与担忧早已被抛之脑后，此时的我信心满满，斗志昂扬。我暗暗给自己定了一个目标：一定要竭尽所能，帮助同学们提高成绩，进入自己理想的高中。

我们相识在那一年一度的开学季，一次美丽的邂逅，让两条平行线似的我们有了交集。我隐约觉得，我跟这群孩子的相遇绝非偶然。

冥冥之中早已注定的遇见，一定是一个不平凡的开始。

（二）　相知

由于没有带毕业班的经验，所以我每天坚持比同学们早起半小时，白天经常去班里"蹲点"，到了晚上查完寝后才拖着疲倦的身体回家。每天保持与同学们同进退的状态，我们像约定好了似的，互不干扰、默默陪伴着彼此。

期中考试如约而至，备考的那段时间同学们一刻也不敢松懈。因为我们都知道，这一战于我们而言很重要。作为班主任的我，这次的考试成绩是领导对我这段时间工作评定的一个重要参考；作为学生的他们，这次的考试成绩是他们对自己这段时间学习状况的一次检查。

成绩下来的那一天，看着手里的成绩分析表，我的心情很失落，毕竟付出后都希望能有所收获，失落、焦急、无措的我内心百味杂陈。强压着内心的那份焦躁和无助，我拿着成绩分析表走向教室，隔着窗户看过去，同学们像霜打了的茄子，班级弥漫着颓丧的味道，我的心咯噔一下，糟了！连忙将拿在手里的成绩分析表偷偷放在教室外的走廊，调整呼吸，面带微笑地走进教室。站在讲台上的我，没有说一句话，静静地看着教室里的学生。有的同学为了躲避我的目光恨不得将头钻到课桌下面，有的同学则是一脸不解地看着我，甚至连平时上课最活跃的小章同学也一脸愁容地沉默着……

说实在的，看到这群平时干劲十足的孩子们现在这副神情，我的心很疼，眼泪在眼眶里打转。我深知大家这段时间的付出，这样的考试结果让信心满满的他们受挫了。我忍着眼泪像往常一样喊了句："上课。"同学们起立说完"老师好"后都没有坐下，不知道是谁说了句"老师，对不起"，原本忍着情绪没爆发的同学们，一下子都哭了。我强忍着泪水笑着让他们坐下，说道："同学们，不管成功或失败，只要你曾经经历过，那段拼搏的日子就是你永远的记忆。走过了，就要往前看，相信下一站更精彩！"我的话音刚落，只见班长站起来大声说："老师，期末考我们一定拿个第一回来！""对，拿第一！"全班同学齐声说道。看着刚刚还蔫头耷脑的"茄子"们，现在跟打了鸡血似的恢复了往日的昂扬斗志，我会心地笑了，我的兵又回来了！

接下来，我们一起做试卷分析，解决他们在考试过程中遇到的问题，并一起对这次考试进行总结。看着自信的笑容再一次出现在他们脸上，教室又恢复了往日的生机，我知道，失败将成为历史，迎接我们的将是胜利！

重整旗鼓后的我们依旧互不干扰，默默陪伴着彼此。同学们不再因某次失利而一味懊恼，而是在失败中找原因，擦干眼泪继续奋斗。就这样，时间在无数个挑灯夜战的夜晚中悄悄流逝，期末考试来临了。在学期末的考试中，我们班一举获胜，各科成绩平均分稳居学校第一。

看着班级荣誉墙上一张张第一名的奖状，我们相视一笑，在这一刻，我们的心靠得更近了。于千万人之中，我们有缘成为师生，在这段相处的时间里，我们越来越了解彼此，就像最佳拍档一样，在中考备战路上携手前行。

（三）相伴

一如往常，我泡上一杯绿茶，开始批阅学生们交上来的周记。打开周记本，一张皱巴巴的信纸飘落下来，像是从日记本上撕下来的。这张纸上写着这么一段心声："我不知不觉地喜欢上了他，总是偷偷地欣赏他的一举一动。有时上课头微微一侧，向左一转就能瞥见他。他那样高大，像山一样坐在那儿，很直。头发总是干干净净的，充满着蓬勃的朝气。有时，他发现了我的目光，便冲我一笑，露出两个酷似明星的酒窝……"

我认出这是小贾同学的笔记，心里不由咯噔一下，该来的终究还是来了。为进一步验证我的猜想，我查看了最近几次的考试成绩，发现她学习成绩下降得厉害；向科任老师询问她上课的表现时，老师们都反映她上课时双目无神，若有所思。了解完情况后，考虑到这是备战中考的特殊时期，我并未急着找她谈话。过了两天后，我借做试卷分析之机，把她请到办公室来，先跟她一起对这次试卷做了分析，然后就最近一段时间，她学习情况的变化，询问她最近是不是压力太大了。一直乖巧懂事的她这次却低着头不说话，一切了然于心的我没有再做询问，给她讲了这样一段话："山顶上有许多美丽怡人的芳草鲜花，不要随意在山脚下摘了一棵杂草就往回走。中学阶段的学习任务重，压力大，可是人生的旅途还有很长的路要走。作为一名学生，学习是第一要务，要学会合理地释放自己的压力，不要盲目崇拜别人，不要盲目放纵自己的情感，要把多余的、不合时宜的情感适当地冷冻起来。要相信，你值得拥有更好的！"

由始至终，都没有把事实的真相揭穿，但我相信她内心一定明白这是怎么一回事。她红着脸对我说："老师，谢谢您！"并起身朝我深深地鞠了一躬，然后默默地离开了。后来，课堂上的她又恢复了往日的神采，各科成绩都有了明显的进步。至于她是如何处理的我没再深究，这是一份属于她的成长经历，是独特的人生体验，是她自身的一部分。

小贾同学的这件事引起了我的重视，我意识到正处于青春懵懂时期的学生需要一个正确的引导，于是我召开了一期特殊的班会——"青春期的那点事儿"。带着同学们来到操场，让大家围坐在一起，没有别的老师和学生，在放松的环境里，他们相互诉说着各自的烦恼：时而厉声呵斥，时而无奈摇头，时而相拥而泣，时而哈哈大笑……随着一个个紧锁的眉头舒展开来，一个个开心的笑容重现脸庞，这次舒心畅谈活动圆满结束。作为忠实的倾听者，看着这群可爱的孩子们，我笑了，这才是青春该有的模样。临近下课，我告诉他们："青春是美好的，在这个年龄对异性产生好感是正常的，这是心理发展和生理发展的必然结果，不要苦恼。女生如果对男生有好感，这说明你的心理发展和生理发展是正常的，健康的，你是一个懂得欣赏他人的人；另外，有男生喜欢你，说明你是个可爱的女生，是个受人欢迎的人。将来，大家都会遇到许多欣赏你的人，对他们，我们要心存感激，但你必须要知道，一个人只有自身优秀，才值得别人去欣赏。如果不好好学习，品德不好，没有气质，也没有能力，凭什么让别人欣赏？对于中学生来说，最重要的是学习，德智体美劳全面发展。只有这样，才能越来越优秀，才能得到别人的欣赏，同时也能慢慢学会欣赏别人。"

　　青春期是一个敏感而又奇妙的时期，时常会让人感到茫然不知所措。亦师亦友的我们，陪伴彼此走过这段时期，我们的心与心又靠近了一步。青春成长之路上，我们相依相伴，共享美好。

　　天下无不散之筵席，珍藏过往的相识、相知、相伴，蓦然回首的一瞬间，终于发现那曾经的企盼和希冀早已成为昨天，那一瞬间终于发现心中的爱和思念，都是自己曾经拥有的纪念。仰视天空那透明的蔚蓝，六月盛夏，教学楼前遥遥相望的两棵松柏还是那样翠绿葱茏……

　　陈艳云　任教于天门市拖市一中。

方代玉

捧着一颗心

　　身为人师，我在讲堂上演绎着自己的教育教学故事，虽许多都已随着忙碌的生活随风而逝，可也有一些就如同树根一样深深地扎在了我的心上。虽不曾惊天动地，但仍历历在目，令我感悟至深。

　　低年级的孩子们有着童心的烂漫和天真，他们活泼可爱，无忧无虑。我一直以为他们还不谙世事，却没想那天他们给我这个所谓的老师上了生动的一课。

　　可能是因为年纪还小，学生们的注意力总是不怎么集中，老是坐不稳，坐不踏实，老实地待十来分钟就算不错了，男生女生都属于那种一点就着的类型。只要讲到什么让他们感兴趣的事情，总是要花很大的精力才能把场面控制住，完全就是一群脱缰的野马，让缺乏经验的我头疼不已，所以每节课总要教棍不离手，总有十多遍"安静""注意力要集中"诸如此类的友情提醒。

　　那天因为特殊原因，我进课堂迟到了，在大老远就听到有个班级在吵闹，在安静的校园显得非常突兀。我心里暗想：不好，家里野马又脱缰了！加快脚步火急火燎地一路小跑赶过去。刚刚走到后门就看到班长小拓正声嘶力竭、脸红脖子粗地努力维持纪律，可孩子们丝毫没有发现我的到来，也丝毫不理会这个尽职尽责的班长，继续肆无忌惮地打闹。下座位满教室乱跑的，拿着书本玩书本大战的，光明正大在课桌上看漫画的，真是千姿百态，不胜枚举。想起平时课堂上如同逛菜园似的闹哄哄，原本就疲惫不堪、气喘吁吁的我一下子怒火中烧，板着脸走进教室，极其严厉地让全班同学都站起来，毫不留情地把全班训斥了一番，把班长小拓也批评了一顿，要求他们每人写一篇反思交给我。看着我这张怒气冲天的包公脸，孩子们终于意识到了情况的严重性，都低下头相当自觉一声不吭地写起了作业。我缓了缓情绪，让班长小拓坐下来，他刚坐下就突然又站起来了，一边抹眼泪一边请求我罚他，别罚同学们。怒气随着这一变故消失了，只听见他哭得上气不接下气地对我说都是因为他没有能力管住班上的同学，才让教室那么混乱，让我那么生气。那一刻我突然哽咽了，为这个十一岁孩子的善良和担当。

后来我掏心掏肺地跟孩子们说起了心里话，讲起我对他们的付出，讲起我对他们的期望，讲起他们身上背负的诸多期待。孩子们的表情起初千变万化，有鄙夷的，有怀疑的，也有若有所思的，但是到最后所有的孩子都一脸的惭愧。看着这样一群不让人省心但是又天真烂漫的孩子，我的怒气渐渐就消了。

终究不忍心让他们一直站着挨批评，我让孩子们坐下来。可是没想到全班大部分的同学居然都不肯坐下来，我一遍遍地喊着孩子们的名字让他们坐下，可是他们仍然只是倔强地站立着。终于经不住我的再三要求，或许也是站累了，孩子们都开始陆续坐下了，这一堂课出奇安静，每个孩子的表情都是从未有过的认真，我也低头批改起作业。

原本以为事情就这样结束了，可是下课收拾课本的时候，我发现孩子们走路的姿势一瘸一拐的，很是奇怪，我也没往心里去。这时候，班上一个同学跑过来告诉我说："老师，今天这节课我们其实都没有坐，都蹲了一节课的马步呢，我们也想提醒自己要珍惜老师们每一节课的辛苦付出！"这么一句看似轻松的玩笑却让我瞬间如遭雷击！这个消息于我无异于晴天霹雳！这看似安静的课堂背后竟然饱含了孩子们如此的苦苦支撑！面对这一张张天真烂漫的笑脸，我突然觉得羞愧难当，眼睛瞬间湿润了，为自己的小题大做，也为孩子们的善良朴实。小拓走过来的时候双腿一直哆嗦，我强忍着泪水，却早已痛彻心扉——身为老师，我又做的有多完美呢？带着自己的个人情绪，为了鸡毛蒜皮的小事大发雷霆，无意中深深地伤害了对我亲近有加的小朋友们。于此，我还有什么资格来怪罪这群善良懂事的学生呢？孩子们，老师不是一个懦弱的人，但是这一次却不敢向你们道歉，因为我不敢正视你们那一双双纯净的眼睛。那一双双眼睛里，有着我缺失已久的执着、信任和坚韧。或许，我从来都不是一名好老师吧。走出教室，我泪如泉涌。

"捧着一颗心来，不带半根草去。"陶行知先生的真知灼见，言犹在耳，可如今这颗心因你们的纯真和宽容，久久不能平静。

方代玉　任教于天门市拖市一中。

傅祖德

白湖的念想

一个神奇的地方，亘古以来就有如一颗翡翠镶嵌在神州大地上——造物者用神来之笔，将九霄之上的天池挥洒到人间，在江汉平原的东北边陲造了一个烟波浩渺的湖泊。那就是白湖！我儿时的乐园，梦中的天堂。

东走蜿蜒，一条弯弯曲曲的长汀河从西北天际漂流而下，如舞动的匹练般紧傍着白湖东侧脉脉流向东南，带走一首首动听的歌。西羲灵仪，循着大地的足迹，向西越过几道起伏的丘陵，跨过时空的界限，就到了太平天国名将陈玉成大败清兵、贺龙元帅大败敌军的古战场文墩。北骥神骏，一条汉宜公路长龙腾舞一般横贯东西，承载着朝暮寒暑滚滚来去的车轮，在白湖的北边留下了岁月的年轮。南翔缟素，白湖南边的尽头，是举世闻名、融金注玉的江汉平原，春夏秋冬飘散着鱼米的芳香。

那时的白湖，水清得发亮，天蓝得如洗，月媚得醉人；原生态的花草虫鱼，飞禽走兽，让人眼花缭乱。

草树蔓藤，梳裹就白湖的碧鬟绿鬓。在湖边河岸，自然生长的杨树，柳树，桃树，李树，梨树，桂树，枸树，桑树，柿树，榆树，樟树，槐树……在各种藤蔓的缠绕簇拥下，白湖的周边形成了一道天然的屏障。各种各样的原始藤蔓，碧绿翠紫，千万年以来一直紧紧依附在大地母亲的怀抱里，吸吮着大地母亲的乳汁，牢牢遮护着大地母亲的躯体。蒲公英，牵牛花，月季，杜鹃，桃花，梨花，映山红，栀子花，大红花，紫英花，紫罗兰，芙蓉，菊花，蜡梅，等等，争奇斗妍，将白湖的四季装点得分外美丽。

蒹葭荻苇，是点缀白湖的翠羽玉霞。湖中的蒹葭、芦蒿、荻苇，密密麻麻，高过人头，成群结队的水鸟在其间穿梭游翔；无数飞禽常年在湖里栖息繁衍，地上、树梢上、草丛间、湖面上，到处能见到各种鸟儿的倩影：天鹅，大雁，丹顶鹤，白鹭，黄鹂，布谷，紫燕，白鹤，百灵，八哥，喜鹊，白头翁，老鸹，斑鸠，杜鹃，野雉，云雀，啄木鸟，麻雀，老鹰，猫头鹰……有许多属于极其珍贵的珍稀动物。各种走兽如野猪、狗獾、羊獾、兔子等随处可见；大的蟒蛇有三米多长；鱼儿品类繁多，说都说不清；乌龟遍地都是，阡陌之间，甚而厕所茅坑里，随时都能见到它们的雄姿。那时候，人们好像还不知道乌龟是一种难得的补品，毫不在意。大人们在路上见到它们，往往一脚踢开，说声"去"！有时候还玩性大发，跟乌龟们开个玩笑，将它们翻转身子弄个四脚朝天后扬长而去，留下它们拼命伸缩着脑袋与四条腿在地上可笑地挣扎翻转。我们小孩子见到它们这种情形，觉得十分可怜，就帮它们翻过身来。翻转身子的乌龟先是缩成一团，然后慢慢探出头来，确定没有危险了，才快步却又缓慢地爬走，那模样真的很好玩。后来，乌龟成了人们餐桌上的一道美味，还被人们当作一种珍贵的礼品拿去送人。时代不同，龟的命运也有了天壤之别。

　　那时的白湖不仅是一个美丽的植物园，还是一个天然的氧吧，也是一个飞禽走兽的乐园，更是一个人间天堂。

　　春天来了，紫燕闹春，羌管弄晴。绿茵茵的草地上，鲜花遍地的原野里，晴朗的天空中，奔涌着生命的勃勃生机。站在长汀河边，俯视河水中自己随着微波悠悠晃动的清晰身影，观赏紫燕箭似的掠过水面，白鲦从水中跃起，再掬起一捧水来喝下肚去，甜到心里，宛如置身于仙境一般。这时候最活跃的便是我们这些孩子们了。河堤上，草地里，举着几条冲天辫子，光着两片小脚丫，晃悠套着开裆裤的两条小腿，扯着满天的风筝，奔跑着，呼喊着，在草地上翻滚着，尽情地享受着童年最美好的时光。

　　夏季无疑是一年当中最繁盛的时节。被绿色包裹的白湖特别具有诗情画意。站在湖岸向湖中眺望，只见湖面涌动的波浪与芦花、荻花一起绽放，翱翔的鸥鹭与天上的白云一起飘舞。白湖是鸟儿的乐园。你听，各种鸟儿发出的欢呼与歌唱，长短相间，此起彼伏，清脆悦耳，与栖息在高柳上的蝉鸣相应和，响彻原野，响彻夏空，构成一曲雄浑的天籁。你看，夏秋季节，训练有素、纪律严明的大雁，高飞在晴朗的天空，呼喊着有节奏的口令，从"一"字形变为"人"字形，又从"人"字形变为"一"字形，仿佛正在接受检阅的军队。从地面望上去，翩飞的雁群就像是在一张硕大无比的蓝色大纸上移动的字，移动的画，吸引我们一群孩子在地面追着它们一边奔跑，一边还高唱着不知是谁编的儿歌："大雁飞，大雁走，大雁飞飞不回首。拍拍掌，拉拉手，我们做个好朋友。捎封信儿给阿狗，来日请你喝米酒……"

　　对于我们这些少不更事的孩子们来说，对大自然的喜爱，几乎胜过大人们对一切利禄富贵的追求。我们有时钻进白湖深深密密的芦苇蒿草丛中去掏鸟蛋，一钻进去就是大半天，害得大人们到处寻找。芦苇蒿草丛中鸟蛋多得很，大的小的，各种颜色的都有。有的鸟蛋比鹅卵还要大，发着绿青色的光，烹来吃特别香甜可口，据大人说那是天鹅下的。记得我和儿时的伙伴们还喜欢的活动是到湖里、河里、塘里捉鱼。那时，我们周边的河里、湖里、塘里到处都是鱼，各种各样的鱼，捉鱼容易至极。我们都称自己为"渔翁"，有关渔翁的诨名一大堆。有一次，我拖着一串用麻索穿着的鱼兴高采烈地走回家去，一身的泥水，难辨形貌，只有两只眼睛，两个鼻孔，两排白牙还看得分明。刚到家门口，平素老担心我被水淹死的母亲一见我这副尊容，一句话都没说，一手揪住我的耳朵，一手往我的光屁股上招呼，三下五除二，等我奶奶挪动着两只三寸金莲、高呼着"别打"之类的口号赶来搭救的时候，我的两块屁股已经成了酱紫色。结果是，奶奶一边用手抚摸着我挨揍的屁股数落着我母亲，一边是我母亲站在旁边心疼地默默流泪。多年以后，每当午夜梦回，想起这惊心动魄的一幕，总是啼笑皆非，同时又感觉到几许温馨。

秋天和冬天，更有着无穷无尽的乐趣。不说带着家里那只蠢笨的老狗在银装素裹的雪地里追逐野兔，也不说在雪天里设下圈套诱捕麻雀，最吸引我们的还是围在火炉旁边，听老人们讲述那久远流传的白湖里的传说。白湖的中央有一个小土丘，大小方圆不过五百米，距湖面最高处也不过六七米，名为烟雾台，终年烟笼雾锁，"烟雾台"即因此而得名。在很久很久以前，台上住着一对刘姓母子。母子二人相依为命，打鱼为生。有一天清晨，儿子刘郎担着鱼上集市上去贩卖，途中，在一条小溪入口与白湖的交汇处流水中见到似有物体忽隐忽现地闪着光。他悄悄走近细看，发现一条很大的鲢鱼正迎着流水，将一颗珠子吞进吐出，光就是那颗珠子发出来的。好奇的刘郎赶跑了鲢鱼，抢到了那颗珠子。后来发现，将那颗珠子浸在水中，饮用其水能医百病，具有起死回生的奇妙作用，是一颗至宝。有人说，这颗宝珠是白湖吸取日月精华而形成的精魂。从此以后，刘家母子就用这颗宝珠给人们治病，造福乡里。不料，这个消息传到了县太爷那里，县太爷决意要将这颗宝珠据为己有。于是，他带着一帮喽啰赶到白湖烟雾台强抢宝珠，情急之下，刘郎一口将宝珠吞进肚里。一时狂风大作，湖里卷起滔天巨浪，县太爷与喽啰被卷入波涛之中，葬身鱼腹。刘郎和他母亲也不知所踪。不过，人们后来在烟雾台上发现了刘郎留下的几句偈语："今辞烟雾台，乘风去蓬莱。阳澄走宝马，白湖见大街。天回地转日，刘郎再回来。"（白湖最北边部分称之为"阳澄湖"。）

不知是什么时候，一支农民组成的水利大军浩浩荡荡地开进了白湖，随着一阵阵惊天动地的号子声，白湖从中间被剖开，一分为二，一条新开的人工河从白湖的肚皮上横穿而过。从此，白湖面目全非，完全失去了往日的容颜。于是，人们开始重新编织着关于白湖的美梦。新河的两边全部由湿地变成了旱地，人们在旱地上建起了一座座现代农庄。新的农庄层楼耸翠，鳞次栉比；红瓦白墙，溢彩流丹；亭台水榭，凸显现代特色。新修的柏油马路四通八达，马路两旁和农庄周围栽种上了一排排、一片片树木，郁郁葱葱。所有旱地上都种上了庄稼，还开挖了大片鱼池，锣鼓喧天中人们享受着丰收的喜悦。于是，满地的藤蔓编织的灌木丛以及野生树木不见了，满湖的蒹葭荻苇芦蒿消失了；于是，人们喜欢的大雁、天鹅、白鹤飞走了，报喜报吉的喜鹊与呱呱怪叫的猫头鹰销声匿迹了；于是，珍禽走兽无影无踪了；于是，水蟒、乌龟也不见踪影了。似乎在一夜之间，千百年形成的原始植被连同整个白湖所拥有的一切都烟消云散了。从此，电灯的明亮代替了水色湖光，收割机的轰鸣代替了莺鸟啼鸣，"宝马""奔驰"等小汽车代替了出没的走兽，残留在人们记忆深处的只剩下一些关于白湖梦的支离破碎的片段。又过了不久，人们进一步发现，过去美丽的长汀河现在整日散发出阵阵恶臭，穿上在河里洗过的衣服，身上就会莫名其妙地生出无数的大小疙瘩，奇痒无比。池塘里养出的鱼，好多都带有危害人类健康的物质；烹煮出来的猪肉吃起来似乎有饲料味儿；田地里收获的蔬菜粮食，烹在锅里，依稀还能嗅出农药的气息。凡此种种，是否足以引起人们的深刻思考呢？人们在改造利用大自然时，要不要顾及大自然自身的感受呢？

"曾日月之几何，而江山不可复识矣。"传说中的白湖烟雾台刘郎留下偈语云，"阳澄走宝马，白湖见大街"之日，就是他回归之时。现在，白湖已经兴建起了大街，阳澄湖也早就开始跑"马"了。刘郎，你该回来了吧！

傅祖德 天门市作家协会会员，任教于天门中学分校。

李　君

孤独的小孩

凯亮：被遗弃的小天使

　　这一对小姐弟被送到学校时，小学部那些看惯了各种娇滴滴小孩子的老师们都还是忍不住跑去看一看：这两个小家伙长得实在可爱。粉妆玉琢的一对小人，都是白白的皮肤，又黑又亮的大眼睛，睫毛浓密且长，一笑，两个眼睛就弯成小月牙儿，圆圆的小脸现出两个小酒窝儿。他们手拉着手站在阳光下面，一点不怕生，笑眯眯地打量着围着他们的老师。有人问："你们几岁了？叫什么名字？"

　　穿橙色衣服的姐姐说话了："我叫刘凯文，弟弟叫刘凯亮，我五岁半了，弟弟快四岁了。爸爸送我们来读幼儿园。"

　　声音清亮，语速很快，一看就是个活泼的小孩子。

　　弟弟比姐姐矮了一头，他紧紧拉着姐姐的手，笑着看大家，不说话。

　　他们进了幼儿园，不同班。

　　晚上阿姨帮他们洗澡换校服，当两个孩子脱掉衣服站在阿姨面前时，眼前的场景让她们心惊：孩子们的耳后、腋下、臂弯、腿根处的皮肤，一块一块地溃烂了，红红的，水渍渍的，让人不忍多看。阿姨们给他们涂了药膏，用棉纱布包起来。

姐姐凯文很多话，还没有问，她就开始说了："奶奶不帮我们洗澡，我们自己洗的，我还帮弟弟洗，我们就用水冲一下，没冲干净，有时候弟弟不肯洗澡，我也不洗。痒痒了，是痱子，就抓一下，后来就破了。爸爸没有时间帮我们洗澡的，他很忙的。"

"那妈妈呢？"

"妈妈不和我们在一起，妈妈不回家。"小女孩对这个话题好像有所回避，简单说了这两句，神色黯淡下去，不再叽叽喳喳了。

而三岁半的凯亮一直没有说话，帮他上药的时候，他眼睛亮亮地看着阿姨，脸上始终挂着天真的笑意。

过了一周，带小班的刘老师发现凯亮虽然乖，但是从来不说话，有什么要求或者问他什么的时候，他也只能嗯嗯啊啊地比画。

刘老师给凯亮的爸爸打了个电话。

而他的爸爸居然从来没有意识到儿子有不说话这个问题，想来想去，他说："可能是没有人教他说话吧，他还小嘛。"

"不小啦，一般小孩子一岁左右就要开始说话了。你们是怎么做父母的？"

"这个，刘老师，我也不能瞒你，他妈妈不住在家里，我们离婚了。其实离不离婚，她也整天不在家，她总是在外面赌，一夜一夜地不回来，也不管孩子，也不管老人。有一次半夜，她出去赌了，我还在饭店里面忙，凯文饿醒了，三四岁的孩子，半夜一个人摸着黑走到饭店去找我。也是这孩子胆大，你看看这边这治安多乱，夜里一个人走这么长的一段路，连大人想一想都害怕，刘老师，你说这都是什么事啊？

"我本来开了两个店，被她赌输了一个，还欠了外面很多钱，要债的都到家里来了，吓得我老娘躲在房间里直发抖。我多说她两句，就跟我吵，一回来就吵，两个孩子还在旁边看着，吵完就关上门自己去睡觉，睡醒就又出去了。这两个孩子她只是生下来了，从来就没有管过。

"我也忙，饭店里事情多，也顾不上孩子，平时我妈在家带带他们。本来请了一个保姆，也不行，她还在外面做别家的钟点，每次要出去就给孩子喂安眠药，后来被我妈发现了，就再也不敢请保姆了。我妈都七十多岁了，眼睛不好，腿脚也不灵便，小的还好，大的根本管不住。我听朋友说了你们学校，所以就送到你们学校去了。

"刘老师，麻烦你了，我是真的没有办法，凯亮这孩子，还请你多多关照他。"

刘老师开始试着教凯亮发音："老师。"

小男孩眨着明亮的大眼睛，充满好奇地开口了："老师。"

到第一学期末的时候，刘凯亮基本上已经可以正常地和大家交流了。

在学校里，小凯亮总是穿着小小的白衬衫、背带裤，独来独往，我常常在走廊里看到他小小的身影，慢慢地一步一步地朝前走着，他是那么小，那么可爱，脸上始终洋溢着微笑，完全不明白悲伤为何物。

我总是忍不住去抱一抱他，给他两颗糖。他渐渐和我熟稔亲近起来，每次我在走廊里看到他远远走来，便蹲下身子，伸开双臂，等他快乐地跑过来，抱住我的脖子，凉凉的柔软的嘴唇在我的左右脸颊各印上一个轻轻的小小的吻。那一瞬间的美好有如天使降临，我的心都融化了。

后来，每天上午，他都会跑到我们中学部的办公室，站在门外羞怯怯地问我："李老师，有巧克力吗？"

办公室的同事就会趁机逗一逗他。

有一次，一个四川的同事开玩笑说："这种小孩子最好骗，很容易就能被骗去卖掉，并且卖掉了找都找不回来。不信，我试给你们看。"

于是，他拿出一颗糖，问刘凯亮："老师家里有很多糖，跟老师去拿好不好？"

男孩目不转睛地盯着那颗糖，带着笑意的脸上是羞涩的向往，但是回答很坚定："好！"

"那你告诉我你是哪里人？"

"××的。"

"不对，你是四川的。来，跟老师说，我是四川的。"

"我是四川的。"惟妙惟肖的四川口音。

"那告诉老师，你是哪里人？"川籍教师把糖伸到他的面前。

"我是四川的。"

同事们爆发出一阵欢乐的笑声。我的内心五味杂陈，我不知道这是不是一个好的玩笑，但我心里在反感和抗拒这样的假设。我不敢想象那些被拐孩子的悲惨命运降临到小小的、柔软的、总是面带笑意的小凯亮的身上。

小姐弟的父亲确实很忙。学校是双周制，每十天课上完，会有四天休息。但是他们的父亲总是要推后一天来接孩子，然后会提前一到两天把孩子送到学校来。每次送孩子来的时候都是带一大袋子杂七杂八的零食。

我经常看到他们在操场上为分零食而争抢，像两只小小的流浪狗。姐姐拖着大袋子在前面跑，选出自己不太喜欢的递给弟弟。有一次，弟弟好像在争着要他们共同看好的一个小零食，姐姐回过身来就是两巴掌，弟弟捂着被打的脸，一下子呆愣在原地，晶莹的泪珠泫然欲滴，嘴巴里却还在喃喃自语："姐姐，姐姐。"

然而凯亮很快就忘记了他被姐姐抢零食和打过的事情，有时候，我给他的糖多了几粒，他就会高高兴兴地捧着，到凯文的教室去，和姐姐一起开开心心地分享。

他在我办公室玩，不管我们玩得多好，只要姐姐在门口喊一声"凯亮"，他就会飞快地欢欢喜喜地跑出去。每次放假，在校门口等父亲来接，他都会紧紧拉着凯文的手，在人群里跟着姐姐穿梭，生怕不小心跟慢了一步。一辆辆校车走了，一辆辆来接孩子的私家车走了，校园里面变得空旷，他们还是没有等到父亲，两个手牵手的小小身影无助地看着学校的电动门缓缓关上。

只有这个时候，凯亮脸上习惯性的笑意才褪去得一点不剩，小小的脸上写满失望。他们要在校门前站很久，直到胡阿姨来喊他们吃饭。

第二天一早上，晨练的老师从外面回来，他们小小的身影便又守候在校门口了，小手攀住铁门，踮着脚，目光伸得老长。

小姐弟的父亲要中午才来，他很年轻，看上去不到三十岁，收拾得还算干净，但是神情却很黯淡，他低着头，匆匆地把孩子拉着往外走。有一次我刚好从校门口进来，看到他们正准备回家，姐弟俩都很高兴，脸上是毫不掩饰的幸福得近乎得意的神色，凯亮被他爸爸牵着已经走出了校门，看到我，高兴地回过头来，大声向我介绍："李老师，这是我爸爸，我们回家啦。"

他的父亲回头看了我一眼，什么都没有说，拉着孩子就走了。

而在第二天或者是第三天，他们又会被早早地送过来。此时，孩子们大多都是在家里和父母一起过长周末，学校里空荡荡的，他们就蹲在大太阳下面，在篮球场边的沙坑挖沙玩。

两个小影子忽短忽长，随着他们清脆的笑声一起跳跃着。

一年后，凯文升入了一年级，成了一名有自己朋友圈的小学生。她的弟弟还在幼儿园，不需要写作业，甚至都不需要按照铃声上课。从此，她更不愿意带弟弟玩了。

凯亮升入大班后有了两个朋友，一个男孩叫明颖，一个女孩叫明馨，他把他们领到我办公室，介绍给我。三个孩子经常在办公室吵成一团，让我们无法工作。我就对他说："凯亮，老师要工作。你以后和小朋友们不要到办公室玩了，好吗?"说了几次之后，他们就不再来了。

然而他们的友谊并未持续，那两个孩子很快结成同盟，凯亮再次被孤立。从那以后，他也很少来找我了。

只是在教学楼走廊上偶尔相遇时，我依然会抱抱他，他也会亲亲我。

他的小脸上带着笑，小手很轻柔。他说："李老师，我爱你。"——依然像个误入人间的小天使。

那是秋季学期快要结束的时候，是一个周一，学生们刚刚回校上课。陆主任一早去各班检查学生的到校情况，回来后还在自言自语："刘凯文、刘凯亮不是一般都是提前两天就要送来的嘛，这次还真奇怪了，今天都还没有送过来。"

到九点多钟的时候，校总办公室突然传来喧闹，很多老师都在往那里跑。

我们跟过去一看，是凯亮的家长，他头发凌乱，胡子拉碴，眼圈甚至整个面孔都发黑，身上的衣服皱皱巴巴，他的身后跟着一位七十多岁颤颤巍巍的白发老太太，拄着一根拐杖，拐杖边站着眼睛发红、小脸浮肿的凯文。

看到我们都过来了，凯文又哇的一声大哭起来："我弟弟……我弟弟丢啦。"

"爸爸去店里了，我和弟弟去买吃的，他走得太慢了，我让他在超市门口等我，我去买了薯片出来，就找不到弟弟啦……弟弟……弟弟没有了……呜哇……"

她的父亲烦乱地瞪了她一眼，凯文吓得赶紧闭了嘴，身体往后面缩了缩。

我们心事沉重地回办公室，一进门，我的四川籍同事就狠狠地抽了自己两耳光。我们什么都没有说，就那么如坐针毡地沉默着。

凯亮的父亲已经报了警，而他的妈妈还没有联系上。那天下午，几辆校车带着我们分头到大街小巷去寻找，去张贴寻人启事，然而在这个每天都吞吐着数以百万计流动人口的地方，一切的努力都似海底捞针。

我们最终也没有找回凯亮。

而凯文后来也再没来上课。我们不知道这个小女孩被寄养在了哪里，我们只知道凯亮的父亲转让了饭店，变卖了房子，从此踏上漫漫的寻子路。校总想要转二十万块钱给他，刘父表情茫然地拒绝了。

那个学期很快就结束了。到第二个学期的时候，我们再也不提凯亮，每当有幼儿园的小朋友在办公室门口嬉闹的时候，我们都会不谋而合地去默默关上门，像虚掩上某段回忆的入口。

黄小刚：不过是场黑色幽默

"江南皮革厂倒闭了……"

第一次在大街上听到这个广告录音时，我快笑疯了，然后突兀地想起我的学生黄小刚来。

这一段"黄鹤出逃"的音频已经火遍了大江南北的每一个街头小巷，大家都在关注王八蛋老板黄鹤携小姨子出逃的事情，但是，没有人关心黄鹤是否还有妻儿，黄鹤出逃后他的妻儿会陷入怎样的处境。

黄小刚就是黄鹤的儿子，当然，这个黄鹤并不是江南皮革厂的老板，他只是开了个童装厂，后来卷着厂里的钱带着小姨子跑到别处办厂去了。而黄鹤的老婆也绝非凡品，他们离婚之后，她很快又攀上了另一个小富豪，并一举生下一对双胞胎儿子，奠定了富豪太太的坚实地位。

我认识黄小刚那一年，他才十四岁，用两个很流行的词来形容他，那就是：有钱，任性。

他时常跷着个二郎腿，把手上一沓红艳艳的钱甩得啪啪作响，边甩边说："老子现在穷得就只剩下钱了。"

我说："你这样做好吗？你觉得很幽默吗？"

他说："不，老师，这就是我的事实。"

他的父亲和他的小姨跑了，作为一个已经长大的男孩，他显然不适合和他父亲一起生活，因为彼此之间难免尴尬。而他的母亲已经有了新的生活和新的孩子，那个新家庭也并不需要他。他很大度，说："好吧，我自己生活，免得惹你们的眼，让你们为难。你们给我钱就行了。"

大人们都松了一口气，好在钱这个东西是他们双方都不缺的。

于是，黄小刚没有了爸爸，也没有了妈妈，他确实穷得只剩下钱了。

他拿着这些钱简直都不知道该怎么花。

放假的时候，他经常请同学吃饭，去 KTV。

有一次周末晚上我和同事出去逛广场，在夜市看到他和几个人正吃夜宵，他很夸张地招呼我们过去，然后对老板大叫："我老师来了，有什么贵的快点加上来。"

老板眉开眼笑，说："好嘞，刚少。"

我说："这样不好吧。你会不会太高调了？"

他说："有什么不好的，我高兴，老板也高兴。老师，你想吃什么尽管点，今天我买单，大家都高兴。我就看不起那些穷得要饭又爱装的人。"

我说："什么叫'穷得要饭又爱装的人'？"

他说："就是那些没有钱吃饭，没有好烟抽，什么东西都买不起又喜欢在这里走来走去的人。"

我说："你是在说我吗?"

他说："老师,你怎么能算?我怎么敢说你?你是有知识有学历的人,你和我们不一样的!"

那晚我和同事只是小坐了一下。黄小刚兴致很高地提出饭后转场子,继续"嗨",一副精力旺盛无处发泄的样子。我说："我是嗨不动了,你最好也早点回去休息。"

有一次,他见我吃两块钱的"掉渣渣饼",说："老师,你明天帮我带一个,不白带的,我请你到'名流'做头发,也就三四百块钱,那里发型师我都认识,找个熟人给你做。"

我第二天给几个孩子都带了"掉渣渣饼",他啃着饼,又高谈阔论去"名流"的事情,我给了他一个白眼,说："一头枯草挺好,我可没那个命。"

在我的记忆里,他似乎只有一次掏钱不那么痛快。班上要组织一次为期三天的到省城学习的活动,费用每人五百块。大家都没有什么异议,只有黄小刚在下面大叫："三天五百块?五百块够我玩三天吗?"

当然,黄小刚最终也很快地交了钱。同学们告诫他："这次活动有很多外国朋友,你要注意形象,不要乱说话。"

他那天确实很注意形象,把校服衬衫偷偷换成了阿玛尼的,还穿了一双普拉达的鞋子,但是他的言行并没有好多少,从上车就开始炫富："你知道我这双鞋多少钱吗?告诉你,在圆方商场,它是论只卖的。"

如此这样,我还能怎样去揣度他呢?

甘雅柔说得最直接："你爸是个掉人品的暴发户,你就是个浅薄的土豪。"

　　可惜班上多数的孩子都不需要去抱他的大腿，也不会要求"土豪，我们交个朋友吧"。

　　但他们越是看他不上，他就越是要刷存在感，总是搞些自以为很幽默的东西来吸引眼球。可惜同学们都太淡定，他搞得越热闹，他们便越熟视无睹。到最后黄小刚只能悻悻地说："没劲。"

　　他的脸上偶尔会带些伤，甘雅柔说："哎呀，刚少，您该不会是要演什么苦情戏搞什么苦肉计吧？您身娇肉贵，想博同情也没必要这么拼吧。我觉得，还是炫富的路子更适合您呐。"

　　他摸着脸上的伤，淡淡地说："甘雅柔，你不要取笑我，这都是走夜路摔的。"

　　那几天他都会很低调，尽量躲在不被人注意的角落，默默地等伤养好，恢复他"英俊的容貌"。

　　甘雅柔可不肯放过他："我看你这伤也不是一次两次了，您这夜路走得也太多了吧，夜路走多了可是会撞见鬼的哦。"

　　我不知道黄小刚走夜路有没有撞见过鬼，可是我却不小心撞见了他的狼狈。

　　那是学期中去家访，黄小刚这样的家庭其实没有什么去家访的必要，他的父母都已经不在本地，家里也没有其他什么人。可是那个下午我还是鬼使神差地转悠到了他曾经提到过的那个模糊的地址附近。

　　然后，我就在网吧里目睹了那起群殴事件。

　　等我跟着喧闹发现他们的时候，这场群殴已到尾声，三个二十多岁的小伙子把一个十几岁的少年打倒在地，一顿拳打脚踢之后，少年被拎着衣领提起来。

　　打人青年之一睁着冒火的眼睛，逼视着少年，恶狠狠地问：

"你知道今天为什么要打你吗？"

"知道。"少年擦了一把鼻子下的鲜血，平静地说，"因为我爸欠了你们工钱。"

三个青年骂骂咧咧地扬长而去，我才看清，那个鼻青脸肿的少年正是我的学生黄小刚。

我惊叫了一声，忙挤进去拉过他，掏出手机，就要打110。

少年很平静地制止了我。他摇着头，坚定地说："不用。"

他甚至又恢复了一点平日并不可笑的幽默："这是男人之间的事，你们女人不要插手。"

我说："可是我是你的老师。"

他说："老师，你管得了这一次，管得了下一次吗？你管得了我一辈子吗？不要把事情搞得复杂了，我都不知道想打我的人还有多少，我无所谓，习惯了。牵连了你，就麻烦了。"

他说："我挨这一顿打，是应该的，父债子偿嘛，就当替我爸还债了。想想工人也不容易，跑出来辛辛苦苦地做工，结果却被王八蛋黄鹤给骗了。不过，我也还是要感谢我爸那个王八蛋，幸好他欠得不算太多，不至于让别人愤怒到来绑架我或者拿刀来砍我。"

"就像我小学时被班主任训了，后来我就去欺负他的儿子。那个小孩子哭得鼻涕泡都出来了，哈哈，可真好笑啊。"他回忆着，笑出声来，但是嘴角牵动伤处，他笑了一半，疼得直吸气。

我带他去医院做了检查和包扎。他确实伤得不太重，但是我还是决定送他回家，一来是不放心，二来也想看看这个少年平时生活的环境。

是居民区内的一间不起眼的三层小楼，开门进去，门边就是一张大床，床上凌乱地堆着床单、被子和一些杂志，正对着床的是一套看上去非常高档的音响，旁边的椅子和桌子上放着一些零食，桶面居多，还有听装的啤酒杂七杂八地码放在桌上、茶几上。楼梯口的门已经被杂物堵实了，看得出来，这个不大的厅就是他主要的活动场地。

我说："房子挺大的，应该有卧室啊，怎么把床摆在这里？"

他说："我爸本来有三套房子的，这套最小，是爷爷奶奶留下来的。其他的都被卖掉了，就这套留给我住，可是这套最小的我都嫌大了。你说，我一个人整天在三层楼的房间里走来走去，是不是有点恐怖？所以我就把床搬下来了，平时回来得晚了，一打开门，就可以往床上一躺，什么都不想，快点睡着，然后一睁开眼睛，天亮了。多好。"

我说："你就不想你爸妈？"

他说："也想，但是想得不多。想其他事情比较多。所以我每次放假，都不愿意回到这里来，我就约很多人在外面一起混着，我总是想嗨累了回家就能睡着。可是我还是常常睡不着。"

"我很讨厌一个人在这里待着，空荡荡的。我躺在这里就想，大家都在忙自己的事情，都有自己的日子在过，没有人知道我的存在，没有一个人在乎我在哪里，在做什么，有没有饭吃，有没有难过。那些兄弟，我不过花钱买他们一段时间来陪陪我，散场之后他们哪里还会记得我？

"老师，也许你不相信，其实我觉得在学校里，和班上的同学在一起才是我最自在最快乐的时候，他们并没有用怜悯的态度来对待我，也从不装出慈悲的样子来俯视我，更不会像其他人那样有目的地来逢迎我，甚至甘雅柔处处针对我的那些话，我一个人的时候想起来都觉得特别可爱特别亲切。

"你们看我常常搞笑，好像特别爱热闹，其实不是。我只是装得很热闹，装得没心没肺，让大家都看不出来我一个人时心里有多孤独。我在外面的时候不觉得我有什么不同，但是一回到这里，我就常常不知道该怎么办才好，我把音响开得很大，想让音乐吵得我不能思考。我也学着他们喝啤酒，可是喝到呕吐也没有喝醉过。

"我以为自己多么幽默，其实幽默的是生活。你看我过的这日子，是不是很可笑？我感觉我的人生不过就是一场黑色幽默。"

他坐在茶几边絮絮叨叨，仿佛突然涌上来说话的灵感和冲动。我随手帮他整理东西，在床底下扒拉出他的那双普拉达，我抖着这双沾灰的奢侈品说："你也不用太难过，至少你还是个土豪呢。"

他笑，说："那倒是，这鞋还是我姨从香港带回来给我的呢，可惜现在小了半码，原来她在暗示会给我'穿小鞋'呢。唉，他们应该都过得很好吧，虽然我没钱就找他们要，但是我并不知道他们在哪里。也许不见他们就是我给他们最好的礼物与报答了吧。"

他说："老师，我挨打的事请您不要告诉同学们，就让甘雅柔以为我撞鬼了吧。"

黄小刚这几年来几乎依然每天都在空间里晒他到处去"浪"的照片，看样子依然玩得很嗨，可是，他马上就满二十岁了。

还有一个细节我一直想提。那次我在他的床上翻出一沓"疯狂英语"的资料，他说他自从听了一次李阳的现场课后很受鼓舞，平时每天都会花两个小时来读"疯狂英语"。我不知道他当时是不是信口开河的。

但是我真的希望，他的人生里还有些诸如信念这样的东西能够坚持着。

李　君　湖北省作家协会会员，任教于天门市麻洋镇毛湖小学。

李其军

天 然 居

　　十多年不见天然居了，那承载着我青春记忆的伙伴，偶尔飘荡在我的梦里，似乎在走进那熟悉又陌生的电影画面。

　　天然居，并非名人雅室，而是我初为人师时，在黄潭镇徐北中学住过的一间颇有情趣的单间宿舍。报到那天，校长有些为难地说，学校住房紧张，稍规整的宿舍都分给带家属的老师了，唯有间小瓦房空着，不过有些破旧，曾闹过蛇……还有房间？不等校长说完，我已惊喜异常了，想到即将拥有人生中的第一个"主权空间"，忙不迭地答应下来，且迫不及待地要去看了。

　　校长见我心情急切，一路小跑，直奔校园最东的一间瓦房。看着斑驳破旧的房门和裸露着红砖的外墙，虽有心理准备，但当打开久未开启的门锁时，仍然吓了一跳。屋子很是湿暗，半边窗框垮拉着，窗口的一侧完全是一个植物园：各种知名不知名的植物长得繁茂葱茏，高的近人高，低的才萌芽，种类多，色泽异。草丛和芦芽间似乎还有小动物在闹腾，倏忽间又销声匿迹了，看来，我的莽撞入侵惊吓到它们了。校长也颇意外，要叫人铲除，我随即劝阻了。其一，这宿舍近二十平方米，

"植物园"才占一半多，并不影响我；其二，这天然的盆栽，生机盎然，有它们做伴，岂非更有乐趣？还有一点，它们是这里的"土著"，世代在此安居，我只是个"外来户"，它们能接纳我，足以见"仁"，我又何必行"不义"之举呢？和睦相处，其乐融融，岂不更好？有风雅的同事见我乐居于此，取其"清水出芙蓉，天然去雕饰"之独特韵味，特意写了一个横幅"天然居"，贴在门框上，自此它便有了芳名。

天然居很有生活情趣。夏秋之交的晚上，如水的月光洒进天然居，或映在叶片上，或漏进草丛间，或照在高低床上，草木也好，蚊虫也好，万籁俱寂，是那么静谧，让人的心情也倍感安宁、平和。闭上眼，静静地听，你会感受到这宁静中，蕴藏无限的生机与活力：仿佛能听到破土的幼芽正在努力地萌发，柔嫩的枝条正在悄无声息地舒展，或许明天的第一缕阳光照进窗口时，你就会惊讶地发现，昨晚又探出了一个黄嫩的萌芽。草丛里有许多微小动物在这里生息，"地乌龟"、蜘蛛、蚂蚁、"草把虫"，各安其所，偶尔会有调皮鬼越界而出，露个脸，似乎对我宣示主权，抑或刷个存在感？这群淘气包里，以"灶果子"最讨喜，它善跳，偶尔见到一只，倏然一跳，便了无踪影，你以为找不到了，无意间又发现了一只，又一跳，便又不见了，似乎在逗你玩。

下小雨，是天然居最热闹的时候。窗外是一条潺潺的小溪，一下雨，小溪的居民也想进来，我索性把破窗户全开，任它们自由出入，蚱蜢子很容易地就从齐窗高的草丛里跳进来了，瓢虫则更显轻盈。最不可思议的是，居然进来了一只蛤蟆，也不知道它怎么翻过窗户的。不过，来者皆是客，既来之，则安之，天然居欢迎所有的客人。和蛤蟆熟悉了，也不觉得丑陋，何况到访天然居的都是男人，也见怪不怪了。最为离谱的是，天然居还真有蛇光临。此前有师兄介绍，这间房是因为出了条蛇而被闲置了，我一直不信。终于有一天，我从装衣服的纸箱里拉出来了一条小青蛇，吓得我扔了衣服，落荒而逃。好在"小青"甚重睦邻友好之情，只是跟我开了个惊心的玩笑，并没有施展蛇之吻。狐朋狗友听闻后，纷纷备酒，抚慰我受惊的心灵，再劝我铲除"植物园"。受宠若惊之余，我婉拒了建议，但也把纸箱移到了远离"植物园"的一侧，便再也没有惊险的经历了。

天然居的生活很丰富，隔三岔五，我们就会搞个小活动。三五朋友，相约聚餐，你带两条鲜鱼，他带一点卤菜，称几棵白菜，打两斤散酒，间或有熟悉的家长给我们带点田里的特产。炉子一炖，满桌一围，锅里热气腾腾，席间笑语欢声。声势一大，中途便又来客人了，于是加个板凳。慢慢地，人更多了，就把板凳全撤，一人一双筷子。锅里不久就空了，便加白菜，再空了，再加白菜、加盐……到最后，早没火锅的味道了。至于席间，那真是畅聊，聊教学，也聊家庭；聊政治，也聊八卦；有吹牛皮的，自然也有戳牛皮的；有扯野棉花的，也有插科打诨的；可以相互揭短，相互取笑，但绝不会生气、红脸。聊到谁家有什么困难了，一齐想办法，有钱的出钱，有力的出力，完全像个大家庭。到最后，连白菜也没了，便散席，到操场上打篮球。十个男人赤膊上阵，大呼小叫，一圈围观的女人、小孩，或者加油助威，或者当义务裁判，吵吵嚷嚷，热热闹闹。直到天黑，双方便大汗淋漓地打一场决赛，赢的一方兴高采烈地去冲澡，输的一方规规矩矩做俯卧撑，才算落幕。

　　转眼离开天然居十多年了，而今，满眼见着的都是干干净净的地板、造型优雅的盆栽、精致可口的美食、标准规范的球场……而我却愈加怀念天然居了，闲暇时，常常不经意地就走进了那熟悉的电影片段。或许，比天然居更让我怀念的，是那逝去的青春，是那景、那人、那情……

　　李其军　天门市作家协会会员，任职于天门市教育局。

梁正兵

那片林海

　　我这里所说的林海是一片白杨林。它隶属沙洋苗子湖监狱两个中队，地处拖市镇南河、直河、何场、严庙等多个自然村之间，离我们学校不过三四里的路程。这片白杨林南北落错绵延近十里，覆盖近千公顷，因此，我们给了它一个很壮观的称呼——"林海"。下面是学生写的几篇与白杨林有关的习作。

春到白杨林

　　春姑娘踏着春风，挽着春雷，携着春雨来了。

　　春风如母亲温柔的手一般抚过一望无际的油菜花，他们瞬间绽开了金灿灿的笑脸，沉醉般地摇头晃脑，你推我搡，整片田野好像也跟着晃动起来。干渴了一冬的面黄肌瘦的小麦，此时咕咚咕咚喝着如油的春雨，顷刻间长得油光翠绿。他腰身挺几挺，身躯拔了一节又一节。这醉人的碧绿，让春风也动了春心，她抓住这块绿毯不停地抖动，如波涛般涌动的麦浪逗引得春雷忍不住在上面打起滚来，把小麦压倒一片又一片，可他们不负责任地跑了。小白杨则像被春意刚闹醒的娃娃，她伸了伸懒腰，枝条上吐出了一颗颗绿芽。而林地上不知名的野花则在绿草面前显露自己的美丽容颜。当我们背着书包上学经过白杨林时，她热情地招摇着或嫩红或嫩绿的小手，向青春的我们、忙碌的蜜蜂、衔泥的燕子、劳作的人们打着招呼。

一年之计在于春，正如朱自清先生所说："刚起头，有的是工夫，有的是希望。"所以我们要抓住这美好的春光，制定好自己新学年的学习目标，并沿着这一目标一步一个脚印地走下去。

白杨林之夏

我们上学的路上，一段东西向、一段南北向的公路都要从一大片白杨林穿过。随着夏季的到来，公路两旁的白杨树努力地向四周伸展着绿的臂膀，在公路上空织成了一张绿网。阳光透射这张网，在路面上留下斑驳陆离的影子。走在这条林荫路上，白天行人陶醉于"画廊"中，夜晚行车者痴迷于"隧道"里。

乡间麦黄时节，俯瞰被金黄覆盖的广阔田野，白杨林好似沙漠中错落有致的湖泊，"湖水"碧波荡漾。当我们匆匆"蹚过"翻涌着热浪的乡间大道，走进这繁枝茂叶织成的巨大帐篷时，好似钻进了空调室，迎面凉风习习，顿觉神清气爽。此时的你定会停下匆忙的脚步，张开双臂来几个深呼吸，吐出五脏的热火，吸进润腑的清凉，然后睁大被骄阳刺痛的双眼，任葱绿将它抚慰。

有时上学，我们会刻意地做一次徒步穿越白杨林的"探险"，果然有发现，林地里"阡陌交通，鸡犬相闻"，别有洞天。这里不仅有清波荡漾的人工河，还有碧叶连天的池塘，纵横的沟渠，而且还蕴藏着盎然生机：聒噪的蝉声在林中震荡，长舌的鸟儿在枝头喧嚷，散养的土鸡在林间觅食，成群的鸭子在水面欢叫，饱腹的牛羊在树下打盹，休闲的人们在池塘垂钓……你会情不自禁地赞美：好一处"世外桃源"！

白杨林如同一位无私奉献的母亲，她消解着令人窒息的浊浪，释放出清新的空气，庇护并养育着其间的子孙万物。

林海秋色

几阵秋风，几夜寒霜，白杨林被染成铺天盖地的黄。此时，常有白鹭在林间飞翔，倦了或憩于枝头，或歇在牛背上；黄的、黑的牛，白的、花的羊在树丛间啃食着枯黄的草；空隙大的树下、沟边，这里一团那里一簇怒放的野菊，向白杨林展露着它们最灿烂的笑意。傍晚时分如火的夕阳吝啬地从白杨林身上收回金黄的霓裳，如烟的暮霭顿时在林边袅袅升腾，向整个林海弥漫飘散。林海的秋色浓烈而又多情。

我打完最后一个标点，好久没回家的哥哥不知何时站在我身后。他一向关心我的学习，随手拿起我的作业看起来。我发现哥哥看文章时，眼睛发着光。看完后，他迫不及待地问："这景色是你虚构想象的，还是真有此处？""这是真实的景物描写。"哥哥仍用怀疑的眼神看着我说："若是真的，你带我去看看。""去就去，还不相信我。"

当时我也不知哥哥是什么意思。我把他带到了这片林海边，哥哥顿时像发现了新大陆，在林中奔跑着，用手比画着，激动地自言自语："这儿取全景最棒，这儿最适合给新人一个特写，太美了，太合我意了，正是我苦苦寻找的圣地。"哥哥的激动神情让我惊讶，他的话我明白了几分。

哥哥是拍婚纱照的摄影师，早听他说想为自己拍一组富有诗情画意的婚纱照，这样的胜景他毫不费工夫地找到了，怎不叫他欣喜若狂？第二天，哥哥就在这片树林里拍了美丽的婚纱照，并作为招牌挂在他的店铺里。果然吸引了众多拍婚纱照的年轻人来此拍照，这里成了哥哥的外景拍摄基地。

习主席说"绿水青山就是金山银山"。哥哥的这个外景拍摄基地的发掘，不正是对习主席这句话最好的诠释吗？

林海雪原

我常怀疑虑：白杨林年复一年的冬季，只能留给我一种枯寂、萧索的景象吗？不曾想多年不遇的一场大雪悄然而至，让我们领略了晶莹剔透、巍峨壮观的白杨林如仙境般的美。

飘飘洒洒的鹅毛大雪下了一夜，飞飞扬扬直至下午才停歇。天苍苍，野茫茫，天地混沌眼迷惘。因为周日要上晚自习，我约上几个同学涉雪上学，路上刚好遇到了同去学校的老师。我们踏进没过脚踝的积雪，听脚下咯吱咯吱的响声，忍受刺目的雪光，贪婪地凝视着这被冰雪包裹的世界。"北国风光，千里冰封，万里雪飘。望长城内外，惟余莽莽……"我们情不自禁咏起《沁园春·雪》。恍惚间，一座白玉般巍峨的"城堡"矗立在眼前。啊！白杨林变成了"白城堡"。我们飞奔进"城堡"，一阵寒风拂起雪尘，伴着呜呜的呼啸声袭来，"朔风吹，林涛吼……好一派北国风光……"老师情不自禁地高歌起来，这旋律我们虽陌生，但很亲切应景。老师歌声刚停，又大声对我们说："同学们，跟我来一回'穿林海，跨雪原'的体验如何？""好！"我们大声附和。老师像个天真淘气的孩子一般带着我们钻进"白城堡"。不！我们好似闯入了冰雪的童话世界。棵棵树干穿着"铠甲"，根根枝条挂满冰凌，风摇树干嘎嘎响，树摇枝摆叮叮当。一个女生突发奇想："我们在此会不会遇见白雪公主和七个小矮人呢？"想大喊，怕打破这"林海雪原"的宁静；想奔跑，怕踏碎这块冰清玉洁的"白玉"。一阵痴迷后，我们醉了，疯了：在林间肆无忌惮地奔跑，声嘶力竭地呐喊，打雪仗，堆雪人。疯癫良久，还是老师最先清醒了："别贪玩了，上晚自习要迟到了。"此时，抬头四顾，茫茫林海中我们竟一时分不清东西南北。老师很快替我们确定了方位，我们快速向东"突围"。爬过一条条雪沟，越过一丛丛灌木，扶起一次次摔倒的同学，我们连滚带爬地登上了通往学校的林荫道。我们回望白杨林，它犹如一座海市蜃楼，浮现于雪原之上。美哉，千载难逢的奇观；难忘，穿越林海的刺激。

那时，我在离家十多里的这所乡村中学教书，上学路上有一大段路程要穿过这片白杨树林，我亲眼见证了它短暂却壮美的一生。

记得栽上白杨树的头两年，周围的村民你几十亩，他几十亩地包林地种，让这片接近荒芜的土地一下子焕发了生机和活力。每当春暖花开的时节，大片碧绿的麦田，一望无际金黄的油菜花，错落有致地铺展开来，远远望去，犹如一幅巨大的水彩画，更像一块巨大的彩色地毯铺于天地之间，那种壮美令人刻骨铭心。深秋时节，旷野上绽放吐絮的棉花田在暮色中星星点点，好似银河落在人间。大自然在勤劳者手中不断改变着容颜。

当白杨树逐渐成林时，它的壮阔也逐渐呈现出来。蓬勃的绿色肆无忌惮地向四面八方蔓延开来，遮住了天，盖住了地，它甚至与杨柳和水杉"勾结"，包裹住了整个监狱中队的房屋、场院、高墙，这里成了名副其实的"林海"。

盛夏，我放学经过这片林地时，总要停下匆忙的脚步，坐在路边小河的桥头上，贪婪地将满目绿色装入眼底，酣畅地把扑面清凉揽入心肺。啊！这是一座忘情林，只要你身处其中，定会忘却世俗的一切烦忧。

"霜叶红于二月花"的时节，它会以另一种美让人停下匆匆的脚步。头顶明亮的黄叶在枝头荡着秋千；林中飘落的黄叶打着旋，或降落于水面，或飘落在草地，或飞落入沟渠；满地的黄叶恰似给林地盖上了一层厚厚的毛毯。落叶不是无情物，化作春泥更护树。

迷人的林海，丰富的内涵，这不正是开阔学生视野，让其感受自然、感悟生活的理想之地吗？于是我把这片林海开拓成了教学活动的第二课堂。

记得第一次带同学们来此活动是初夏时节。尽管千叮咛万嘱咐，可一到树林，他们仍旧像脱了缰的野马，到处奔跑着，叫喊着。我知道收不住缰绳了，本来这次活动的目的就是让他们感受自然美，放松心情，便索性让他们疯去。他们在林中采野花，捉蝴蝶，在草地上打滚，在灌木丛中捉迷藏……释放够了才聚拢过来，他们随意地或坐、或趴、或躺地围在我周围。此时，他们刚退去稚气的脸上洋溢青春的朝气，流露出难以抑制的喜悦，一扫课堂上的沉闷压抑，一改往日的羞涩拘谨，一展本性的好奇率真。

"老师，这片树林真给力，真是个好玩的地方。"

"难道只是个好玩的地方？"

"不，老师，这片林地给我们的震撼太大了……"

还没等这个学生感慨发完，另一个学生迫不及待地问："老师，这么广阔的田野怎么舍得栽种白杨树？"

"是呀！"好多同学附和着。

"这个疑问提得好。据我了解，这片林地有幸诞生于中国的改革开放时期。二十世纪九十年代末，地处多宝镇、拖市镇境内的沙洋苗子湖监狱共十个中队，由于服刑人员的减少，以及服刑人员劳动改造方式的改变，各中队所辖的大片贫瘠的土地因无人耕种有抛荒的可能，于是才有了这如雨后春笋般冒出的一片片白杨林。栽树虽说是不得已而为之，可也有它的权宜之计，用植树来休养土地改良土壤属性。这片土地以前属沙质土壤，很贫瘠，你们现在看这林地是土还是沙？"

"哦！植树还有这样的作用。"

"同学们还知道植树造林有哪些好处吗？"

"植树可以调节气候。"

"植树能够保持水土流失，降低河水含沙量，从而减轻洪涝灾害。"

"植树还可以防风固沙，降低风速。"

"植树可以涵养水源，减轻污染。"

"……"

"同学们知道的真多，证明同学们平时都很关注植树与环保的关系，真好！"

"我们刚才在树林里疯闹为什么感觉不到夏天的炎热，而且觉得空气清新，整个人身心都非常舒畅？"

"化学课上老师不是给我们讲过，树木吸收二氧化碳，释放出氧气，而我们人恰恰相反。这里氧气充足，我们当然身心舒畅，还有，这片树林调节了这里的小气候。"

"何成同学解释得真好！我们切身感受到了植树造林的好处。俗话说，前人栽树，后人乘凉。你们怎么理解这句话？"

"就是老一辈栽树付出的劳动，我们后人来乘凉享受呗。"

"肖湘同学这样理解正确。但结合现实，还可以这样引申：目前进行的工作，可能要在以后较长时间才能体现出效益和价值。同时也说明生态环境保护的长期性和艰巨性，我们只有从现在开始保护好环境，才能为我们的子孙后代留下一片生存之地。同学们也知道，以前，我们用牺牲环境为代价，换得了经济的发展，众多河流包括母亲河长江黄河也遭到了严重的污染，我国还有大片的沙漠需要去治理。老师希望你们现在学好本领，长大后用自己的知识去为祖国的建设贡献自己的力量。"

孩子们郑重地点点头。

自从我们发现了这片林海后，它也成了我校各兴趣小组争相活动的舞台："南星文学社"成员把它当成感悟自然美，寻找写作灵感的源泉；美术兴趣小组的同学把它当成取景写生的不竭图库；体育兴趣小组的同学以及初三毕业班同学把它当成强健体魄的绝佳场所……在这种放松、宽泛的氛围中学习活动，同学们身心愉悦，自然会不断有灵感火花闪现。因此，好多同学收获了意想不到的喜悦——美术小组的同学参加市美术作品大赛，多人获奖；每年中考，我们学校体育成绩都名列前茅；特别是我校的文学刊物——《南星》，在市组织的学校文学社刊及作品展评中，获得好评，也才有了以上让我赞赏的学生习作。

如今，这片林海因为国家南水北调工程，苗子湖监狱搬迁至仙桃市，原场址成为丹江口移民安置点，完成了它的历史使命，"沧海又桑田"。但它曾经留给我们的那些美好、难忘的记忆，构画成的一幅幅色彩鲜明的画卷仍储存在我脑海里。

林海，你虽从我的生命中逝去，但我常常在梦乡走向你，听你喃喃自语："我因祖国建设需要而生，我生而有幸，只存感恩之心；我同样因国家建设布局而去，我死而无憾，只图回报社会。"白杨林，我为你祭奠，为你的情操而吟，为你的胸襟而歌。你生命虽短暂，却完成了作为一棵树，一片林的使命。我顿悟：栋梁也好，平庸也罢，人的生命不是因长度而精彩，而是因宽度而璀璨。

你永远茂盛地生长着——我心中的那片林海。

梁正兵 天门市作协会员，任教于天门市拖市镇南河中学。

鲁长平

在种子萌发的季节

虽然村里又流行开了"读书无用论"，但哪家的孩子不是从幼儿园就开始上补习班了呢？那些没上过几年学的暴发户还不是都砸钱送娃去读贵族学校、去读国际班？

村里有个孩子叫易傲，去年考上了华中科技大学，家家户户都羡慕。至今易傲爷爷都是逢人必夸孙子聪明，说本该上清华或北大的，只因怯场没考出真本事来。老人这种唯我独"聪"的卖弄，相当于骂别人家孩子不聪明，引起了人们的不满。于是有人闲言碎语讥诮他："那傲娃子宅宅闷闷的，从不与人打交道，就只是啃书啃书，将来能啃出个媳妇来？这书念得有什么用？有什么用？"尽管要读书是天经地义，但人们早就不信什么"书中自有黄金屋，书中自有颜如玉"了。

易傲这孩子的确有些怪异。据说春节时办升学宴，易傲只管躲楼上看书，爸妈把他拽下来见一见亲戚朋友，还没松手，他又缩回楼上去了。

这孩子难打交道，我是亲历过一回。易傲九年级下学期，那会儿教育减负形势逼人，学校不得已暂停了双休日补课，通过家访督促学生居家备考。

　　那个周六早晨，我引着两位老师来到易傲家。大门后门都开着，鸡鸭鹅闹得欢。正是农忙时节，院子里靠着刚下过地的犁呀耙的。我一边瞅人一边介绍："易傲爸妈常年在广州打工，爷爷奶奶种了不少地，这会儿正在田间忙着吧。不过易傲应该在家里……"于是喊易傲，朝楼上喊，屋里屋外喊，我们大呼小叫了半天……

　　"是不是随他爷爷下田了？或者是帮着买菜买早餐去了？应该没出去玩儿，平时从没见他与村里孩子在一起过。下午再来吧。"我们嘀咕着往回走。

　　旁边一位婶子嚷嚷着过来了："这还出了奇哩？刚瞧着他奶奶送来早餐后赶回田里去……"婶子带我们回屋找人。

　　"傲子？傲子……"她推开一扇房门，把易傲捉了出来："你这娃，搞学习归搞学习，怎么就不吭一声呢？"

　　回学校后进行家访交流，大家纷纷感叹："都像易傲这样子，何愁学习搞不好？何愁中考完成不了天中指标？"

　　中考前夕，易傲就被优录进天门高中了。他依然当着学霸，常常上光荣榜。

　　没想到的是，易傲进了名牌大学之后，还是不食人间烟火。十几年的寒窗磨砺，他从来没有学一学怎样与人打交道……

　　我想起了另外几个聪明孩子。

　　肖笑甜，白皙的脸上染了几颗痣，那双古灵精怪的眼睛总让人疑心她下一刻会整出什么事来。

　　写作课，安安静静的，突然传来一阵啜泣声。我惊惧地看到肖笑甜一手抓纸巾擦眼泪一手奋笔疾书，慌忙赶过去问怎么回事，她还没哭完，不便回话。不过几位同学抢着说明了原委：

"在小学就这样子，一写作文就哭，老师都不理她的。"怪不得刚才大家都若无其事的。

后来看了她的作文，洋洋洒洒两三千字，写爸爸用摩托车带着她去城关学拉丁舞的往事，情真意切，文采昭然。小小年纪就有如此丰富的精神世界和深厚的文字功底，令人欣慰。

肖笑甜四岁时自发地跟着电视跳拉丁舞，爸妈见了很激动，拿微薄的工资报了培训班。寒来暑往，风雨无阻，一学就是七年。挨过饿，受过伤，各种比赛，各式奖杯，成就了肖笑甜的璀璨童年。

"进了中学，学习任务很重哦，会影响你练拉丁舞的。"

"我爸说放下拉丁舞，要我准备考天中！"她扬起眉毛，轻轻地攥了攥小拳头。

"有志气……"我惋惜地应和道。

还有一点得提醒她，虽说文以情动人，但下笔时别一惊一乍地哭啊，都中学生了，得学着内敛些矜持些。

她眼睛又湿润了："一写我爸，一写拉丁舞，我满脑子就是那些画面那些声音，就忍不住眼泪……"

就这样，肖笑甜以一种艺术化的张扬打开了她的中学生活。

肖笑甜富有文艺细胞，播音、主持、演讲，她都是不二之选，甚至于校外的什么庆典、推销活动，她都可以即兴登台，自如地说、唱、舞。她确实很特别。

可惜，她已经诀别拉丁舞了。

在课间，她按捺不住天性哈哈闹，举止间流露出音乐与舞蹈的影子；或者安逸地看书，上课铃声落下后还意犹未尽地看几眼。

论写作，肖笑甜则有一种"笑傲江湖"的自信与洒脱。有一次参加市"五城同创"作文竞赛，肖笑甜居然舍弃了押中的选题，说是写陌生题才刺激。这是什么逻辑？是人听了都要躁出几个火星来。我批评她盲目冒险，拿不到奖就白忙活了。她翻着小眼珠回道："老师你不是一直赞赏挑战与创新吗？"我一时语塞，觉得在孩子面前太功利才是冒险。

肖笑甜的英语也是"独领风骚"。她打小跟电视学英语，当她侃起 VOA（美国之音）英语、BBC（英国广播公司）英语时，同学们都眼睁睁地看着她，一头雾水。

初中的英语课似乎不是肖笑甜的开胃菜，英语老师常常抱怨她上课时看课外书。八年级时，压力大了，已经闻到中考备战练兵的硝烟味了，时不时有"纠察队"突袭教室收缴"非法"书籍。于是，语文和英语课上"吃不饱"却又精力过剩的肖笑甜，常常用采集来的什么指甲油涂得两手花里胡哨。她的语言天赋无处安放了。

为此我找肖笑甜谈话，由于电铃故障，耽误了她的数学课约十分钟。第二天，她闷声闷气地递给我一个信封，里面是她爸爸写给我的话，说自己当年高考与名校无缘，指望女儿了却夙愿；女儿很聪明，不过数学偏弱，自进中学后就在争分夺秒地补习数学了，耽误不得……

我理解字里行间的批评，理解做父亲的心情。孩子成长的每一个十分钟，都是父母的全部牵挂。

只是我隐约感到不安。老师，家长，学生，好像都挤在一辆教育牌大卡车里，不由自主地飞奔，颠簸得眩晕，找不到座位，还莫名其妙地憧憬着"诗与远方"。

　　八年级初，肖笑甜参加了市英语口语大赛，拿了二等奖，这对于农村孩子而言很难得。过后，肖笑甜常回味参赛细节，对那种口语交流环境神往不已。

　　当兴趣叠加特长的时候，她就可以"大胆笑，够闪耀"。

　　不过，眼前肖笑甜必须面对这样一种现实：八年级是优差生的分水岭。

　　数学越来越难，物理也让肖笑甜有点儿蒙，联考成绩册上她再也不能名列前茅了。

　　八年级下学期就开设了化学课，肖笑甜也不太擅长，曾经的自信与得意一扫而空。她再也没有提笔千言的兴致与气概了。看她每天肿着熊猫眼，我提醒她注意休息，她说每天好几张理科模拟卷，爸爸辅导她至深夜才能完成。

　　经常看到课间发完试卷后，肖笑甜黯然神伤，蜷缩在座位里，痛苦地咧嘴龇牙，眉头拧成了一块铁。

　　后来，肖笑甜读了实验高中，选读文科，成绩一般，考取了一所二本大学。

　　她原本与众不同，最终归于平庸。

　　陈思瑶，学习和争吵都是一副文质彬彬的模样，小升初第一名，号称"东方不败"。分进我班时，邻班老师曾抗议领导偏心，足见其在小学段"战绩辉煌"。

　　这孩子很有定力，无论周围吵得多么轰轰烈烈，她都是旁若无人地看书、做笔记。

　　八年级上学期第一次联考，陈思瑶的成绩居然跌出了前十名。我找她谈话，鼓励她接下来的月考争取第一名，为自己为班级争光。她欲言又止，含含糊糊地点点头。

我不明白她当时在想什么。

临近月考要押押题，我圈了几句文言文翻译盯着学生背。结果题是押中了，但陈思瑶的语文成绩反常地未过百分。我检查了她的试卷，文言文译题空着，不可思议。我穷究不舍，又翻看了她之前的相关笔记和练习，竟然没有完整的文言文笔记，很多错题也未见更正……

我怒气冲冲地用手指戳着凌乱的桌面："这还是以前的陈思瑶吗？我是白跟你讲课了！"

我又找她谈话。

学校要求，一个学期每位老师与本班每位学生至少有三次谈话，这个规定应该与本地教育圈热捧的《一个校长与学生的一千零八十次对话》有关。

直到今天，我也不清楚我的无数次谈话起了积极作用没有，我只记得因谈话误了肖笑甜的数学课而惹得家长不满。

那次谈话，陈思瑶只是垂头掉泪，始终不搭话，我只好鼓励她几句后潦草收场。

之后的大考小考，昔日的"东方不败"风光不再。老师们比较男女生的脑筋，说女孩子进中学后大多掉队。

我想，陈思瑶哪里是什么脑筋问题？连押中的文言文译题都空着！这件事一直是我待解的心结。

晚自习前，陈思瑶与同伴来办公室补交作业，我批评她怎么老是出这样那样的问题，心不在焉，分明就是态度问题。我暗示与她父亲联系一下。我遇到过不少留守生一联系家长就过激反应，所以我试探地暗示她。

没想到话音未落，陈思瑶竟然扭曲着脸捂着肚子蹲下去了，泪水洒了一地。

我惊慌失措，疑惑地看看旁边那位同学。同伴了解她："她一受刺激就肚子疼……一会儿就好了。"

九年级了，那个心结似乎在意料之外、情理之中打开了。陆续有老师发现班里有些学生早恋了，其中就有陈思瑶。这孩子的心思真是藏得深哪。

不过学校处理此事显得笨手笨脚，有点像狗咬刺猬——不知如何下口。而一直到中考，恋爱学生的家长都没有得到任何相关反馈。学校没敢触碰早恋的敏感神经，包括沦为噱头的校园心理咨询室。

后来，陈思瑶上了一所民办高中，听说还在谈恋爱。

曾经那么优秀的陈思瑶，鬼迷心窍地掉入了早恋的陷阱里。是青春的躁动，还是在逃避学习的压力？

应该有一种力量，可以将她带出那一场雾霾……

鄢宇豪，戴一副深度近视镜，背有点儿驼。小小年纪，怎么搞成这个样子？

开学一个月了，鄢宇豪转入我班，他奶奶带他过来的。

不像很多学生的奶奶偏年轻，老人满头银丝一脸沧桑，挂着根竹竿儿，步履蹒跚，但精神不错，说话殷切中肯。

鄢宇豪在"村小"聪颖过人，老师一直建议将他转入"镇小"。他在"村小"一直读到现在升初中，被编入了普通班。老人不懂这些，后来听说进了重点班才有出息，于是托关系找过来了，说已经在附近租了房子陪读。

我看了鄢宇豪之前的日记和作文，一气呵成，章法井然。这孩子聪明，基础好。

第二次月考，鄢宇豪年级第二名，数学是唯一的满分。

不过他课堂上有一点儿野，得提醒他告诫他。

七年级下学期时，鄢宇豪却表现得离谱，作业马虎，成绩下滑，课堂上总是猫着腰鼓捣抽屉里的一些小小玩意儿，就像幼儿园的小朋友。千叮万嘱他无一丝悔意，我终于怒不可遏，骂他幼稚："你活回去了不是？你十三岁了！瞧这背，都驼成猫了……"他低下头，扑扑地掉眼泪。可是，他就是劣性不改。

我找到鄢宇豪租住的地方，旁人告诉我，他奶奶不久前去世了，说他很小就父母离异，是爷爷奶奶供养着他。

"他奶奶精明能干，家教严，大清早赶回去种地，晚上再过来……那爷爷是个不怎么操心的人。"

我想，当初鄢宇豪没转到"镇小"，应该是家境的缘故。

奶奶一走，他就变了。见过很多离异家庭的孩子出问题，但是像鄢宇豪这样脱离家教后从优生瞬间堕落到底的悲哀，我还是第一次体会到。

鄢宇豪改住校了。

有一天深夜，他翻墙出去上网，被宿管员逮了回来。第二天的班主任例会上，这事儿成为核心议题。

晚自习后去督寝，领导带我去鄢宇豪的"作案"现场，指点着围墙上方的高压电线，激动地说："瞧瞧，要是撞在那线上，不得死人……"

我疑神疑鬼地反省了一宿，总觉得自己的班主任工作出了大漏洞……

　　出于安全考虑，学校让鄢宇豪离开了宿舍，他爷爷租房陪读。而鄢宇豪大白天在教室里总是瞌睡连天，肯定是熬夜上网了。看来他爷爷确实是个不怎么操心的人。

　　八年级分班时，鄢宇豪又回到了普通班。常听到有老师谈及他聪明，谈起他新添的笑料。

　　又是一年，我偶然从教室里看见鄢宇豪佝偻着经过窗前。他的奶奶在天有灵的话，会有多伤心？

　　有人说，寒门再难出贵子。

　　有人说，每个孩子都是一粒种子。在萌发的季节，有多少粒种子，被拖欠了一份阳光雨露……

鲁长平　任教于天门市马湾中学。

马俊兵

故乡的念想

汽车沿荷沙公路西行,我们的目的地是出天门城区向西约五十公里的丹江口移民新村,同伴们的话题自然集中在"丹江口""移民"这两个关键词上。闲谈中我才得知,一行数人中,还只有我对丹江口略有了解。我曾两次去过那里,一次是参加武汉某杂志组织的笔会,一次是旅游。应该说,两次近距离的接触丹江口都给我留下了美好而深刻的印象。那里山高林密,清波浩瀚,空气清爽。家家户户白墙红瓦,房屋小巧精致,屋前屋后全都栽满了树。当地朋友告诉我们,丹江口人栽树是有讲究的,如果屋前栽的是柚子树,"柚子柚子",又得贵子,说明这家是儿子;如有两棵柚子树,就表明这家有两个儿子。如果生了女儿,他们会在自己的屋后栽上一棵梧桐树,因为梧桐花是紫色的,花开得很漂亮,父母希望女儿长得像花儿一样美。而且随着女儿慢慢长大,树也长高长壮,等女儿出嫁的时候,就把树砍掉做嫁妆,陪着女儿一起嫁到婆家。

回想及此,我不免暗生忧虑:为了南水北调中线工程建设,丹江口库区的父老乡亲离开了他们美丽如画的家园,来到一块完全陌生的土地……我的思绪忽被一阵锣鼓声打断。从车窗中望出去，哦，是一群秧歌队员在排练。不知不觉间，我们已来到多宝镇，当地村民在路边准备迎接远来的亲人。

趁着移民没有到来的闲空，我参观了他们即将入住的安居房。进得门去，客厅、卧室、楼梯间、卫生间、厨房和饭厅一尘不染。厨房里，液化气坛、打火灶、煤炉、液化气灶、蜂窝煤、食用油、大米、面条、蔬菜、锅铲，甚至搬家用的喜庆鞭炮，应有尽有。从饭厅出门，是个近二十平方米的院落，院落四周是粉刷好的院墙，院内散发着新翻的泥土的气息，这些泥土可供栽花种草之用。通过两层台阶，沿着一条宽约一米的水泥路，推开不锈钢棚栏门，走出院落，一条三四米宽的水泥路和一两米宽的花草绿化带之外，是另一排整齐的新居。每幢房屋占地面积一百多平方米，建筑面积约一百八十平方米。

望着整齐划一的两层庭院式小楼，红瓦坡屋顶，前后水泥路，还有绿化带，室内水、电、闭路电视、电脑网线一应俱全，村中心有村委会、医务室、小型活动广场，还有垃圾池、排水沟等生活设施。这些在电视里现代乡村剧中才能看到的场景，让我们这些城里来的接待人员心生羡慕。据说，房屋的结构是国家移民局统一设计的，由移民代表挑选户型，从 2010 年 3 月开始建设，到现在不到一年时间，全部完工。站在家门口往外望，平原碧波万顷，村庄似醉卧扁舟，恍惚之中使人颇生世外桃源之感。

不经意间，我看到一块蓝底白字的铝制金属门牌，在红艳喜联的映衬下格外耀眼：铜架山新村×组×号。我们在此恭候的移民朋友就是来自丹江口市丁家营镇铜架山村的，铜架山新村显然是编制的新址，与原来的村名仅一字之差。可就是一个"新"字，

意味着行为习惯、生活方式、风土人情该有多么大的变化！有着
丰富移民工作经验的同志告诉我，移民新村全部以原有的村名命
名，比如原丹江口市石鼓村，现在就叫天门市多宝镇石鼓新村。
移民新领的户口本和身份证上，虽然已注明天门市新址，但仍然
保留着让他们倍感亲切的故土标记。故乡故土，一个沉甸甸的话
题，真不知从何说起。我一直固执地认为，每个人都有两个故
乡，一个故乡在现实中，一个故乡在心里。心里的故乡可能是一
个地名，一个姓氏，一种口音，一样习俗，一段残缺的文字，一
个神奇的传说。总之，它会在你的生命里有形或无形地存在，永
远影响你的生活，乃至命运。

　　此次行程之前，市里精心组织了培训，就一些可能引起移民
反感的细节进行了重点强调。故土难离，移民有情绪是完全可以
理解的。当别离家园的日子一天天临近，移民把家里能卖掉的东
西全部卖掉了。处理掉的这些物品，有省吃俭用置办的生活用
具，有辛勤劳动换来的粮食，有倾注情感喂养的鸡、鸭、猪、
牛……搬迁的前天，家家户户都要按习俗去上祖坟，怀着复杂的
心情，告别先人。一砖一瓦亲手垒起来的房子，在签字同意后就
被扒掉了，当晚移民集中在村小学或村委会住宿。因为到迁入地
还有几百公里的路程需要跋涉，不管男女老幼，第二天凌晨三点
就必须起来集中乘车。临上车时，尽管天还很黑，什么也看不
见，但除了懵懂无知的孩子，几乎每一个人都会望着车窗外，难
过得哭出声……沿袭了几十年、几百年的生活方式不再；从小赤
脚奔跑、闭着眼也能知道几棵树几条岭几道坡的生活环境不再；
留有祖祖辈辈生活痕迹、故事传说，屏住呼吸就可以听到亲朋好
友喘息的感觉不再……到一个完全陌生的地方，一切重新开始，

很多移民对新的生活环境不适应。移民的祖祖辈辈在山区生活，靠山吃山，靠水吃水，种地不弯腰，红薯、玉米种下去后望天收，山货特产遍地都是，他们不懂平原上的精耕细作，生产生活方式完全发生了改变。有位打前站的移民朋友告诉我们，说他一来啊，看到天没有尽头，地里的庄稼看不到边，心里就发慌，不知道该怎么办……

　　阵阵鞭炮声响起的时候，运送移民物品的车队在警车的护送下到了。这些货车全是绿颜色、可装几十吨的巨无霸，车头和车身两边都挂有"移民光荣""舍小家顾大家""为国家南水北调工程做贡献"等横幅。按照车辆的编号，在交警和接车人员的有序指挥下，每一辆货车都顺利准确地停在了户主的家门口。差不多又过了四十分钟，移民指挥部传来了移民到达的消息，整个移民新村顿时沸腾了起来。喜庆的腰鼓、唢呐、鞭炮混合在一起，每个人脸上都洋溢着热情、兴奋的笑脸。从客车上下来的老人、孩子、妇女受到了贵宾一样的欢迎。接待人员迅速地与自己的接待户对接，然后带移民看房子，引导他们吃饭，回答他们不懂和需要了解的问题。一位九十岁的老太婆抹起了眼泪，调皮的孩子在短暂的羞怯之后，好奇地走东串西。在高音喇叭的反复催促下，移民们才聚集到了村子中间地带，笑语喧哗地走到餐桌旁。在进餐的过程中，还有一个笑话，有移民说，这么好的菜，要是有酒就更好了。接待人员只好笑着解释，就着饮料吃也不错啊。事实上，酒是故意没有安排的，主要是担心移民们喝酒后想家，情绪失控……

　　下午的任务是协助搬卸车上的物品。大多是两户装一辆车，移民不需要动手，只要认清哪些是自己的物品，指挥把东西放在哪儿就可以了。在搬运的过程中，我们看到了很辛酸的画面——没有大包小箱，也很少见到家用电器，有的只是一些树棍、竹篙，成捆的柴火，破旧的农具，从墙上拆下来的烟熏火燎的门窗，旧得浑身是锈的自行车。一定要说值钱的物品，见到最多的是用山树制成的木椅子。这些带靠背的小木椅，几乎家家户户都有十几把摆满了半个客厅。我亲眼见到有一户移民家庭光这样的椅子就有二十六把，方凳十多个。移民介绍说，椅子是搬家之前，每把花三十元的工钱、四十元的材料钱，外搭一餐饭做的。

说实话，椅子做得很粗糙，实在不算精美，但结实耐用，一只手拎上一把还感觉有些重。印象深刻的是有一位移民带来了家门口的一块垫脚石，一到新居就惦念着这块用布袋装着的宝贝。还有位老人带来了准备自己百年归去后的旧棺木，旧棺木黑漆漆的，摆在新居前格外显眼。据移民经验丰富的工作人员介绍，当地有一种习俗，谁带的"材"多，谁以后的日子就会富足。"材"即"财"嘛。

很多人怀疑，移民满车物品的价值能不能抵两千元的运费。有些出人意料的是，车上车下，房前屋后，我看到移民运来了很多树。大概不是移栽的季节，每一棵树的树兜都带着故乡的泥土，或用塑料布，或用编织袋精心包裹着。这些树，有梧桐，有桂花，也有花椒，或许以前就长在老家的门前，站在树旁，每天都能听到库区的涛声；或许是孩子出生时栽种下的，见证了孩子的成长，寄托着长辈的希望；或许是沐浴了家乡山林的风雨，有了故乡的味道。总之，那一道道缠着的草绳，那一粒泥土也掉不出的密实，让我对故土有了新的认识。

移民卸载物品时，我就一辆车接一辆车地在旁边看。我看到了移民从老家住房拆下来的门档，在这钢筋水泥的新居中，显然不起作用了；我看到了状似铜钱的几块厚石片，移民说是碾谷子用的，我想了老半天，才知道几片石块用碌芯拴起来，便成了我们这里碾谷子用的石碌；我还看到块垫在木柱下的石墩，实在想不到在这新房子里，该把它放在哪儿；最奇特的是一个脱了漆的陈旧的木柜，主人老郭笑着不肯告诉我它的作用，只说是一个百年古董，前一辈人传下来的，要我自己想。我围着木柜转了好几圈，在大伙七嘴八舌的猜测下，看到柜子下方那个精巧的门似的小插件，我估计是一个粮仓，仿佛轻轻往上一抽，就会有金灿灿的谷子哗哗地跑出来……

这些东西还有什么用？我笑问一句："你们不知道这里什么都安排好了吗？"

"舍不得呀，"老郭憨厚地笑道，"我们也知道这些东西没有用，但是有位老先生说，古书上讲，'无用之物为大用'，这话我们也不是很懂，我们只是把它当一个念想……"

念想！一个让人百感交集的词。

这些我们看来不值钱的物品，在移民眼里，一定是可以一辈辈往下传的无价之宝。移民们以这种直观的方式，提醒自己，告诉后人，来自哪里，根在何方。因为他们知道，不出半年，他们就会找不到回故乡的路，想要祭奠先人，也只能面对一库浩瀚的清水，干号几声，流几滴思念的泪……从今往后，他们关于"故土"的最直接最清晰的"念想"，就是这椅子、石碌、谷柜……

在搬家的间隙，不断有移动、电信公司的人来给移民安装座机，发放免费手机。有工作人员给移民发放买家具可以补贴七百元的代金券；有医务人员上门来，询问移民有没有身体不舒服；

有移民指挥部的人上门征求移民的意见……每一个过程完成之后，都有填表签字环节。我所接待的移民户户主姓陈，今年六十一岁了，老人个不高，黑黑瘦瘦的，黄门牙都掉了。每到要签字，老人就会不好意思地竖起大拇指，笑哈哈地说上几句："你们想得真周到，又热情……"

走进另一家，老赵屋里屋外地忙着，清理运来的木料等物品。老赵的父母在女儿的陪同下，到二儿子家串门去了。我一边给老赵帮忙，一边有一句没一句地与老赵聊了起来。在我们看来，就平原上的条件，怎么也比山里住着强。道路平坦，四通八达，门口的良田成片成块望不到边，加上别墅似的房子，简直是掉进了蜜窝里！老赵作为移民代表，在监督房屋质量和选房时来住过一段时间。现在，他却忙着向我诉说着自己的不习惯。

在老赵的眼里，平原上的风没有遮拦，四处乱窜，风大，风沙又多；老家的"农夫山泉有点甜"，这里喝的是经过消毒的自来水，有一种怪味；山里的植被多，天然氧吧，空气新鲜、透明，这里整天都是灰蒙蒙的；山里的夜安静、养人、不吵闹，一觉睡到大天亮；这里夏天热冬天冷……老赵不停地罗列，我只是有几分尴尬地笑着，望着他。是啊，在老人的眼里，没有哪一个地方可以替代自己的故乡！初来乍到，到一个完全陌生的环境里生活，除了气候的不适应，心理、生理上的调适，还有几十年、上百年沿袭下来的生活方式被突然改变，这些都是问题。

可是，生活终归要继续。从老赵家里出来，端着手中的相机，我给移民朋友拍照，努力消除他们的陌生感。我渴望走进更多的移民家庭，与他们聊上几句，拉近与移民之间的距离，希望他们有回家的感觉。我拍到了一个村民拿着茶杯悠闲喝茶的样子，拍到了一个读小学五年级的小女孩可爱的神情，拍到了其乐融融的一家四口，拍到了孩子们在新家周围快乐地奔跑……

我还看到，移民新村的中央地带小商品售货处，移民朋友正在购买日常生活用品；一个移民家庭正在请窗帘经销商安装窗帘，电钻钻在墙上发出快乐的轰鸣……

拐过一个墙角，我发现一棵桂花树——一棵刚刚栽下的桂花树，浇下的水还没有完全干透，修长的身影就十分精神地在风中开心地舞蹈……全新的生活即将开始，相信所有库区的移民，都能像这山里的树一样，适应力强，蓬蓬勃勃，幸福生活，顽强生长！

等到桂花开满移民新村的时节，我想这里一定是另一番景象，就像绿树掩映下醉卧的村庄，分不出彼此，看不出别样……

回城的路上，我们车里多了一件物什——移民老赵送给我的一把木椅。他说，就算是给我的一点念想，以感谢我们这些工作人员这些日子的服务。坐在这木椅上，我忽然有一种奇妙的感觉，我好像也成了丹江口人。而这把散发着林木气息的椅子，也将是我永远的念想——我会永远牵挂移民新村的朋友们。

马俊兵　湖北省作家协会会员，任职于天门市实验初级中学。

齐传贤

病房札记

平生第一次住院，置身这白色的世界，自有许多感触。看来并不是三两天就可以离开此地的，至少得有十天半月的逗留。这么长的日子，无所事事，正好用得着朱自清的一句话："什么都可以想，什么都可以不想。"趁着现在还可以想，也可以不想的时候，记下一些想和不想的事，以打发这无日夜、无四季的时光。

×月×日

终于住进来了。

我说"终于"，固然是指住进医院不容易，也指我到底摆脱了那些丢不开的事，"无牵无挂"地住进了医院。

多么可笑啊。以前总以为自己的工作顶顶重要。全班几十名学生嗷嗷待哺，教学进度不能拉下，总是硬撑着上课，上课。其实，自己捂着肚子，强忍疼痛，满头冒汗的情形，学生看着心里难受，班主任瞧着心里着急；而自己呢，那种机械的麻木的讲述，又有多少实际效果？可是，我们却常常用"带病坚持"来自我安慰，自我欣赏。就这样，早就应该光顾医院，却总是不肯爽快地光顾。我不知道，那些临死的人，该要付出多大的勇气和决心，才肯撒手人寰。因为他们所要抛弃的，不仅仅是事业、亲人，他们是要和这个世界诀别。我想，那一份留恋，那一份依依不舍，该是如何感天动地啊。可惜我们无法进入这些人的思想深处，去勾画那临死一刻的心灵的图景。我想，只有那些大彻大悟的人，才能平静地离开这个世界；或许是到了此时，才会大彻大悟。

现在终于住进来了。地球照样不紧不慢地转着，那些该发生的事照样发生，那些该进行的工作照样进行。学校并未因为你的缺席而发生恐慌，社会秩序安定良好。

想到此，我不禁暗自笑起来。

人们常常生活在一种错觉之中，总以为自己是多么重要，总以为这个社会少了自己会造成多么大的损失。实际上，你在这个世界上只占有那么一点点地位，再伟大的人物也会湮没在历史的长河中。

我现在还只是暂时离开我的岗位，所以，损失更不会有的。

×月×日

与其说是住进了医院，不如说是上了一艘轮船。你听，屋顶上空调发出的嗡嗡之声，正如船舷旁江水的哗哗声；这病房，病房外的长廊，正如船舱和甲板。我的活动天地就在这船舱和甲板上。

我把医院比作一艘船，并非仅指环境相似。我们身体的病痛之舟在生命的长河里航行，目的港很明确，康复便是这航船的到达港。这目标虽然极明确，但航程却无法确定。十天？半月？一切都说不定。有时看起来目的港就在前面，你甚至已经发现有许多人聚在码头上等着你下船，刚好一个大浪打来，船长水手们个个手忙脚乱，但无济于事。转眼间，这船便离开目标远去。更有甚者，你的生命之舟，会突然在某处搁浅，或者碰上暗礁，船体粉碎，你便沉入海底。别的船继续前进，而你生命的航程便永远结束。正所谓"沉舟侧畔千帆过"，千呼万唤回不来。

我经常会看到许多人站在码头上无法等到亲人归来的悲痛欲绝的情形。

愿我的康复之旅一帆风顺。但我也知道，我的生命之舟是在一个多风浪、多暗礁的航道上航行。这里用得着一句俗语："船晃人不动。"我相信我不会惊慌失措，一切拜托给船长和水手了。

×月×日

明天进行手术。医生将在我那干瘪而松弛的肚腹上划拉下一道长长的口子，然后再寻找、分辨、切除、缝合。危险性是不言而喻的。医生来请家属去签字，我说，我自己的事还是由我自己来负责吧！医生说那不行。我只好让妻子在那份印好的生死有命的合同上签字。我明白，万一手术出现意外，医生所要面对的是生者而不是死者。即使是心里再明白的人，死后也无法为医生说一句话的。

无节制地消费健康是要付出代价的。

我们平时对自己所拥有的那一份健康太不珍惜了，以为那是一笔永久的财富，可以由着自己任意挥霍。殊不知，健康如同一条小溪，在缓缓流动中，不断地受到太阳的炙烤而蒸发，地表的渗漏而流失，总在不断地减少。如果没有沿途更小的溪流为它补充水源，这健康小溪的两旁便不可能生长出绿色的生命，显示出盎然的生机。

可惜这道理直到现在才弄明白。但愿这明白还不算太晚。

看看我们平时对健康的奢靡的消费吧。

不顾一切地早起熬夜，饥一餐饱一餐的工作习惯。或是为了一个课题而呕心沥血，或是为了一点小事而彻夜难眠，拼命地挤占那一份本该是属于轻松休息的时间。有时虽然也想着什么时候能把那些永远也做不完的事情抛在一边，天塌下来也不去管它，出门去旅游一下，清闲一下，放肆地浪漫一下，但是事到临头，总舍不得花费这份时间。日复一日，就在这斤斤计较中活到现在。想不到，我竟把医院当成了享受清闲的地方，但这清闲的代价实在是太大了。这清闲是一段自我摧残的沉痛教训，又是一支不可测的命运交响曲的序曲。

现在护士小姐送药来了，让我晚上服下，好好地睡一觉。我想这大概是镇静剂一类的药物吧，为的是让我能安静地休息一晚，以便有充沛的体力去做生死的搏斗。

还有什么要说的呢？

但愿手术顺利！但愿我还能醒过来，还能看到蓝天和白云，还能沐浴春风和阳光！

但愿这篇文字不是一篇绝笔。如果这是一篇遗言，那就当是我送给世人的一份忠告：生命是美好的，请珍惜你的健康吧！

齐传贤　湖北省作家协会会员，原市政协副主席，原教育局副局长。

谭茜

我的教育故事

2019 年上半年我接手了班主任工作，尽管这事是头一回做，但一向秉承对工作认真负责的我，也绝不会让这份工作做得不尽如人意。

这个班是本年级调皮孩子最多的一个班级，全班五十三名学生中就有男生三十三人，接近一半的男生都是很难守规矩且爱打闹的，在这群男生中有一位领头羊式的人物，他能够带领着其他男孩子时刻跟随着他的脚步，他就是阿哲。

1

每到下课和午饭后，操场、教室走廊、食堂附近、餐厅等大大小小的区域都是阿哲和那几个调皮男孩子玩耍的天地。

记得有一次他跟高年级的学生打纸牌，把高年级的学生打得哭喊着跑来向我打报告，我皱紧了眉头，心想：这孩子到底是有多野啊，心也够狠，才这么小就能把高年级的学生给欺负哭了？

我被簇拥而来的学生引到了操场边，顺势夺下他手里的纸牌，怒视着他，说："这纸牌对你有这么重要吗？可以为了纸牌放弃学知识的大把时间，可以因为一张小小的纸牌下重手去伤害他人，你觉得有趣吗？这样做值得吗？如果其他同学也来模仿你，一言不合就出手相向，那班上岂不是都乱了套了？万一出了什么事说是跟你学的，是你带的头，你能承担这些严重后果吗？"

他像是被我突如其来的疾言厉色给镇住了，他的眼睛直盯着我的眼睛，脸上早已写满了认错。好在他没有打伤那个高年级学生，我喊他给对方道了歉，跟他约定好在校期间不可以打纸牌，要求他课间休息就待在教室里。那次之后他有所收敛，很长一段时间没再惹过事。

2

但上课的时候阿哲就没这么规矩了，常有的表现就是坐在课桌上撕纸片，当我走到他的课桌旁，看见课桌下是满地的纸屑的时候，我敲了一下他的桌子，用手指了指地上，他点了点头，迅速钻到课桌下面，用手一片一片地捡起了纸片。

我以为故事到这里就结束了，于是回到讲台上继续讲课，转身写板书，回过头来发现他已不在自己的课桌前。我点了一遍他的名字，看见他并没认真听讲，而是趴在后排其他学生的课桌旁边做着小动作，影响着其他学生听讲，带着其中一个学生，跟他一起躲在课桌下面玩，顿时我感到气不打一处来。我把他拉到教室前面让他脸对着墙壁站好，告诫他要好好反省反省，下课之后主动到我的办公室来。

我开始细致地打量他，之前我都没有仔细地看过他——高高的个子，一双不太小的眼睛来回滴溜溜地转动，瘦瘦的脸庞上挂满了黑色的小指印，像个花猫脸，一双藏不住的手更是黑漆漆的，像是掉进了墨汁里。身上的衣服经常会出现破洞，穿着风格也很特别，短袖上衣和短裤子被套在长衣长裤的外面。

我看得他有点不自在了，"你是不是不喜欢上语文课？是我讲得不好，还是我讲的内容你不喜欢？你不认真听课得给我一个合理的理由啊！"他没有出声，耷拉着脑袋，随时偷瞄我几眼，"说啊，说话！"我继续给他解释的机会，他支支吾吾半天才挤出两个字："不是。""那我们通过实际行动说话，你把今天所学的课文照着写一遍，写完给我看。"我对他提出了要求。

午饭过后，他真的拿着本子来找我，我想这时候我的脸上应该露出一丝喜悦的表情了吧？我认真翻看了他的作业，除了几个简单的字能辨认以外，其他的字都是乱写乱画的，此时我心里有一个声音在提醒我：但至少他动笔写了呀，学习态度是端正的吧！

从那以后，每隔一天我就会检查一次他的书法作业，每一次检查完，我就会选取他作业中进步的地方鼓励他，每一次鼓励都会增添他对学习语文的信心。

之后的语文课，我再也没看见他捣乱的身影，只看见他积极举手提问，主动问我题目的意思和提出作业的要求的样子，有时候为了抄写笔记，他会主动把凳子搬到教室的前排，两手伏在凳子上快速地抄写，十分聚精会神。

阿哲的种种变化以及他在语文上取得的些许进步，影响了本班非常调皮的另外几个后进生，他们的课堂表现也好转了许多，减少了做小动作和讲小话的次数，能保持一节课的大部分时间里眼睛是看着黑板的，能跟上老师的思维动脑筋回答问题，这就是好的变化啊，这不就是进步吗？

我明白了这些孩子也渴望老师给一句表扬的话，鼓励的话，也想感受每回得到表扬之后的喜笑颜开的美好心情，这令我感到很欣慰。孩子们都是天真的、善良的，孩子们都是可塑的，我们老师应该给孩子们更多的耐心和包容，慢慢引导孩子们规范自己的言行举止，培养孩子们对学习的兴趣。

3

于是我很放心地把餐厅的卫生交给阿哲负责，每天早饭后、午饭后各打扫一次，有时候值日生打扫得不干净，他还亲自再打扫一遍。他是为了不让我失望，为了不让我们班在每日卫生评比上减分，他希望我每天检查完卫生情况后给他的都是赞美的评价，他也确实做到了。

有一次他早上来迟了，为了不影响班级的卫生评分，他没吃早餐，一来就忙着和值日生们打扫，生怕耽误了时间完不成打扫任务，我看在眼里，在他来我办公室汇报"今天的餐厅已经打扫干净"的时候，我递给了他一个大红苹果，他竟然激动地欢呼起来："哇！谭老师给了我这么大一个苹果，好大的苹果啊！""肚子肯定饿瘪了吧？快拿去洗洗吃吧！"我笑着回应他。

中午吃饭的时候，他跑过来告诉我他今天吃了苹果感觉好饱，都装不进午饭了。孩子永远是那么天真，从不会伪装自己。

4

在每周三的班会课上，我都设置了一个表扬本周进步较大的学生的环节，让进步较大的学生登上讲台，享受全班同学送给他

们的雷鸣般的掌声，最主要的是号召全班同学都向他们学习，我
发现这样做对后进生的收效是非常明显的。

在期末考试的时候，阿哲的各科考试成绩有了很大进步，由
期中考试的最后一名前进了十多名，摆脱了全班倒数第一的尴尬
头衔。其他的几名进步较大的后进生同样砍断了全年级倒数的尾
巴，我是多么高兴啊！

<h2 style="text-align:center">5</h2>

期末考试的头一天，我通知本班的所有家长在考试当天按时
来校接学生，在考试那天，班上的学生陆陆续续都走完了，我正
打算锁上教室的门的时候，转身却看见阿哲背着一个大书包出现
在校园的那条林荫路上。他眼睛巴望着校门外，一直盯着进来的
行人和车辆，生怕错过了看清每个人的机会，此刻我的心弦仿佛
被他触动了，有了轻微的颤动。

我走过去问他："今天是谁来接你啊？""我婆婆。"他非常肯
定地说。"那她为什么还没有来？""我跟她说了的，她说来的。"
看着点他有点心急，我没再追问下去："你在我办公室来等吧，
说不定是有事情给耽搁了，我陪你坐一会儿。""不去，我就在这
等。"他倔强地回答。

我站在阿哲身后的不远处，静静地看着他，看着校门口的家
长们都一个个地接走了孩子，我的心弦仿佛又被什么东西给拉紧
了，都能听见自己心脏搏动的声音，在耳边不停回响的是："怎
么说好来接的却没来？如果来了，这时候也应该赶到了吧？"一
会儿，一个身影从校门口缓缓地走过来，边走边摘下头上的草

帽，挥动着，还用草帽扇着风……

我看清了，是阿哲的奶奶，他也看到了，但却没有激动地冲过去，而是站在原地等着奶奶走过来。我也向她迎面走过去，听见他在奶奶面前小声嘀咕，大概是在问奶奶为什么来晚了，奶奶连声说地里的事情都没做完就过来了。"是家里有事情耽搁了吗？孩子可等了好一会儿呢！"我也想知道原因，因此忍不住问，奶奶难为情地解释道："是的，我在离我们家比较远的地方种地，赶过来的时候有些迟了。""家里没有别的人可以接他吗？他爷爷也跟您在一起做事吗？"

"唉，这孩子可怜，家里就我和爷爷带他，他爷爷在打零工，工作时间不固定，我白天种地，晚上才有时间回来忙家里的事。他爸爸妈妈都出远门打工去了，还离得特别远，一年就过年的时候才会回来。""那他爸爸妈妈平时会跟他视频或者电话联系吗？""几乎没有，他爸爸和他在一起的时候都不怎么讲话，不怎么理他的，他爸妈是组合家庭。""哦，原来是这样。"

我半天说不出话来，心里一阵酸楚："现在孩子才这么小，爸爸妈妈就没语言可以沟通，那以后呢，将来爷爷奶奶没能力抚养孙子的时候该怎么办？"他喊了一声："奶奶！"催促着奶奶赶紧回家，接着他脱下重重的书包递给奶奶，想让奶奶帮他背，奶奶却没接，不耐烦地念叨："你自己背啊，我这么累哪里背得起。"看着阿哲很不情愿地背起了书包，我感叹他真是个可怜的孩子！连想要得到其他孩子每天上下学都能得到的一丝丝关爱都显得那么奢侈，这孩子是多么缺少疼爱啊！

尽管在之前的一段时间里他的课堂表现让我反感，甚至痛恨，但越是见他这样，我就越是心疼。

如今岁月安好，而他并没有在幸福安定的社会环境中享受到童年应有的快乐，是因为出生于这种家庭吗？在这种父母长久在外务工不怎么回家的情况下，在这种既缺少父母之爱又没办法从爷爷奶奶那儿得到丁点儿弥补的情况下，他的人生该有多少缺憾啊！但他依旧很坚强，掩饰得万无一失，我能感觉得到，他对待自己的亲人还是体谅多于计较的。

6

这学期因为课程的调整，我不再是阿哲的班主任，但他见到我总会恭敬地喊我一声"谭老师"，我也会礼貌地回应他一声"你好啊，阿哲"，他虽然没有对我说过一句感谢的话，也不会表达赞美，但我能从他的问候中收获他对我的感谢。

当老师们在办公室讨论教学的时候，我时常能听到他现在的班主任讲述着他的故事，夸他这学期的进步很大，能做到遵守校规校纪，认真按时地完成各科作业，我听后感到十分欣慰。

那些校园里不允许打闹的场所再也找不到阿哲的身影，在我脑海中经常闪现出一个情景：阿哲戴上红领巾登上了学校的领奖台，他的脸上还露出花朵绽放般的笑容。我仿佛真的看见，一定是在不远的明天！

谭 茜 天门市作家协会会员，任教于天门市拖市一中。

唐道明

"猫爸"演绎的精彩 (外一篇)

"猫爸"是学生私下里给我的"敬称",其得名源于一次班会。

我带七年级思品兼班主任。新学期开始后的第一次班会,我结合教材"新同学,新班级"一节,让学生们做自我介绍,认识同桌、同学和老师。

女儿做了自我介绍,最后她不知怎么又搞笑地幽默了一句:"我有一个虎妈,还有一个猫爸。我的猫爸就是我的思品老师——唐老师。"

从此以后,学生们私下里就给了我一个感情色彩不明的外号——"猫爸"。

"猫爸"于我恰如其分。我对女儿、对学生,从没有过粗暴蛮横的苛责、训斥和打骂。动之以情,晓之以理,是我一以贯之的教育信条。

女儿今年十二岁了。刚升入中学时,我就毛遂自荐,极力要求担任她班上的思品课老师。管教学的李校长严肃地提醒我:"老唐啊,取新不如就熟呢。人到中年了,何必还要改俏呢? 何况，你的女儿还要你把关呢。"

老实说，我教了二十六年的语文，在拖市教育界也算小有薄名。对女儿语文把关，那是轻车熟路的事。但我说："没事。知识老师自然会教，还会比我教得更好。我现在要做的是要教给他们学习的方法，做人的道理，塑造他们良好的心理品质、情感意志。而这，比他们获得一些书本知识可能更重要。"

李校长完全赞同我的观点。不久前在全国闹得沸沸扬扬的深圳富士康"十三跳"事件，曾经引起我们激烈的讨论。我发表了我的观点：我们可以不成材，但一定要成人。我们的教育，最原始层面的意义，就是"今天睡好觉，明天不跳楼"。不管在什么时候，不管遇到多大的艰难困苦和挫折，我们都要坚定执着地珍爱生命，热爱生活，永不言弃！

我坚持要带思品课，其动力就是源于我的女儿和与我女儿一样的那些孩子们。我要他们健康，要他们快乐。我要他们坚强、勇敢、乐观！永远快乐地拥抱生活！

是的，他们一定需要我。

思品课历来被当成是小科，底气不足的人甚至会觉得教思品课低人一等。"闻道有先后，术业有专攻"，每一门科目都是一门学问啊，又何来尊卑贵贱之有？我暗暗发誓，我要在这"小科"上演绎不一样的精彩！

机会来了。紧张而激烈的"课内比教学"拉开了帷幕。政史地和语文同编在文科一个大组里。

这可都是一些"文人"啊。别看平时质朴、淡定、随意、从容，可到了竞技的舞台上，人人握荆山之玉，个个拥灵蛇之珠，真是云蒸霞蔚，气象万千啊。

　　走进谦和儒雅、细致入微的张良西老师的课堂，让人神清气爽，如沐春风；走进抑扬顿挫、条分缕析、热情洋溢的凡利容老师的课堂，让人身心为之震撼，紧迫感随之而来……一节节精心的课堂、一面面精美的板书设计、一幅幅精细的图画配置加上醉人的音乐渲染，无不让我感叹：当政史地教师可以一样幸福和自豪！

　　我的"比武"课题是：人生当自强。

　　这是一个充满激情的话题。千百年来，自信与自强激励起人类无比的激情与梦想，推动着人类社会不断向前。历史上，那些为人类社会做出贡献的人们，他们始终以高度的自信心、锲而不舍的探索精神谱写着一曲曲自强不息的壮歌。

　　在充分准备后，我从容迈进课堂。面对着这些也许就是未来中国之星的孩子们，我的激情也泉涌而至。

　　上课开始，我用多媒体播放《男儿当自强》这首歌曲，同时大屏幕上展示出毛笔书写《少年中国说》的动画片段，并引导学生朗读大屏幕上的内容，烘托出昂扬向上的气氛，接着导入课题：人生当自强——人生自强少年始。

　　进入新课，我先展示了一段非洲大草原河流两岸羚羊生存状态的视频，而后引导学生思考：一、这些羚羊的品种一样，生存环境相同，为什么会出现不同的结果？二、面对现代社会日益激烈的竞争，这个故事给我们什么启示？

　　学生们的思考、讨论积极活跃，回答也是五花八门。

　　在学生回答后，我做了简要的归纳：

　　苟安者弱，拼搏者强；自强者昌，自弃者亡；生活要自立，人生要自强。

接下来的教学程序，如行云流水，顺畅自然。

我似乎成了一名统率千军的将军，觉得自己能掌控教材、掌控学生，在讲解与点拨中，游刃有度；又似乎成了学生的一位好朋友，倾听让我融进了他们的心中，也感受到了思想的悸动、青春的激扬。

到了结束阶段：活动感悟，我用多媒体展示了赫尔岑故事的视频。少年赫尔岑认识了与他同龄的奥格辽夫，对书的共同爱好，唤起了他们心灵深处对未来岁月的一种强烈的渴望。一个月色如洗的初夏夜晚，他俩兴致勃勃地跑上了莫斯科市郊的山顶，望着脚下灯光闪烁的莫斯科城和那在迷蒙的月光下向远方绵延伸展的郊野，他们不禁感受到了一种生命的伟大和神圣，感受到自己也能像在书中曾阅读过的英雄和伟人一样，创造出自己不朽的业绩和不凡的历史。他们发誓："绝不能毫无作为地度过一生，不管命运将把我们抛向何处，只要还有一息尚存，我们就奋斗不止！"他们并没有把这誓言当成儿戏，而是当成了他们生命的一个永恒的支点。以后的岁月中，不尽的磨难、痛苦和打击，不但没有改变他们的初衷，反而变成了提升他们生命价值的愈来愈长的"动力臂"……许多年过去了，赫尔岑成了俄罗斯最伟大的作家，而奥格辽夫则成了著名社会活动家、思想家和诗人！

我以声情并茂的讲述突出了少年赫尔岑与奥格辽夫的坚定信念：绝不能毫无作为地度过一生，不管命运将把我们抛向何处，只要一息尚存，我们就要奋斗不止，永不言弃！

接下来，我让学生讲述他们自己的理想志向。下课时让学生齐诵这段话作为结束语。学生们为他们的精神激动得热血沸腾。

当天晚自习后，女儿回来得很晚，我问她干什么去了，她说，几个同学相约月下环操场跑步，而后坐在球台上谈论着少年赫尔岑与奥格辽夫的故事，仰望星空畅想未来，心中涌起无限的豪情。

我满含柔情，爱抚着女儿的头，问她："这节课对你有哪些启发啊？"

女儿坚定地说："我要勇敢坚定乐观。我绝不能庸庸碌碌地过一辈子。我要做一个对国家对社会有贡献的人。"

听到女儿如此坚定豪迈的话语，我的心中感到无比甜蜜与舒畅。我感到这节课的心血没有白费。

上完这一节课，我认真反思，觉得收获颇多。备课时认真地查阅资料、制作课件，精心思考上课流程，力争让流程简洁清晰，课堂内容充实，当然最突出的是多媒体课件的制作与使用。

多媒体教学集声音、图片、视频于一体，可以充分调动人的感官，帮助教师很好地完成导情、激趣、励志各环节。培养学生良好的情感、态度、价值观，让学生成为有情有义，能知恩感恩，有正确的人生态度和价值观的人，是思品教学的重要任务。在很多课堂上，教师都可以充分利用音乐、图片、视频来激发学生的情感。

一段音乐一段视频的导情励志，这是一支粉笔和一张嘴所不能完成的。思想品德教学中很多时候，我们都可以用音乐、用画面来帮助完成导情、明理，让思想品德课堂充满情感，而绝不是冷冰冰的陈述，这使得课堂的有效性在多媒体功能的导情下得到了充分的体现。

另外，作为一名称职的思想品德课教师，还应该具备一项基本的技能——演讲。思想品德课的教学，更多地体现德育的功能。要让学生知行合一，需要施教者循循善诱的讲述和启发。或动之以情，或晓之以理，教育者要能侃侃而谈、娓娓道来，如和风细雨，润物有声。好的教学语言会散发出艺术的魅力，更具有惊人的感染力，它能引领学生全身心走进课堂，深入他们的心灵深处。妙语连珠、扣人心弦的教学语言，很容易烘托课堂的气氛，激发学生的求知欲；声情并茂、言简意赅的教学语言，能让学生的心灵受到震撼，加深学生的学习记忆。一节好的课堂教学，老师每说的一句话都是那么精炼，那么让人回味，让人印象深刻，久久不能忘。

如果不具备，或忽视了这种技能的培养与应用，课堂语言就会单调苍白，枯燥乏味，使学生学得味同嚼蜡，兴味索然。事实上，无论是在开篇的激情导入，或是课中的画龙点睛，还是结尾的卒章显志，华丽精致、典雅优美、文采焕然、极富感染力的演讲，配以生动的画面、优美的音乐，两者相得益彰，将会收到事半功倍的效果。

教学"比武"，我看到了多媒体教学的多重育人功能，我试图将它延伸到课外。青少年阶段是人生的花季。青少年在拥有五彩缤纷生活的同时，也经历着丰富的情绪变化。对情绪多变的青少年来说，更需要调控情绪。调控情绪有很多具体的方法，如注意转移法、合理发泄法、理智控制法等，我根据不同的情况灵活地加以运用。例如，在临考之时，有不少学生会患上考试焦虑症，我让学生在教室午睡时，瞑目伏案，用低低的音量，播放轻快悠扬的圆舞曲、小夜曲等，我在一旁用轻微的语言做心理暗示，让学生在完全放松的情景下，很快就能安然入睡。午睡醒来上课时，多媒体展示盛大的运动会场面，播放欢快昂扬热烈的运动员进行曲，使学生精神振奋，意气昂扬，以良好的精神状态投入学习中。

"比武"没有终点，精彩仍在延续……

校园铃声的变迁

浸淫校园四十年啊——对，就是四十年。从孩提时上学开始，数十年来，就一直没有离开过校园。校园铃声，成了我萦绕于怀的牵挂，我内心深处默默温馨的情怀。

从求学到从教，我的生活一直是一条简单的路线：从学校到学校。这么多年来，似乎已经习惯了学校的钟声。钟声伴随着我的工作和生活，伴随了我数十年的人生岁月。

当年读小学时，学校当然没有电铃，也没有号音，依稀记得只有一口破钟主持着学校的秩序。所谓的"钟"，只是从什么机器上拆下来的一块小铁圆盘，挂在老师办公室前的屋檐下，不高，老师举着一个小铁锤就能敲响，从那里敲出"铛、铛、铛"的钟声，就是我们一切活动的指令。

几年后，学校的规模扩大了，校园的东面、南面又建起了几排教室。原来没有围墙、完全开放式的学校，成了一个近似"四合院"的校园。那个身处低矮屋檐下的小铁圆盘，它的"分贝"不算很高，钟声已经不能够号令全校了。这个时候，学校才有了真正的"钟"——一个高约一尺的铁铸的小吊钟。钟的表面经过了电镀处理，白亮亮的，看上去好像是纯钢打造的，很漂亮。

新的钟就挂在校园西南角那棵高大的柳树上，长长的绳子系着钟的铃铛。每天都会有老师按时拉着那根悠悠的长绳，或舒缓或急促地一下一下扯动绳子，敲响各种不同节奏的钟声。这钟声果然好听多了，又挂得足够高，"居高声自远"啊，所有学生都能听得见。当响亮的钟声响起时，不管是在操场上玩耍的学生，还是攀爬在路旁树上捉知了的"小调皮"，都会飞奔回教室，恭听老师上课。

这钟声，伴随我走过了在村小里八年的时光。

那时候，上课的铃声总是急促有力，相连持久，像行军的口号，短暂的忙乱之后是长久的安静和有序。下课的铃声舒缓懒散，给人放松的期待。短暂的平静之后是喧哗，是热闹，是快乐无忧的童年的释放。

许多年以后，我从昔日无知的少年成了一个"孩子王"，在梁场中学里，开始了一段快乐的时光。那时学校里的钟和我小学里的很相似，也是那种铸铁的小吊钟，也是挂在一棵高高的柳树上。曾经有一段时间里，我们每天都被安排轮流做值日，主要就是负责这一天里各个时间点的司铃，还有就是早操的集合、喊操。那时我们年轻，也没经验。一上去就用手抓着绳子一拉，第一声铛地响一下，第二声就哑了，绳子、铃铛随着钟一起摇摆，铃铛敲不到钟了。每遇到这些情况的时候，只好请老教师帮忙。

实践几次以后，才觉得司铃也是有技术的，用的是手腕的力量。靠腕部用力，一顿一顿地拽绳子，铃铛就能敲击出清脆悦耳的铃声了。

还有，敲钟的节奏也是有讲究的，记得第一次敲钟时，还是老校长告诉我该怎样敲打的：如预备铃是"铛，铛铛，铛，铛铛……"这样一声长，两声短的铃声，仿佛是在提醒学生"上课了、上课了"；上课铃则是"铛铛，铛铛"的两连声；而下课的铃声却是一声一声的长鸣："铛，铛，铛，铛……"如果是要集合出操，铃声却是紧急而催促的"铛铛铛铛铛"，很像放鞭炮。据说，这种钟声的节奏和含义几乎全国一样呢。这种方式看似很原始，但对我而言却是一种荣幸和责任。就这样，"铛铛铛"的钟声陪伴我度过了一段难忘的时光。在我的记忆里，它是那么悠扬，那么熟悉和亲切。

　　特别记得在南河中学时，有一位老校工，专事敲钟，老人无儿无女，学校就是他的家。钟就挂在他寝室旁边一棵高大的柳树上，他配了一副老花镜，专门为了看清小闹钟上的分针秒针。他很敬业，无论晨昏寒暑，还是阴晴雨雪，只要学校里还有学生在上课，从清晨的起床铃，到晚上的熄灯就寝，还有一整天里几十遍的各种铃声，他都是掐着分秒敲响。我们有年轻教师要上公开课，事先都要对他打个招呼，他总是笑呵呵地说："放心吧，你们只管上好课，我这里，别担心。"我们下课的时间就是他上班的时间；我们上课了，他才可以进到他的小屋里休息一会儿。好几次见他提前一两分钟就站在那口钟下，悠然地看着手表，为的是上下课的时间不差一分一秒。他从不上闹钟，可我们的时间从没错过一分一秒。

　　在我们听来，他敲的钟，声音脆亮，余音悠长。

　　老人和这校园的钟声都已经成了一种历史，也成了我们内心里温暖的情怀。

　　这种打铃方式持续了很长时间。可能从有现代学校教育开始，就有了这悠扬又温馨的校园钟声吧。钟声高亢、悠远、活泼、回环而有节奏，有一种古老、书香的韵味，是一种真正的萦绕，令人怦然心动。

我曾在一所偏僻村小的校门上看到过一副春联：满园春色育桃李，学府钟声绕栋梁。这钟声，总还能让人回味怀想，总能牵起我们许多关于校园的温馨回忆。

时代发展，日新月异。到21世纪初，很多学校都换上了电铃，上课一声"铃……"，下课也一声"铃……"，不论上课下课，集合出操，这铃声都是一样的。

我不喜欢这单调、急促的电铃声。刺耳、急骤而无旋律，是一种地道的聒噪。电铃的声音尖锐、刺耳、机械，刚开始用上它的时候很不习惯。突如其来的一声骤响，往往把正在上课或办公的人吓一大跳，而且上课、下课一个调，常让人搞不清今夕何夕。

这种冷漠、生硬、纯机械式的铃声没有持续很久，几年以后，就被温馨、悦耳、悠扬、动听的更人性化的音乐电铃所取代，这种音乐电铃由电脑程序控制。早晨起床，是嘹亮的军号声，高亢激昂，催人精神振奋；晚上就寝，是悠长舒缓的熄灯号声；上课铃，"叮叮当，叮叮当，铃儿响叮当"；下课了，优美的音乐声传来，伴随着的是甜美的童音："下课时间到了，老师，你们辛苦了！"哇！好温馨的话语，好悦耳的轻音乐呀！这样既不会突然、生硬地打乱师生的思路，也留给老师弹性的收尾空间，在提醒老师要准时下课的同时，更让老师感到丝丝温馨。

我从网上下载了起床号声、熄灯号声、集合号声、冲锋号声等各种军号吹奏曲，又把起床号设成了手机的闹铃，每当学校的起床号响起，我的手机闹铃也同步响起来，我便从酣然沉睡中一跃而起。

现在不仅铃声在变，教学条件环境也发生了天翻地覆的变化。原来的一块黑板、一支粉笔、一张嘴的教学模式，已经被现代化的多媒体教学技术取代。每个班里都有了电脑、高清彩电、班班通、闭路电视和小广播。我还在学校的一间尘封已久的储藏室里，看到一架手推式油印机，早已蒙满灰尘。这种古老的印刷工具也已经被现代化的一体式印刷机所取代。

而今，无论是城市还是乡村，每一处校园都是一个靓丽的景点。教学楼新了，操场平整了，设施更完善了，音乐铃声也更温馨了。今天的校园少了一些童年时候的原生态，却多了很多现代化的教学设施设备。在有些学校还依然保存着那原生态的钟，一些可爱的孩子在欢笑中无意间敲几下，突然觉得那久违的钟声，很美，很美，幽婉空灵，给人几许温情的回味和怀想。

铃声在变，生活在变，从铁环到铃铛，从电铃再到音乐电铃，经历了漫长的岁月，校园铃声也和社会生活一起，走进了新时代。

校园铃声的变迁，是社会的进步，是岁月的迁移，也是我们，老去的青春记忆。

唐道明　湖北省作家协会会员，任教于天门市拖市一中。

田成鹏

童年印记

1

东风来了，春天也到了。小村泥土路上，我和一群小伙伴正嬉戏玩耍，耳畔隐约传来呼唤声，我立马回家。母亲轻轻抚摸我的头说道："娃儿，喜欢上学吗?""喜欢!"我高兴地跳起来，又跑出去。"上学啦!"尖细稚嫩的童音传遍乡邻。伯伯婶婶大爷大妈，蹲在门口站在路旁，乐呵呵说着什么。我跑来跑去兴奋不已，额头上冒出汗珠。我走进一栋泥瓦房，妈妈坐在堂屋中间方桌旁，一针一线精心缝制棉布小挎包。不等缝好，我便从她手里拿过来背上，妈妈慈祥地看着我。

天晚了，哥哥姐姐弟弟们陆续回家。爸爸从小卖部打来一斤酒，年逾古稀的爷爷抿口酒吧嗒吧嗒笑眯眯的。一家人吃了一顿香喷喷的晚餐。

2

晃悠的煤油灯光照得屋子里一片灰亮，从门缝也挤出去几缕淡淡的光晕。小方桌四周围坐着一家人，妈妈缝补衣服，姐姐纳鞋袜，哥哥写寒假作业，爸爸抽着自制的卷烟，仿佛思考着什么。

一阵寂静之后，爸爸咳嗽了两声对我说："林儿，会写自个名字吗？"这一问把我难住了，我说试试吧。爸爸拿出一张卷烟纸，哥哥递来圆珠笔，凭着脑子里模糊印象，先画个方形，里面再画个"十"字。我举起纸腼腆地说："这是我的名字。""这是姓，还有名呢？"唉，又怎么写呢？爸爸写个"林"字，我只好依葫芦画瓢写满纸，我终于会写自己的姓名了。

初春的天气已不是特别寒冷，该睡觉了，我很快进入甜美的梦乡。

"林儿，快起来吃早饭，太阳晒到屁股了。"我一骨碌爬起来，穿上妈妈递来的棉袄，还有一双新布鞋。吃完荷包蛋背起挎包，和哥哥还有几个同伴一道上学去。

走在路上觉得什么都新奇。看看这儿，瞧瞧那儿。路旁的杨柳池塘，田野里绿油油的麦苗。阳光照得人暖洋洋的，小鸟唱着歌："喳，喳，喳，上学啦！"

不知不觉我们到了学校，排队报名的孩子真不少。好慢呀！那个登记的老师总是一个个问半天。终于轮到我了！"你叫什么名字？"老师和蔼慈祥。"我叫田林。""今年几岁？""七岁。"老师拿出一张纸叫写姓名，我一笔一画慢慢写上。老师微微点头连声说："蛮好嘛。"这么一夸奖，我偷偷地笑起来。

离开报名处，来到操场边走边看。两台新篮球架，缺个角的乒乓球台。教室前边几棵白杨枝干现出青绿色，一排教室中间挂个铁铃。墙墩上端端正正写着红色油漆大字，几处墙壁上附着脱落的纸片。

　　教室里正上着课呢，老师在黑板上写字。绿色的门上一片灰蒙蒙，有几扇门破得能钻进人去，门框顶端隶书红色"忠"字特别显眼。"当当，当当——"一阵铃响，下课了，学生们蜂拥而出。哥哥过来牵着我的手："弟弟，放午学啦。"

　　吃罢午饭，背起挎包，我又和哥哥一道高高兴兴来到学校。

　　"当，当，当——"上课了。哥哥领着我到最北端教室。老师面带微笑，站在门口迎接学生。我的座位在教室中央，长条形四只腿的课桌，稍一用力推就前后摇晃。教室里一阵低声嬉笑，新的环境新的伙伴，那么新鲜那么有趣！

　　老师走上讲台，一捆新书放在讲桌上。同学们讲闹声渐渐停歇，个个正襟危坐，手不知放到哪里是好。老师说道："今天，你们就是小学生了。"底下几个同学嘻嘻笑出声来。"老师会教同学们认字、写字、数数，你们喜欢吗？""喜欢！"同学们拍手叫好，老师还讲了学习和纪律方面的事项。接下来点名，任命班干部，由我当班长。老师让我站起来亮相，教室里响起一片掌声。

　　发书了。翻开新书，书页散发出一股清香。扉页上毛主席画像向我们微笑。我们的老师，三十来岁，头发黝黑光滑，衣着整齐朴素。"同学们，"发完书，老师自我介绍道，"我姓高。"接着转身在黑板上认认真真写字。"第一课：毛主席万岁！"老师高声念道。同学们先认字，再写字。我们举起小手，随着老师的手势，撇，横，横，来回比画。"当当，当当——"下课铃响，我们上完了第一节课。

3

　　走进教室，黑板上方端端正正贴了一张毛主席像，两旁各写一句话，"好好学习，天天向上""团结紧张，严肃活泼"，这是我们上课下课喊的两句口号。

　　一年级只有四门课程：语文、算术、体育和唱歌。上午三节课，下午两节课，同学们学习劲头十足。最有兴趣的是算术老师上课，用高粱穗棒串成像鞭炮一样的东西，既可以数数又能算加减法。回到家里嚷嚷着要大人做，第二天一人一串金黄色的"鞭炮"带到学校，真好玩呢。

　　教体育的是一位年轻老师。先教排队，立正稍息看齐。再教左转右转后转，总是有人转错，引来一阵阵哄笑。早操几乎每天都要做，上完早自习，各班集合，老师喊口令："散开，踏步，立定，第一节：上肢运动——"

　　我们非常喜欢唱歌课，教唱歌的是一位年轻女教师，扎两条长辫，她走进教室，同学们欢呼雀跃好似见到明星。《东方红》是我们学唱的第一首歌，以后又唱了许多儿歌，学起歌来比学什么都容易。

　　放学路上，歌声嘹亮。树上小鸟叽叽喳喳，有几只在头顶上飞来飞去，一直陪伴我们飞到家。写完作业忙着去寻找猪菜，田野里野菜遍地都是：芥菜、马齿苋、猪耳朵、荠荠菜。天北长渠河面微波荡漾，杨柳倒映水中，岸边堤坡上长满嫩绿的青草，各种野花色彩缤纷。采满一篮野菜，披着晚霞踏着薄暮回家去。我家两头山羊，人称百草羊，爱吃的东西可多啦，吃完草又仰头

"咩咩"，它还没吃饱，只好再去弄些东西来。我爬上杨树摘些树叶，小羊又能饱餐一顿了。吃过晚饭，洗过澡，爸爸叫我和哥哥学习，油灯下兄弟俩温习功课，爸爸一旁默默注视着。

4

天气渐渐热起来，转眼到了期末。一天早晨，我们去领成绩单，那些考好的同学高兴得一蹦三尺高，没考及格的学生躲在一旁偷偷哭呢。

愉快的假期一晃而过，班主任决定本学期仍然由我当班长。老师常说班干部不仅要学习好而且各方面都要带头。老师用的教鞭黑板擦坏了，第二天又有新的出现了；放学后我们主动打扫教室，桌凳摆放得整整齐齐；每当有同学不会做作业不会背书，我们就当起了小老师。

老师津津有味地讲课，学生们专心致志地听讲。古今中外，天南地北，我们仿佛邀游在知识的海洋，置身于知识的宝库，获得新知识汲取新营养。同学们追求上进争当三好学生，路上捡到一分钱，交给老师；遇到盲人，领着行走。无论风霜雨雪酷暑寒冬，我们都坚持上学，老师说艰苦环境可以磨炼人的坚强意志。

不知不觉一个学年结束，这天学校举行散学典礼。副校长主持大会，照例先唱《东方红》，再进行其他仪式。校长讲话后，教导主任宣布优秀学生名单。热烈的掌声中，我和几位同学走上主席台，双手接过奖状，深深鞠一躬。回到家里贴上奖状，家人夸赞不已，说我是个有出息的孩子。

5

千门万户曈曈日，总把新桃换旧符。除夕傍晚，炊烟弥漫，暮霭笼罩田野村舍。孩子们燃放爆竹，大人们忙忙碌碌，里里外外干干净净。家家户户贴上春联，张灯结彩，喜气洋洋。

吃完团圆饭，夜来临了。小娃子们的灯笼亮了，长明灯也点燃了。老人们念经守岁，祈求来年风调雨顺国泰民安。一家人围坐煤油灯下吃零食，讲述有趣的故事，等待旧岁过去迎接新年来临。

噼里啪啦的鞭炮声响，把我从睡梦中惊醒。天已大亮，妈妈做好早餐，姐姐忙着扫地。爸爸坐在堂屋："你们兄弟几个今天不要乱跑啊，先给爷爷拜年。"还教给我们一些礼节，逢人问好，道声恭贺新禧。手提包装满礼物，我们和爸爸一起去拜年，路上人来人往，碰到熟人相互问候，我们拜了一家又一家。

欢快的锣鼓声、高亢的龙船调悦耳动听，那是彩龙船。龙船宛若一座富丽堂皇的亭子，一位美若天仙的女子，舞动身姿划来荡去。船尾跟随一花脸丑角，摇把破扇，扭动腰肢，翩翩起舞，滑稽好笑。观赏的人里三层外三层。

热热闹闹过了四五天年，路上行人渐渐稀少，大人们准备"开门红"。孩子们离上学还有些日子，串串门，玩玩儿，做做作业。

6

过完年，就要升二年级。校园里杨柳枝叶含苞欲放，教室增添了几条语录，还有"学习园地""心得体会"专栏。我们的班主任，面容清瘦，着一身灰色服装，戴一副老花眼镜，他负责我们的语文课。

语文老师夹着课本走进教室，礼节性地问候我们，然后说教一番。"'一年之计在于春'，希望同学们珍惜光阴，勤奋学习。"又自我介绍道："我姓田，过去读过私塾，还被先生打过手板心呢。"田老师上课，我们听得聚精会神。他不仅教学生字，还解释字义，经常提出问题让我们思考，同学们争先恐后举手回答。

上学放学路上，同学们排着整齐的队形，路队长喊口令"一二一"，口令结束歌声又起。完成家庭作业，本队同学聚在一起，或者捉迷藏或者玩打仗，每次游戏结束都要总结经验。

暑假到了，正是学生们玩耍的好时节。我们提个竹篮假借割牛草猪菜，在河里一泡就是大半天。河水里也能躲迷藏打水仗，比陆地上更有意思。一个猛子扎下去，一会儿从另一个地方蹿出来，吸口气又扎下去不见踪影。游泳的姿势可真多，什么仰泳啊蛙泳啊，不会游的只能在浅水边学狗爬式。天气炎热，生产队油瓜和香瓜熟了，游完泳来吃瓜。那时每家每户分得不少瓜，瓜分多了就一篮一篮送到亲戚家去。

寒假里我们也玩得有滋有味。打雪仗，滚雪球，抓起雪团，你扔过来，我投过去，浑身上下沾满雪花。玩累了，再到河面滑冰，有谁滑倒了，就干脆躺在冰面上让人推着。天然的溜冰场，要多爽有多爽！

7

时间如白驹过隙，转眼进入 1972 年，学校依然如故。

　　三年级的班主任是位经验丰富的中年教师，他姓方，担任学校副校长。开学没几天，他宣布我当学习委员，负责收发作业本，作业保质保量按时交给老师批改。

　　"同学们，"方老师开始上课，"你们喜爱诗歌吗？今天我们来一起学习。中华文化源远流长，诗词歌赋历史悠久。第一部诗歌总集《诗经》；爱国诗人屈原，《离骚》《天问》脍炙人口；唐诗宋词，灿若星辰，李白，杜甫，白居易，诗人数不胜数。下面我们来欣赏一首古诗——"

　　老师转向黑板，写下两个字："春晓。""春眠不觉晓，处处闻啼鸟。夜来风雨声，花落知多少。"老师饱含感情地朗诵起来。教学生字，讲解诗意，绘声绘色，情景交融。最后我们齐声朗读，背诵诗歌。后来我们又学习了《登鹳雀楼》《锄禾》等古诗。

　　学写作文也是从那时开始的。一天，方老师带我们去二队劳动，任务是挖胡萝卜。旭日初升，红彤彤的太阳普照大地。同学们手握小铲，头戴草帽，排着整齐的队伍，伴着嘹亮的歌声，穿过林荫小道，向东行进。过了一座石桥，到达劳动地点。

　　来到田头，我们呈一字形摆开干起活来。挖了一会儿，手痛了，腰酸了。于是老师给我们鼓劲："加油啊！"休息时，一位老伯伯拍拍我的肩膀，说声"好样的"，还叫同学们吃胡萝卜。这时老师给我们讲故事，教育我们热爱劳动，珍惜粮食。

　　傍晚，劳动结束，我们踏着夕阳，说说笑笑，回到学校。老师要求同学们把这次劳动见闻记录下来。第二天，我们交了第一篇作文。

　　考试是学生的"必修课"，也是学生最害怕的。如果考不好，一怕老师批评家长责骂，二怕出丑没脸见人，所以考试时总是战战兢兢不敢马虎。有段时间，考试方法改了革，把学生带到校外"开门"考试，让学生认出和写出各种农作物和树木的名称，算出田块的面积。"开卷"考试不同于"开门"考试，发张考试卷，允许学生翻看书本答题。这样新颖的考试一些学生很是喜欢。

爱好体育文艺的学生，学校尽量发挥他们的特长。组织体育队和文艺队，打乒乓球打篮球，表演文艺节目，拉二胡吹笛子。放晚学后，歌声琴声笛声回荡在校园上空。小小文艺宣传队给寂寞的乡村带来了生气与活力。逢年过节，一到傍晚，大人小孩赶紧端板凳抢座位看演戏。表演的节目形式多样内容丰富，《沙家浜》《红灯记》选段，舞蹈、合唱、独唱，还有对口词和三句半。舞台上生机勃勃，观众是兴趣盎然。

8

一日晚归，爸爸给我几个硬币去小卖店买香烟，我照常跑到大队部与米面加工厂一墙之隔的地方。店门口贴一副对联：横眉冷对千夫指，俯首甘为孺子牛。白净的墙壁上书写着：墙上芦苇，头重脚轻根底浅；山间竹笋，嘴尖壁厚腹中空。加工厂厂房是一座宝塔形状砖瓦建筑，屋顶端悬挂高音喇叭，瓦沟里杂草丛生。

长胡子的老人站在门口，脑袋秃顶，嘴里没牙，穿一件长袍，听说他是一位"五保户"。我走进屋来，两枚硬币塞给老人。"小孩知乎？"声音哽咽，抿了抿嘴，他大概念过之乎者也。我说道："买烟啊！""没——没有——"又咕噜些什么。我不愿离去，每次来还能吃一颗糖呢。"我买糖。""没有啊，呜呼哀哉。"

出门遇上乐子拿着崭新的作业本走过来。"哎，哪买的？""小——卖——部。"他一字一顿大声说。我不明白，他手往东边一指，"那里卖烟酒，还有本子和笔，好多东西呢。"哟，到小街了，好多人。"好啊，这个铺子生意兴隆。""只可惜抢了那老头子的饭碗。"人们七嘴八舌。我等了一会儿，接到一包"大公鸡"，兴冲冲跑回家。

9

一块学农基地，离学校不远，往南走过河就到了。春天，同学们带来铲子、小箢篓，一窝一窝点棉花种子。在废窑堆上、荒沟边刨窝种蓖麻。师生齐心协力耕耘护理农田，老师轮换着担粪，学生三三两两抬肥料。虽然不远，但几个来回也累得腰酸腿软。平时农田里间苗锄草各班依次进行。待到庄稼成熟，学生们肩挎书包、袋子，捡棉花、摘蓖麻。辛勤劳动换来不小收获，我们的学费明显减少了，一学期才交几毛钱。

农田里也播种小麦、蚕豆和黄豆。收获后怎么处理呢？师生们忙碌一年，也该享受享受。于是学校小厨房里忙活开了，炒蚕豆、蒸馒头，散发一阵阵香气。我们分享着丰收果实，什么烈日暴晒、汗流浃背、腰酸腿痛全抛到脑后，有的只是欢快甜美。

那时学生们常常要进行宣传活动。晚饭过后，路队长、宣传委员组织大家，先念一段："下定决心，不怕牺牲——"然后"宣传"起来。喊的内容是背得滚瓜烂熟的语录，还念一些防火防特防盗的警句。宣传完毕，挨家挨户检查火烛，分别贴上"安全户""一般户"和"危险户"的标识。

之后，队伍又集合在生产队禾场上玩游戏。淡淡的月光下，跳跃着活泼矫健的身影，有的捉迷藏，有的拔河，还有围坐一圈丢手绢的，一直玩到半夜才回家。

看电影最能吸引孩子们了，只要听说放电影，同学们就有了谈论的新闻。《红灯记》《龙江颂》《沙家浜》等现代京剧放了一场又一场。《南征北战》《奇袭白虎团》《渡江侦察记》，观看战斗片哪怕夜晚跑上十里八里也不觉得累。电影场中的乐趣那就更不用说了。

10

"碧玉妆成一树高，万条垂下绿丝绦。不知细叶谁裁出，二月春风似剪刀。"

冰雪消融，大地回春，草木萌发，杨柳树枝吐出嫩芽，一派春和景明气象。一天，我们去学校报名，校园内外大人小孩来回游走。报名处是方老师，三年级的班主任。他说，三年级还要再读半年才能升入四年级，人们都不明白是怎么回事。

上了几天课，新书本来了，看同学们那个高兴劲儿。回到家赶紧拿报纸包上封皮，写上"语文""数学"。爸爸要看看我们的新书，他念过几年私塾，时常教我们识字写字呢。他翻看着书，有时点头有时摇头，我在一边呆呆地望着。

开学两周，学校进行忆苦思甜教育活动。请来管校代表和几位老贫农，会场气氛庄严肃穆。他们声泪俱下控诉旧社会的悲惨遭遇，又喜笑颜开讲述新社会的幸福生活。

中午吃"忆苦思甜饭"。先吃"苦"的，全体肃立，唱起"想起往日苦——"，歌声哀婉催人泪下，接着吃菜叶、麦苗和麸皮煮的粥汤，好多学生都咽不下去。吃完"苦"，再吃"甜"。同学们放声歌唱《东方红》，唱毕，吃起了白花花的大米饭，外加两盆豆腐和粉条。吃完后，大家齐唱《大海航行靠舵手》。

村头路旁我们上学的必经之地，耸立着一棵粗大的柿子树。仰头望去，枝繁叶茂，密密麻麻的柿子挤在枝头。偶尔一阵风刮过，落下不少幼果。孩子们捡来，插一根竹签，玩起转陀螺。

未成熟的柿子特别涩口，我们盼望着柿子快快长大。

11

这个学期，年轻的崔老师教我们数学课。当时，高年级的学生经常迟到旷课，调皮捣蛋，不怕老师。低年级学生也受到影响，以前老老实实一切行动听指挥，现在有些学生敢和老师对抗，上课不听讲，作业也不做。

有一天崔老师走进教室，教室里喧闹不止。

"上课！"班长喊"起立"。"没交作业的站起来！"老师吼道。"太不像话，差十几本。交来的也是乱写乱画，统统重做。""自觉点，没交的站起来！""还差两个！"老师提高了嗓门。"最后一个，站——起——来——"仍无人回应。"我看你们今天不想上课了！""不想上课。"几个学生小声说道。

老师慢慢走到教室门口。这时，学生们议论纷纷：老师不狠，管得不严。老师听到这些话走进教室，议论声渐渐停止。

没交作业的那个学生扬扬得意，以为侥幸逃过了一关。"点名了，不要说我不客气。"看来老师要动真格了。查出了那位同学。"上讲台前面来！"他走向讲台，一副毫不在乎的样子。

"又是你，交了几次作业？"崔老师一把抓住那同学衣服揪上讲台。"我今天就来管一管。"说完，将那学生两耳一拧，头往墙壁轻轻一碰，那学生哭了起来。老师又一推，"给我滚出去！"那学生对抗起来。幸好班主任闻讯赶来，将那学生请出去，风波暂告平息。

课后，学校领导找崔老师谈话。严格管理是好事，但教育管理学生要注意方式和方法。

12

昨日始闻莺，今朝蝉又鸣。1973年的夏天来了。

河边，青蛙呱呱；树上，知了鸣唱。清晨，一骨碌起床，扛根竹竿，提起竹篓，去寻找知了壳。

瓜果成熟了，红艳艳的西红柿，香喷喷的甜瓜，孩子们怎不眼馋？一个炎热的中午，几个孩子神秘地摸进了一家菜园摘香瓜。有人放哨，有人摘瓜，分工明确。正摘得带劲，突然，一位老太婆不知从哪里冒出来，一声吆喝。于是，我们争先恐后逃之夭夭。

夏夜天空，繁星闪烁。远处蛙鸣悠扬，枝头蝉儿高唱，草丛中蟋蟀啾啾。劳动了一天的人们，摇把扇子，悠然舒适地乘凉，天南地北地闲谈。小孩们坐在大人旁边，仰望星空。老人告诉我们：这是天河，那是牛郎织女。讲到鹊桥仙女七夕相会、嫦娥吴刚桂花树的传说，我们听得如梦如幻。

夜渐渐深了，微风吹来好不惬意。人们纷纷散开回屋休息。而青蛙、知了和蟋蟀永无休止地鸣唱着……

13

那一年我十岁。我们的班主任，武汉下乡知识青年，二十二三岁年纪，满脸络腮胡子，身材细瘦，精明能干，他姓查。当时，小娃娃们都怕知识青年，认为他们好打架骂人。但是，查老师给我们的印象却不是这样。他会打乒乓球，会玩篮球，也教我们唱歌。他教语文，虽是汉腔，我们也听得懂。

除了原来的几门课程，我们又增添了政治课，主要是学习中央文件、《人民日报》社论和国内国际形势。老师边讲边抄，没有课本，我们只好多记笔记。

不知什么原因，学生学习氛围不那么浓厚，纪律也比较涣散。面对这种情况，班主任想方设法希望改变班风学风。教室里挂起两个小本本，一个记好人好事，一个记坏人坏事，由当天值日班干部记载，作为学生期末评语的参考，也是评选先进的依据，两个本本收到了一定的效果。

一晃秋天到了，庄稼成熟。人手少，农活忙不过来，生产队请求学生去帮忙抢摘棉花、抢收水稻。小学生支农是很辛苦的，老师也没办法，只好拿出一段语录让大家学习：发扬不怕吃苦连续作战的精神。

暮秋时节，放晚学回家总要帮忙干些农活。那一天，妈妈教我扯棉梗，根深土结，好不容易扯一根起来，不大一会儿累得汗流满面。于是去休息，看公路上过往的车辆。夕阳西下，村舍田野渐渐升起袅袅炊烟。路上，有干完一天活计匆匆回家的农人；地里，还有披星戴月继续劳作的人们。

秋夜，皓月当空。吃过晚饭，全家围坐一起剥棉花，月亮天是不需要点油灯的。剥棉花时可热闹啦，妈妈让我们猜谜语，爸爸给我们讲故事，我们从中学到了不少知识和做人的道理。其中让我印象最深的是天门机智人物徐苟三，他生性顽皮，聪明灵巧，乐于助人，疾恶如仇。徐苟三的故事，我们听得入神入迷。

14

有段时间书本供不应求，两人一本书，八分钱的大字本半个学期才能换一个。语文课本第一课《歌唱祖国》："五星红旗迎风飘扬——"英雄人物，事迹感人，董存瑞、邱少云、雷锋，英名永存。另一类有趣的故事《半夜鸡叫》，特别有意思。

学校勤工俭学开展得热火朝天，学生们得到指示到大队窑厂烧窑。第一天装窑，挑的挑搬的搬，傍晚时分砖瓦才垫好窑脚。直到第五天装满窑洞，我们舒了一口气。紧接着烧窑，又是十天半月。小学生搬柴火，老师和高年级学生轮流添柴烧火，炉火日夜不熄。

开火到了第十二天，崔师傅说要烧赶火。砖瓦的质量与师傅的技术有很大关系，师傅一刻不离窑洞坐镇指挥。三天赶火烧过，窑就算烧好了。这时师生们累得精疲力竭。

下一道工序是浇水，让红色的砖瓦变成青砖青瓦。一桶桶一担担水源源不断挑上小山头，窑顶冒起呲呲白烟和水汽。浇了两天，砖瓦喝够了水。

最后的工作是出窑。只用五天时间就把烧好的砖瓦全部搬出来了。师生们手套磨穿了，手掌擦破皮了，衣服染成了灰黑色，脸也瘦了一圈。

又是一年秋天，我们兄弟仨到舅舅家吃枣子。远远望见枣树枝叶茂盛，果实累累。这棵枣树树干粗大，树皮皴裂枯燥，树底盘根错节。舅舅拿根竹竿，打下枣子好似冰雹砸在头上。我们吃了个够，舅舅脸上露出笑容。他说，这棵枣树上百年了，还结这么多果实，实在少见！

15

转眼之间新学期来到。这是小学最后一年——五年级。

我们的班主任冯老师，三十出头，教学经验丰富。走进办公室，八个大字映入眼帘："忠诚党的教育事业。"据说是冯老师用棉花团蘸墨水写的。办公室整整齐齐摆放几张办公桌，墙壁四周贴挂着一些图画和资料。

冯老师家住二队，离学校三四里路程，他每天总是按时到校。他教我们语文，上早自习时，先布置读背的内容，然后督促检查。平时喜欢玩的学生也不得不读读背背，因为都知道冯老师的脾气，他说话是算数的。上课时，冯老师检查学习情况，点名背书。不会背的，放晚学留下来，背熟再回家。因此学生们对冯老师十分敬畏。

当时纸张紧缺课本少得可怜，几人共用一本书，所以冯老师上课抄得比较多。他写正楷粉笔字、钢笔字一丝不苟非常认真，对我们的笔记作业更是要求严格。

一天上午，冯老师抱着一堆作业本走进教室，面带怒色。事情不妙，我们等着挨训。果然，他翻着本子，大声点名："刘军，重做！"本子摔在地上，"王艳，重做！"就这样，全班四五十人，几乎都因为作业格式不对受到惩罚。从此以后，我们做作业更加小心谨慎。

在那时他是善于引导学生学习的，他教我们办起了第一张手抄报。一天下午，冯老师召集班干部开会，讨论办手抄报的事。他说："办报可以促进同学们学习，扩大知识面。"并告诉我们具体的办报方法。他挑选几篇学生作文，还有诗歌、散文、故事。在他的指导下，一张像《湖北日报》大小的手抄报诞生了，冯老师写上报头——"春笋报"。

同学们非常感兴趣，各班纷纷行动起来自办各种手抄报。如：《前进报》《烽火报》《战斗报》。

根据上级指示学校兴办校办工厂，开展一系列勤工俭学活动。根据季节组织学生挖半夏、拾麦穗、捡散棉花，办起了两头猪的养猪场。利用闲散地种植中药材，培育7216菌种生产杀虫剂，还喂养金小蜂。

喂养金小蜂是件很细致很辛苦的事情，需要提前寻找和收集红铃虫，供金小蜂越冬吃食。值班的老师学生日夜守护检查温度，采用木炭升温，保持二十摄氏度，偏高或偏低金小蜂都会死亡。寒冬过去，春天来临，繁殖出来的金小蜂放到农田去吃害虫。

生产7216首先用土豆培育菌种，然后接种，用料为米糠和麸皮，在一定的温度下发酵制成，这也需要守护和查温。师生共同努力，生产一批又一批7216贡献给生产队，为农业生产服务。

收获的药材，出售给卫生室和医疗站，为学校增加收入，解决师生困难，为特困学生减免学杂费书本费。学校勤工俭学活动取得显著成绩，获得了上级有关部门的赞扬。

田成鹏 任教于天门市拖市一中。

王　娜

我是群主

创建班级 QQ 群

每天放学铃一响，老师们就会匆匆忙忙提着饭菜来到班级，为留在学校吃午餐的同学服务。这天，作为班主任的我一边端着碗一边习惯性地扫视着我的班级成员，这时班长站起来举报："王老师，程卓等三个同学没吃饭，偷着出去上网了！"

在两个知情同学的带领下，异常震惊的我来到学校附近的网吧。不看不知道，一看吓一跳——网吧里全是小学生，人人都聚精会神在玩游戏！我们碰到了程卓三人和一位不在学校吃午餐的我班同学，这四人一见到我就乖乖地站起来低着头出来了。

痛陈网络游戏的毒害、苦口婆心讲父母师长的殷殷期待、做检讨、写保证、请家长……这些招都用过，为什么收效甚微，而且颇有前仆后继之势？我思考着，看来要学学大禹治水了——疏导胜于强堵。

在一次班会上，我调查了同学们上网情况，大部分同学都上网，聊微信，刷抖音，玩王者荣耀、火影忍者等，大家聊得热火朝天。我也向他们讲述了我上网的经历：查找资料、看新闻、读书、听音乐、上微信QQ聊天、到开心农场偷菜，偶尔也玩玩欢乐斗地主……同学们哄堂大笑——原来老师也有贪玩的时候！开诚布公的交流让师生之间的隔膜一下消除了，我建议同学们上QQ，这样不必时时上网关注，不影响学习又能相互沟通，我还向他们公开了我的QQ号：397849048，欢迎大家成为我的QQ好友！

不到一个星期，我的QQ好友增加了三十多人。早有准备的我把写的一些关于班级的文章、在各种刊物上发表过的文章放到了空间里，而且我还把学生的优秀习作也发表在我空间里，并附上鼓励性的评语……空间访问的人数越来越多："小布丁""乖乖女""赵子龙""网球王子""异界少年"……我的QQ也异常活跃起来，今天有同学羞涩地要求语音聊天；明天有同学要视频，也许是要看看老师是真是假吧；渐渐地，同学们会把班级情况向我反映……

后来，我班的大网虫——程俊，创建了一个班级群"温暖的602"，把我拉进去做了群主。我在群名片里写道："我们是六十七颗闪亮的星星，我们是朝气蓬勃团结向上的集体！"马上有同学在群内公告写道："602班的同学们，小学最后一年了，让我们一起加油！"我在群相册里上传了我们班运动会上的照片，还把我们班春游的照片做成视频配上《让我们荡起双桨》的背景音乐，一下子吸引了许多同学。

为了增强QQ群的吸引力，我会把对学生的爱借QQ群表达出来，我在上面留言、写文章："教师节这天早晨我被掌声淹没了，我在鲜花中陶醉了，好多精致的小礼物让我兴奋，全班同学的齐声祝福让我感动……我想说：602 班的孩子，老师没有白疼你们！我爱你们！我爱我所有的学生！"

我终于明白了：我快乐是因为我爱！我恼恨——恨铁不能全成钢，恨石不能都成器，还是因为我爱！我爱我的学生，我爱这太阳底下最光辉的职业！我爱我的宝贝——602 班全体同学！宝贝们将永远留在我记忆深处！

原来一向严厉的老师是这么爱我们呀，同学们深受感动，这些文章拉近了我和同学们的距离，加深了相互了解，大家都成了"温暖的 602"里的一员。同学们也敞开心扉，在群里写下身边感人的事——《难忘的圣诞节》《快乐的春游》《运动会正在进行》《改造"调皮鬼"》……群里越来越热闹，预习《故宫》时群共享里会及时出现故宫的图片资料；群热点里还会出现数学趣题；群新鲜事全是班级里的"名人要事"；群公告里还不时有人组织活动：野炊、同学会、环保活动、错别字大调查等等。

丰富多彩的群内生活，让同学们忘记了网络游戏，找到了更健康的上网方式，QQ 群增进了师生情感，加深了同学之间的友谊，增强了班级凝聚力。

班级 QQ 群是同学们温暖的家！

班长要辞职

六年级是小学最难管教的一年，这不，刚开学不到一周班长就发难了："老师，我要辞职！"打了我一个措手不及。这个班长可是跟了我两年，是我的得力助手。

放学后，我在群里发了求助的帖子。马上有同学回帖了："班长因为上次英语考试没考好，情绪很低落。"于是我在群里发起讨论："大家同不同意班长辞职？怎样的班长才是好班长？"同学们跟帖如潮：

"胜败乃兵家常事。"

"有时失败并不是件坏事，它会让你更加清醒！"

"班长，谁笑到最后才是胜利者，你是我永远的偶像！我支持你！"

"班长，你是我们的定海神针，我们不能没有你啊！"

"当班长最重要的是让同学们信服，不能光看成绩！"

…………

班长看了十分感动："谢谢你们给了我信心和勇气，我一定不辜负老师和同学们的期望。我收回辞职信，我会和602班一起加油！"

我也跟了一帖："让我再一次认真地审视你们，你们都长大了！你们对班长的挽留和支持让我很感动。"

通过这次辞职风波，我们班更团结更有集体荣誉感，班干部更加以身作则，同学们都自觉听班干部的话。每天早晨，清洁卫生同学们都抢着做，值日生来检查时他们还会相互整理红领巾；坐在教室角落的矮个子同学看不到黑板，班干部除了向老师反映，还会主动要求和他换座位；原来午餐打饭插队的廖谦也自觉为同学们服务，总是排到最后一个；运动会上，同学们为了显出班级的与众不同，献计献策把班级口号改成"朝气蓬勃，团结进取，奋发向上，六二最棒"……

班级QQ群真是老师的好帮手！

编写作文书

　　六年级要面临毕业考试，时间紧任务重，完全指望最后这个月的总复习，学生会受不了，效果也不好。而且提到复习学生就头疼，但不复习老师也头痛啊，我从班级 QQ 群里找到灵感，想了个皆大欢喜的办法——编写作文书。

　　"你想成为作家吗？你们想'出版'自己的书吗？那就行动起来吧！我们来编写作文书，把你们从三年级到六年级写的好作文、优秀日记，全部收集整理起来编成一本自己的书，仿照编书的形式写上前言、目录。我们的书还要先进一些，我们还要仿照网上跟帖的形式，要路过的都留言，发表自己的见解。有四个人留言就能得到一颗星，到时按星级高低决胜负！"帖子一发，第二天班里就讨论得热火朝天，我只需稍加指点，同学们就做得很到位了。

　　现在我们班里的同学一有空闲就编自己的书、看别人的书、留个性发言，忙得不亦乐乎！书编写的水平很高，图文并茂，取的名字也很气派：《成长的足迹》《萌芽》《优秀作文选》《马瑞阳文集》……有的干脆用自己的网名《虎王派哥》《闪光小子》《夏日阳光》……还有同学为了吸引读者的注意力，在前言里写道："纠错有奖，发现一错字，请速来作者这里领奖！"当然我的讲桌上总有几本作文书等着我"拜读"，等着我"留言"。现在QQ 群热点里说得最多的就是谁谁的书"出版"面世了，请大家多多捧场；谁谁都有十颗星星了！

　　不知不觉中，同学们完成了复习作文的艰巨任务，既轻松又快乐。班级 QQ 群真是魅力无穷啊！

自从荣升为 QQ 群主后，我真正成了"孩子王"。同学们把我当成最知心的朋友，同学之间有矛盾找我，在家里受委屈找我，爸妈不在家也找我……在学生心中，我是无所不能的"超人"！有个同学用"简直"造句："王老师简直是神仙，我们的一举一动她都了如指掌，甚至我们心里想什么她都知道！"是班级 QQ 群使我成了千里眼顺风耳。

我自豪，我是群主！

王　娜　天门市作家协会会员，任教于天门市岳口小学。

王恕兰

向阳花开

　　这几年我从事教育管理工作，在闲暇的时候经常想起往日的同事小余，尽管她已经调换了工作岗位，不再和我搭档工作了，但我还是会想她。

　　时间追溯到 2010 年，小余从城里来到了我所工作的这个偏僻的乡村中学，她在短短一年的工作时间里，就获得了"市优秀教师"的荣誉称号。我知道她付出了艰辛和汗水，看到她收获了鲜花和掌声，说她青春如花，她说："当老师，就要做朵向阳花。"

　　2009 年 6 月，正是一个春暖花开，云淡风轻的季节。小余离开了美丽的大学校园。那天一早，校长和我一起到市局迎接她，她给我的第一印象是不矫情，那模样就像是电影《乡村女教师》里的主角，美丽善良、充满爱心。大三那年，学校邀请了师德楷模报告团到学校演讲，精彩的演讲，深深打动了她的心，她毫不犹豫地做出了最后的选择。也就是从那一刻起，她有意识地开始了各种培训。一些同学开始考研，一些同学奔波于各大城市寻求发展机会，一些同学忙于考公务员，她却忙考普通话、教育心理学，报考教师资格证。

学校最缺的是化学教师。领导得知她获得电子信息学士学位的情况后，就安排她教九年级化学。虽然这与她的专业并不搭界，但她不推辞，毅然接受了工作。第一次站上讲台，讲台下有五十六双期待的眼睛，他们注视着这位城里来的女老师。她用爱的微笑，细心的辅导赢得了热烈的掌声。课后她说她忘不了那一双双渴求知识的眼睛，她说一定要用智慧和汗水扎根乡村教育。

为了尽快适应教师角色的转换，尽快融入学生群体，她向许多老教师请教如何上课，如何组织教学，如何和学生相处。她一直记得在读书时一位领导对她们说过的一句话："和学生相处，最重要的是关心学生、理解学生、全身心地爱学生。"她把这句话牢记在心头，时刻提醒自己不能辜负初心。她以一份特有的激情，与学生交朋友，和他们谈心，为他们补课。年轻活泼，让她和孩子们有一种天然的亲近感；温润和蔼，使她有一种特别的亲和力。课上，她是老师，传道授业解惑；课下，她和学生们一起研究学习上的难题；课间，她和学生们谈心、做游戏，像个大姐姐一样，学生们有了心事愿意和她讲，她成了学生们的知心姐姐。

真心付出换来的是真情的回报，学生们再也离不开这位可亲可爱的大姐姐了。有一次，她患了重感冒，浑身酸软无力，她好想休息一天，可她记着有自己的课，吃了几片感冒药，还是走上了讲台。她讲着课，咳嗽得厉害，身子不停地颤抖，学生们关切地说："老师，你别讲了，我们自己看书，保证不吵闹。"说着，有几个学生给她搬来自己的椅子让她坐，还为她倒上一杯热水，望着学生们质朴的笑脸，她的眼眶里噙满了感动的泪花。她觉得自己这一辈子也不想离开他们了，为他们奉献出青春、爱心和知识，她将度过极有意义的不平凡的一生。

2009 年期中期末考试，她所带班级的化学整体成绩明显提高，处于学校同类班级之首；学生及格率在 80% 以上，优秀率达68%。2010 年中考，因所带班级化学考绩优异，她在全镇教学工作会议上做了经验交流。余明圆，一个年轻的女教师，如一朵向阳花终于展示在我们面前。这些年过去了，余明圆老师也调整了工作岗位，离开了我们单位，但同事们经常谈起她，议论教师这个职业，说当乡村教师得有小余老师那样的阳光心态。

我以为，当教师就注定自己是一片叶子，默默地用自己的绿色去装点这个世界。小余老师就是凭着自己的梦想，凭着一颗热忱、执着的心追求，才享受着当教师的平静、坎坷、委屈、淡定与从容，只有用爱教、乐教的一串串坚实的脚印才能享受快乐与成功。

有一段时间，我经常看到小余老师端着一个小板凳去观摩别人的常规课、示范课。课间她又以特有的激情，与学生交流谈心，这让她拥有了一种特别的亲和力。老师们笑说："小余真不简单！"这是赞美，是肯定，也是对她辛勤付出的最高褒奖。2009 年中考，她所带的化学学科成绩优异，在全镇教学工作会议上做了经验交流。会后，她开心地笑了，那是灿烂的笑，是一颗丹心在脸上的最美花朵。那几年，由于社会经济的转型，越来越多的留守孩子形成一个新的特殊群体。亲情的疏离，家庭教育的缺位，影响到了学生的身心发展和健康成长。余明圆这个阳光般亮丽、春风般怡人的"大阿姐"主动担当了学校"知心姐姐信箱"的心理咨询指导员，接受学生咨询，为学生排解心理情感上的困惑和疑难。她利用业余时间，通过学生会摸清各班中孤儿、留守、单亲、贫困学生名单，进行有针对性的帮扶与关爱。

那年冬天，小余老师所带的班里有个叫雪蓉的学生，父母离异后，母亲出走了，父亲外出打工，她与年迈的婆婆相依为命。对于这个家庭残缺的学生，小余老师在生活和学习上总是对她特别关心。有一天下大雪，余老师发现雪蓉嘴唇乌黑，两腿冻得发抖，她走上前去，轻轻脱掉雪蓉的雨靴，发现她的赤脚上绑满了取暖用的稻草，由于雨靴浸水，两只脚已经失去了知觉。看到这里，小余老师鼻子一酸，泪已满眶。她赶紧把雪蓉扶到寝室，为她不停地搓脚，直到双脚恢复知觉。之后，小余老师又为雪蓉买来了袜子和棉靴……

学生郑云云，是一个腼腆内向的女孩。不爱说话，做事小心翼翼。这次移民中，奔波劳碌，本来就体质单薄的她，水土不服，一来就病倒了。一天患感冒发烧，从低烧一直发展到高烧，但她没有吭声，伏在桌上暗暗啜泣。这一切没有逃过小余老师的眼睛。她走过去，试试郑云云的额头，说"赶紧上医院"。她把郑云云送到医院里，为她支付了全部的医药费，又照顾她打针吃药，直到她痊愈。第二天，郑云云的家长来学校，找到小余老师送还医药费。但是她委婉地谢绝了，因为在她看来，自己对学生真心的付出，从来就没有考虑要学生回报和偿还，就像父母甘为子女付出一切……

小余老师的事迹告诉我们一个道理：为师是一种责任，是一种情怀。不仅要有丰富的知识、过人的智慧，更需要真诚的奉献，真心的投入。孩子们最需要的是关爱，他们缺乏的不仅是知识，更重要的是自信，是表现自我的一种勇气。这种信心与勇气的缺乏比知识的缺乏更可怕。爱学生，是一种素质、一种习惯。

每一位学生都有他们的特点，对他们的每一个细小的行动情绪我们都必须观察在眼里。

教育是一门科学，又是一门艺术，是一项融科学和艺术于一体的富有创造性的工作。要做好这项工作，教师不仅要懂得课堂教学规律，还要掌握一定的教育学、心理学知识，讲究教育的方式、方法和技巧，更要有一种教育的智慧。激励每个学生上进，赏识每个学生的才华，让每个学生积极参与，期待每个学生获得成功，这才是教师的职责。

一朵花开万朵香，这是教育战线上的普遍规律。一个学校要善于树立自己的楷模。所谓榜样的力量是无穷的，一个优秀的教师是一朵花，只要这朵花开得艳，教育的花园里自然百花齐放。小余老师调整岗位的那年，学校又来了新的支教老师。

我记得有个支教老师叫肖冯，老家远在山东，他上大学时的女朋友因为他支教下乡，要和他拜拜，他心里有几分失落几分愁绪。余明园知道后主动和他谈心，讲爱情，讲事业，讲人生的理想和追求。她还邀约几个支教的伙伴，一起唱歌、打球，还把肖冯的女朋友请到单位来，为他们过生日，使他们重归于好。后来学校新来了几批支教教师，他们很快成了教育的优秀生力军，这又是一笔多么宝贵的财富啊。每一个支教生，吃苦在前，勤恳敬业，生活上克服重重困难，他们都以自己的责任感实践着扎根农村教育的誓言。一花独放不是春，满园花开春满园。作为一个教育管理者更应该懂得这个道理。

王恕兰　天门市作家协会会员，任职于天门市拖市小学。

王维敏

京华散记

西山看红叶

雨洗群峰气转凉，漫山红叶染秋阳。

诗情浩荡人先醉，画意迷茫塔正煌。

且借佛光清俗虑，益觉尘世胜天堂。

黄栌树下低回久，喜见枫高虎上墙。

北京的秋风来得早，转眼间到了西山红叶的最佳观赏期。这些日子，北京各大媒体不断报道着每日十多万人扎堆涌上山去观赏红叶的盛况。可不是吗？观赏这漫山遍野溢彩流丹的红叶，倾听这生命脉搏鼓荡澎湃的秋声，感受这生机蓬勃的秋韵，品味它的芬芳，这时赏叶的人便不知不觉地融入了这如诗如画的美景之中。

站立在虎峰之上，放眼望去，太行之西山余脉连绵而来，又奔涌而去。蓝天白云，皓皓秋阳，天开地阔。在茫茫翠色中，对面山上，红叶在闪耀，在浸晕润染，汇成红灿灿的一片，如同从山坡上倾泻而来的红涛，仿佛一幅巨大的当年解放战争军用地图，革命力量在发展壮大，连成红彤彤一片；又好像一幅人体血管图，鲜活的血液在强光下流动，闪耀着青春和生命。

相比之下，塞外观赏红叶，10月初就进入了高潮期，整整早北京两个多星期。这主要是红叶所在纬度的差异。中国幅员辽阔，跨越纬度约45度，所以中国四大著名红叶观赏地，南北高潮期竟相差四个月之久。吉林蛟河市，北纬44度，高潮期为9月25日至10月5日；辽宁桓仁县，北纬41度，高潮期为9月30日至10月15日；北京，北纬39度，高潮期为10月25日至11月10日；福建武夷山，北纬28度，高潮期为11月25日至12月10日。就北京而言，西山是龙头老大，尤以香山为经典，此外，还有八达岭长城、青龙峡、雁栖湖、凤凰岭、雾灵山和北望山森林公园等地，都是观赏红叶的好去处。此中讲究"三看"，也就是三个阶段。第一阶段为10月上旬，主题词为"京城第一片红叶"。看谁能有幸见到万绿丛中一点红的灵动，生命的萌发。第二阶段为10月中旬至10月底，主题词为"红色海洋"。但见万树飞红，流丹溢彩，此时红叶泛红率增至90%以上。第三阶段为11月上旬，主题词为"落英缤纷"。最后一抹红色诉说着秋去冬来的怅惘。观赏红叶能得此中三昧，愿已足矣。

我们翻山越岭，从林海下至谷底，向对面山岭攀缘，终于进入了心仪已久、闻名遐迩的红叶区。哟嗬！眼前豁然开朗，十里山道，万树飞红，像千万面战旗在招展在飞舞，像一片紫烟火云弥漫在山间，又像望不到边的火炬在燃烧在辉映，橙红与嫩红交织，缆车与滑道呼应，好一派壮美的立体风光。我们沿着山道徐行，融入熙熙攘攘的游客之中，像溪流汇进了大江。随着海拔变化，红叶颜色变化较大，山脚下的红叶鲜红，山腰处是绛红，到了山峰则变为紫红。秋风飒飒，红波起伏，人们在红海中畅游。山风送来阵阵幽香，一种红叶所特有的玫瑰清香，其中蕴含着草药的韵味，沁人肺腑。我们在一棵高大的黄栌树下停步，摄影留念。这是正宗的红叶树，这里植有十四万株之多，遍山皆是。小的有如灌木，主枝根部生发出十多株细枝，上面缀满红叶，一蓬一蓬的，微风中吐放着嫩红的光。主枝长到两米多高，枝干青青，浅黄色的叶子正在转化为悦目嫩红，梢头的红叶鲜红透亮，仿佛秋阳的光芒穿透了它。最高大的则有凌云之枝，黯黑深绿，枝上红叶晶莹，红云一片。我顺手折下丛林中一根小枝，只见皮下呈现出嫩黄的木质，透出清香，长柄上互生着肥厚的叶子，多为五角，呈卵形，迎亮一照，红得极为深沉。据说，每到深秋初冬，叶中所含红苷素发生变化，从原来的翡翠玉变成红玛瑙色，红期为一个多月，眼下泛红率已达90%。唐朝诗人杜牧在他的著名诗篇《山行》中说"停车坐爱枫林晚，霜叶红于二月花"。霜叶，其实指的不是西山黄栌红叶，而是枫树红叶，我们家乡湖北天门管它叫鸡冠树，叶较薄，呈五角、六角或七角形，经霜后叶红如火，煞是好看。西山也有枫，名叫"元宝枫"，临崖那边就有一棵，高约二十米，向山坡一方的叶子青葱葱的，向崖外一方的叶子红灿灿的，看来泛红率只达40%。树身挺拔，仿佛一位绿衣少女挥动着手中的红纱巾，深情地呼唤着远方的阿哥。与元宝枫相对照的是附近一垛院墙上，一簇爬山虎正把它红色的叶子缀满墙壁，造成一座新的"赤壁"。我实在佩服它的勇敢和执着，爬山虎作为一只山地虎，正在把美的旗帜插上山的每一个角落。

红叶区游人如织，热闹非凡。人情之美，在这里得到充分体现。数不清的少男少女，相偎相伴，在红叶下缠绵，把他们的情爱和靓影留在山间。不少人西装革履，驾车而来，带着家人，到这里借山光水色放松一下紧张而疲惫的身心。这时，我看见一家人拥着一辆轮椅过来了，轮椅上坐着一位老太太。他们停在一片浓密的红叶下拍照，女儿梳理着母亲头上的白发。在对面红叶疏处，一对老人手持相机，以山那边古塔金顶为背景，互相拍摄，神情很是投入，他们刻满岁月沧桑印记的脸上，映着红叶的光泽。这时，一阵叽里呱啦声中，几个外国小孩蹦蹦跳跳地跑过来了，金发碧眼，白生生的脸蛋，手里舞着几片红叶，紧紧跟在他们后面跑的是一对中年外国人，手里提着相机，孩子们的笑声感染了人们。此外，我们还碰到过不少摄影师、画家和舞蹈家。他们或扛着长枪短炮式的摄影器材，在林下忙乎着，或静坐在林间挥动画笔写生，眼前风光，画得真美。有在山道上边走边舞或在枫下吟诗的，还有放开歌喉纵情高歌的。天南地北，五湖四海，来到这里，不就图个乐吗？这边，两位朝圣者引起了人们注目，他们不同肤色，身披袈裟，少者搀扶着老者，是从龙泉寺那边过来的，一步一拐，进入红叶区。老者显然是个外国人，黝黑的脸上闪着一双大而明亮的眼睛，向我们致意，也在向我们示意，咱佛家子弟，虽说四大皆空，早已超凡脱俗，但是愿从圣道窃余芳，何妨登高昭心目。对于佛光普照下的美好事物，例如红叶枫林，咱们还是很喜欢的，保留有热爱和享受的权利，不是吗？

　　我们来到近山脚处，见迎面立起一块石碑，上书"天下第一"。好大的口气，一问，才知道红叶区克来明架空缆车与富斯特高山滑道，当年建造时无论规模、高度和长度，确是世界第一。我们决定先坐缆车上山，再一次从空中俯瞰一下红叶区的风采，然后改坐滑车沿九曲滑道下山，去体验山野加速的惊险。以前，我们也坐过几次缆车，凌空飞去，一览众山，看不尽红酣绿醉，但体验的多是腾云驾雾。记得在海南三亚，我们坐在缆车之上，迎面是青山连绵，脚下是白浪舒卷的蓝色海水和山抱水偎的港湾，一排排渔舟从眼底闪过。而在长城缆车上，俯瞰的则是另一番情景。只见莽莽苍苍的崇山峻岭之中，雄伟的长城巨龙般蜿蜒而去，给人以更加强烈的视觉冲击。眼下，漫山红叶，在我眼前幻化成火红炽烈的岩浆在奔涌，宇宙中无限的生命力在张扬。我们深情地观赏着红叶，我想，红叶哟，你不也在观赏着我们的人生吗？

我曾在武汉珞珈山上赏过樱花，灿烂的樱花怒放如一片片白色的、粉红色的云彩。日本人视它为国花，宣扬人生当如樱花，哪怕短暂也要辉煌，这倒是与他们的武士道精神相吻合的。而我们热爱红叶，是因为它火红的热情和蓬勃的生命力。在这里，我们感觉到了北京的诗情和秋的韵味。

八大处里访八刹

> 天下名山僧占多，佛传八刹未能磨。
>
> 舍身饲虎悲兼爱，阵怪求经道即魔。
>
> 影壁煌煌昭证果，浮屠隐隐忆达摩。
>
> 金顶喜逢开光日，香客芸芸沐圣波。

如果说，八大处是西山的诗眼，那么，八刹则是它的灵魂。起初，我们为健身而登西山，尔后访宝刹而探幽寻胜，末了呢，方知愚顽如我辈者，亦有慧根矣！

八大处公园，在西山风景区南麓，为太行余脉翠微、虎头、青龙三山所环抱，海拔高 465 米，面积 332 公顷，自然景观得天独厚。春有"虎峰叠翠"，夏有"幽谷流泉"，秋有"深秋红叶"，冬有"层峦晴雪"，属国家 AAA 级景区。正是这样一个著名的都市山林，早为僧侣隐士所占，成了佛教圣地。在这里，从隋唐到明清，陆续建起古刹八座，俗称"八大处"。它们是：一处长安寺、二处灵光寺、三处三山庵、四处大悲寺、五处龙泉庵、六处香界寺、七处宝珠洞、八处证果寺。八刹在传播佛教方面有其光辉的历史和神奇的传说。有些传说似乎比《西游记》里的故事还要神奇，还要久远。所谓西天，指的就是佛教发源地古印度。佛经由东汉永平十年（67 年），正式传入中国，在历史上曾对中国和世界文化传播做出过不可磨灭的贡献，至今仍然深深地影响着我们。

八大处门口树立着一座彩色牌楼，上书"登欢喜地"。由此即进入佛教圣地。公园红柱上，辉耀着一副金色楹联："斯文在天地，至乐寄山林。"据说是清乾隆皇帝的孙子为乾隆五十大寿撰并仿其笔法所书。

一处长安寺在西侧约一公里处，始建于明弘治十七年（1504年），可惜尚未开放。山门殿牌匾上隶书："善应长安禅林。"字迹斑驳，殿内供奉着关羽造像，金身灰旧，浸染着岁月的沧桑。向后为东西对称的"大雄宝殿"和"大士殿"。殿前两株白皮松，苍劲挺拔，历经数百年沧桑而弥坚，为八大处名树之一。院中古树下木桌前一位年轻的和尚，僧衣芒鞋，正襟危坐，攻读经文。游人们说，和尚通过考试，可以晋升高一级职称。因为与时俱进与佛家教义是一致的。这里古木森森，寺宇巍峨，可惜此寺年久失修，冷落破败，寺前林院已做临时停车场，几位戴红袖章的妇女正在汽车前面收停车费。与其他七处相比，真是未免太寂寞了。

二处灵光寺，坐落在园内山峦之中。拾级而上，映入眼帘的是宝塔高耸，群殿庄严，奇树迎风，香客如云，一派金碧辉煌、香火鼎盛的气象。山门殿内，供奉着佛祖释迦牟尼的铜胎贴金造像，重 3300 公斤，为泰国僧王所赠。释迦牟尼是佛教创始人，其名与为印度梵语的音译，释迦为"仁慈"，牟尼为"寂默"即清静，佛为"觉悟"。他出生于北印度，即今尼泊尔，据佛经记载，他圆寂时世寿 80 岁。中国的禅宗始祖菩提达摩祖师为佛第二十八代祖师，缘其得佛心印为佛陀之正统法脉，又称佛心宗。他于北魏末活动于洛阳。灵光寺始建于唐代大历年间，是八刹中最重要的建筑。寺内古木参天，游廊迤逦，锦鳞戏水，飞瀑临崖，景致十分迷人。寺内最为著名的有"大悲院""鱼池院"和"塔院"。大悲院内北有"拜佛堂"，南有"观音殿"。

三处三山庵在寺之西侧，正好为虎头、翠微与青龙三山所环抱，地势朗豁，视野开阔，纵目远眺，山色如画。它创建于金天德三年（1151 年），大殿亦供奉着释迦牟尼塑像，有匾曰"是大世界"。相传清代高僧达天通礼禅师曾在此处参悟禅理，著书立说。在"翠微入画"的敞轩上有一联："远山近水澄雾色，清风明月净禅心。"可见佛家探究天人之理的精神很值得钦佩。门槛下方，有一块神奇的长方形的汉白玉阶石，名叫"水云石"，浸在清水之中，竟能显现出山光云影，变化万千。原来那是一块经过长期精心打磨后的石面，体现出中国画中"墨分五色"的水墨画趣味。我从不同角度观看揣摩，其天然纹理上，变幻出山水鸟兽、飞瀑流云、奇花异木、野田嘉禾，尤其是溪畔似有渔翁垂钓、雅士品茶。种种影像，或朦胧或清晰，令人遐想流连，叹为观止。

离开三山庵向北，来到山腰林深处，见一石柱，立于寺院门前，上书"大悲寺"。我们倚柱作深沉状，摄影留念。四处大悲寺建于北宋或辽金时期（约 1033 年）。山门前两株古楸生机蓬勃。观音殿前，两株参天银杏古树格外醒目，树身粗达数围，相传为八百年前所植。门额题"悲源海"，两旁对联为"不动道场东方成垢墟，琉璃世界西向现弥陀"。内供白表观音大士坐像，形容悲悯，慈祥若母，据称乃救世最初之佛，能现三十三化身，救七十二大难。遇难众生只要大呼菩萨名号，观音大士即刻便来救助。我们在《西游记》中已多见此情景。可以说，八刹所供诸佛中，要数观音大士的人气最旺了。游览途中，有个问题始终萦绕于我的脑际：佛教为什么提倡大悲而不是大欢呢？直到请教了高人之后，才弄明白。原来，"佛"乃觉悟之意，一种在理智、情感与能力三方面臻于最圆满境地的人格，一种大智、大悲与大能的人。佛主张"无缘大慈"与"同体大悲"的平等思想。"无缘大慈"提倡不仅要对与自己有关系的人如父母亲友等人讲慈爱，还要对跟自己没有关系的人讲慈爱。"同体大悲"则提倡一种"人饥己饥，人溺己溺"的悲悯精神，把世间众生看成人我一体、休戚与共、骨肉相连。所谓"四海之内皆兄弟也"，便是同体大悲的胸襟，所谓"我不入地狱，谁入地狱？"其中的悲愿深心，更是同体大悲的极致，佛教高僧令人闻之动容的"以身饲虎"便是同体大悲之举。所以说，大悲也就是大爱了。

　　五处龙泉庵在西北山峦之中，高松巨柏，如云蔽日，一泓清泉，名曰龙采。泉水经听泉榭流过，甘洌清澈，四时不涸，经检验为天然高硒矿泉水。于是，聪明的僧人设立"龙泉荣社"，用名泉之水泡名山之茶，自是别有风味，一时茶客满座，生意兴隆。看来佛家在普度众生之时也不忘以茶水陶冶信徒们的性情。

　　六处香界寺在虎头山之巅，面积最大，坐北朝南，雄奇壮观。山门殿上书"敕建香界寺"。香界寺是历代帝王游玩的行宫。寺内有两样奇观，一是龙松，二是漂砾石。在二进院落之内，一棵巨型古油松，高约 14.3 米，胸径 93 厘米，树龄五百多年，树大根深，茂叶披纷，虬枝纠结，曲杈交错，如苍龙闹海，舞爪张牙，凌驾于大乘门和钟鼓楼之上，故名龙松。拍摄它的尊容，非用广角镜头不可。另一奇观在乱石流水边六角亭内，一块土灰色的卵形巨石直立其中。1962 年，著名地质学家李四光在此地发现了它，鉴定为距今一百至二百万年前的第四纪冰川漂砾，并题字石上留念。据说此巨石在冰川移动过程中与其他漂砾石块相互摩擦，石身上出现了明显擦痕。后来地球气温升高，冰川融化，这块漂砾石便遗留在此供人观赏。它对研究和确认第四纪冰川及改善人类的生存环境，有着重大意义。寺内钟楼鼓楼也蛮有意思。钟鼓楼均为重檐歇山卷棚顶阁楼式形制，内设法器钟与鼓，用以僧侣集合课诵或作息之报时。听"晨钟"起床，闻"暮鼓"而睡眠。鸣钟以一百零八下为准，分三遍叩击，每通三十六杵，快十八下，慢十八下。早上先鸣钟，后擂三通鼓回应。晚上先擂鼓再敲钟。此之谓"晨钟暮鼓"也。

　　经穷月桥上至一峰顶，便是第七处宝珠洞。山门前彩色木质结构的牌楼，正面镌"欢喜地"，背面镌"坚固林"，为乾隆御笔。楼前立有御制诗碑一块，是乾隆十三年（1748年）初游宝珠洞时所写的七言绝句三首。年久风化，石面斑驳蚀损，部分字迹已难辨认，只有一首算是完整。诗是这样写的："极顶何来洞穴深，仙风吹送八琅音。个中疑有天龙护，时作人间六月霖。"宝珠洞其实是洞殿结合，殿以洞名。大殿临崖而筑，险峻富丽。崖畔设"眺远亭"，游客凭栏远眺，秋阳下群峰竞势，松柏吐翠，城郭如画，野畴苍茫，飞鸟往还，平添感慨。亭外为观音殿，香火颇旺。

在观音殿后面一个不起眼的地方，我们找到了大名鼎鼎的宝珠洞，本寺最核心最神秘的所在，它的上面是雄伟的阿弥陀佛殿。远远望去，这个洞穴就像一个外面包裹着厚厚水泥山石硬壳的硕大的燕子窝，依附在阿弥陀佛殿脚下南侧峭壁下，与观音殿后地平面形成一个90度夹角。洞不大，内面宽约4米，深约3米，高不过2.5米。只见洞壁上砾石闪烁，好似黑白杂陈的珍珠镶嵌其上，在佛灯香火摇曳的光亮照耀下晶莹剔透，熠熠生辉，尽显佛家法力之广大，宝珠洞因此得名。洞内置一汉白玉神像，领受着八方烟火，石像的颜色在长时间的烟熏火燎下变成了古铜色。

在前往第八处的山路上跋涉，我忽然想到，佛法真是广大，愚顽如我辈者，居然也能开窍，感悟到佛教的一两个道道，难道我辈果有慧根乎？

证果寺是八大处中历史最久的古刹，在青龙山腰，始建于唐天宝年间。这里独特之处有三：一是著名的古黄连木，历六百多年而不衰，枝叶繁茂，犹如精神矍铄的老者，诉说着自然界与人世间的沧桑巨变。二是大雄宝殿前的大铜钟，此钟是镇刹之宝，铸于明成化六年（1470年），铜身铸有佛家宝典"摩诃般若波罗蜜多心经"，其铸造之精良，字迹之隽秀，堪称一绝。三是秘魔崖畔的巨石。此石突兀而出，凌空而起，下临深渊，险极奇甚。石上镌刻着四个大字"天然幽谷"，妙不可言！

看完八刹归来，我想起了在灵光寺"讲堂"门口看到的一副对联："不忍众生苦苦口婆心心系群萌常宣讲，岂容圣教衰衰身竭力力挽狂澜遍法堂。"从佛教发展的角度，我想起了那些长眠在浮屠中的先行者，想起了山壁上的浮雕，想起了那些殉道者的面容，还想起了藏经阁中那数不清的典籍。佛家的勇毅与忠诚，慈爱与悲悯，以及无数的传奇故事撼人心魂，引人入胜。

登鹫烽山览胜

> 神鹫冲天展靓姿，云山眼底漾晨曦。
>
> 松从峻岭秀时出，路在紫烟弥处辞。
>
> 绝顶攀缘唯勇者，幽林吟诵有诗痴。
>
> 金庸笔下流霞醉，论剑峰巅诡且奇。

鹫峰山，古老神奇，郁秀而又苍茫，是我们多次登临的地方。鹫峰山地处古称"太行之首"的西山腹地，如果不是亲身体验，很难想象，离繁华喧闹的京城仅几步之遥的西郊（距中关村高科技园区两公里），竟会有一片如此广阔而充满原始情调的国家AA级公园——鹫峰国家森林公园！感谢上苍赐予我们这块800多公顷、最高海拔1150米的宝地。鹫峰山因双峰耸峙形似山鹫而得名。远远望去，秀丽的鹫峰在阳光的照耀下似雄鹫振翅欲飞，昂首云天，几棵苍劲的奇松更添几分豪情。难怪金庸大师一双慧眼选中这里作为武侠们论剑的场所。现在，艺术家们干脆将豪情奔放的展翅神鹫雕塑安上山门，将人们千百年来有关鹫峰的丰富想象凝聚为力与舞、青春与憧憬的神奇。

自古登山三条路。我们选择中间一条千年古道，在鹫峰核心景区，以奇石怪木和人文古迹为主，山势虽然陡峭，路径虽然崎岖，但是沿途防护设施和服务质量相对完备，攀登之际，给人的感觉比较安全和便利。另外两个方向，一是寨儿山岩壑谷区，以古香道和三月晴雪诸景为主；二是萝芭地山顶区，海拔 900 米，以高山林海草甸诸景为主。

我们带着小孙子虎虎，一路攀登已到半山腰。有几个老外，碧眼金发的，倚在古松下歇脚，见虎虎两只小腿儿蹬得挺有劲儿，冲他直乐。虎虎大步走上前去，用在幼儿园学来的英语，打起招呼来："叔叔阿姨你们好，你们辛苦了！"老外们一听，忙不迭地用不太流利的汉语回应："你好你好，谢谢你呀！""小朋友，你走得好快呀！"小虎子听了可高兴，两个小酒窝笑起来特别灿烂，边走边摆手："不用谢！不用谢！"坐在旁边石头上的一位年轻妈妈转过头去对汗流满面的儿子说："你看，人家小弟弟多勇敢，你是大哥哥，敢不敢和他比呀？"儿子听了，噌地一下站起来，"比就比，谁怕谁呀！"大家都笑了。

登山览胜，观赏自然景观和探讨人文古道，是两大主题。当你陶醉于大自然瑰丽的奇山异水和厚重的文物古迹的时候，你同时掀开了自然发展史和人类文明发展史两本书，身心获益匪浅。鹫峰山区古迹很多，有建于 20 世纪 30 年代的我国第一座近代地震监测站——鹫峰地震台，有规模宏伟的大觉寺，有清代的响塘庙，明代的秀峰寺，金代的普照寺及辽代的鹫峰山庄、盘景轩和观音洞等。看过沿途景物，我们来到观音洞前，只见迎面一方巨石如盖，向前伸出约十米的光景，像一片硕大的凉棚顶部，凌空荫蔽着下面的山洞。洞内，灯火通明，佛音悠扬，香炉上轻烟缭绕，不少善男信女在那里顶礼膜拜，求大士赐福。观音洞之南偏北，是一排佛堂，可惜尚未开放。山门外，叫卖土产山货的山民们沿途排开，摆下地摊，桃杖佛珠，山楂核果，野花家酿，令人目不暇接。其中，各种各样的葫芦，大的有如传说中八仙过海中的宝葫芦，小的只有拇指般大，米黄色、乳白色、绿色、褐色都有，而且葫芦面上并没有附庸风雅之徒的涂鸦，称得上纯天然产品。

再往上走，便是响塘庙。庙宇规模较大，古朴典雅，奇木参天，香客颇多，钟声悠扬远播。据说此庙始建于咸丰九年，原名叫福顺寺，想到清朝的太监们来到这里颐养天年，倒也贴切。后来慈禧老佛爷一时高兴，改作此名。从那时起，响塘庙几经扩建，至今仍然保持着佛殿的原有格局，由此可以想见一时之盛。

从这里往西约一百米，是秀峰寺，明朝正统年间所建，坐西朝东，三进院落，只见大殿巍峨，松柏森森，一派佛家肃穆气象。然而一片幽静之中，花草滑苔间流出一股清泉，淙淙潺潺，流向远方。流泉哟，你见证了多少兴亡和悲欢，带走了多少钟声和佛音！

越往上走，山势越险峻，林木越密，百年古树，随处可见，使人想起国画山水中劲挺萧索的笔意。对面断崖上一株粗大的柏树似遭雷劈了一样拦腰折断，斜倚在一棵树枝上，但它并没有死，上端仍然枝繁叶茂，与逆境抗争。大自然强大的生命力，实在惊人。地面上，陈年落叶堆积很厚，长满五颜六色的野花，花间常见野兔出没，野鸡唱和，还有松鼠在枝上跳跃。突然，人群中发出惊叫，只见一条一米多长的乌蛇缓慢地滑进乱石之中。然而传说中曾经活跃在此的豺狼蟒蛇等，现已销声匿迹。山间陆地植物有 684 种，山桃、杏树、槐树、枫及黄栌沿途可见，还有昆虫 800 种，这一切构成了天然的生物宝库，成为北京农业大学等相关院校的实验基地。

更令人惊叹的是千姿百态的山石。有一巨石名叫蜥蜴石，如同被《西游记》里的巨灵神挥大斧劈斩过，剖面光滑，壁立欲倾，大有扑面倒塌之势，无人敢攀，据说只有脚掌上生着吸盘的蜥蜴才能在石壁上自由往返。这样的山石在山区并不少见。峻者，有的如云雾中嶙峋奇峭的笔立之峰，有的顶部生有松柏在风中摇曳。奇者，有的大如屋有的小如斗，或联生或独立，倚卧笑怒，各具神形；其上又时见名人题字，骚客赋诗，更富情趣；加上飞瀑奔泻，深潭照影，林间斜阳新月，给人无限遐想空间。

好不容易到达山顶，站立在鹫峰之上。这里有石坪一方，平坦葱绿，几株古松挺立其中，十分豪迈。伫立远眺，远山迷茫，沟壑在云中隐现，烟霞如云龙舞动。俯瞰京城，一马平川如同江南，六环逶迤而去，阡陌纵横，湖泊闪烁，高楼林立，车辆如蚁，立交桥像花一样，如诗如画，美不胜收。

这时，游人中有人说，就在这儿，鹫山论剑！是啊，这么雄浑险峻的地方，岂不是比武论剑争雄称霸的绝好所在？据说一代武侠小说宗师金庸先生，自己其实并无武功根基，全凭一支生花妙笔，写得出神入化波谲云诡，塑造了一大批不朽的中国武侠英雄形象，深受海内外华人的喜爱。一篇鹫山论剑，已使鹫山披上一片神秘的武侠色彩了。

该下山了，夕阳照耀着山川，照耀着山川间的我们。我们选择了另一条道，从东南往山下走去。可这时，我们勇敢的小虎子，好像认为自己早已胜利完成勇敢者的使命，他站在山顶上，抬头望着晚霞中的飞鸟，就是不肯挪步——要背！原来上山容易下山难，下山时身体重心全部落在双脚上，特别费力，脚跟稍一不稳，就得栽个跟头。所以，趴在背上下山的虎子，此刻才算真正享受到了勇敢者的乐趣呢！

王维敏　天门市作家协会会员，竟陵高中退休教师。

夏传举

父亲节感怀

　　五年前的父亲节，非比寻常。

　　说来也怪，这个国际流行的节日不偏不倚，正好处于我国传统佳节端午与夏至之间，难道真如网友传言：这三日合起来代表安康、幸福和长寿？

　　也许有点道理，因为这个父亲节，我确实是安康又幸福！

　　这一天上午八时，我收到了小儿媳李芬的文章《我的爸爸是老师》；中午一点，我又收到长子江帆的微信文章《我们应该怎样地度过一生》。实话告诉你，我正在踌躇——学生文章一篇篇，为何不见子女文？忽然之间，纷至沓来，犹如桃花朵朵开！原来，他们是要选择这个特殊的日子，送上一份孝敬之心！于是，疑团冰释，心旷神怡，倍感欣慰！

　　先说儿媳李芬吧，三个字：好样的！我想，她选择父亲节呈文，自有她的深意。

　　她青春靓丽，活泼不失沉稳，随性却有主见。最让我感动的是，她与小儿夏顾，互爱情真。从未见过夏顾对一个女孩子如此上心，也从未见过一个女孩子对夏顾如此深情。他们两人惺惺相惜，相亲相爱，都将真心赋对方，一个是真心求佳偶，一个是实意配良缘，实在是可称可赞，可喜可贺！因此，我总结了四个词"一见钟情，再见倾心，相见恨晚，情投意合"！而且，从中我还体会到了年轻时摘抄的一句名言：爱情，不是一颗心对另一颗心的敲打，而是两颗心相碰所发出的火花！

因此，在他们婚礼上致辞时，我才说出了上面的话，同时还说出了下面的话："我希望夏颀和李芬，永葆初恋的热忱，牢记婚姻的责任，同心协力创业，脚踏实地生活。健健康康即是福，平平淡淡才是真。苦乐共享，风雨同舟，边走边呵护，且行且珍惜，心心相印，真爱永恒，用你们的聪明才智，共同创造美好的明天！"这是我当时的祝愿，也是我此刻的心声！

我不仅赞赏他们对等的恋情，我更欣赏芬芬的为人。夏颀呀夏颀，你何德何能，遇到了这样一个知书达理、明辨是非、柔情似水、善解人意、有主见的贤内助，有担当的知心人？你可要珍惜呀，倍加珍惜！

于是，在对儿媳的喜爱之中，这篇文章不禁让我平添了几分钦佩之情。

然而，我对夏颀是有愧疚的！

我的愧疚不是说我不爱他，而是在于我片面认为，他妈妈给他的爱多至外溢，无须再加。我忽略了一个孩子光有母爱是远远不够的，而缺少父爱也是万万不行的！从人性来看，这不完整，亦不科学。子不教，父之过。我的懊悔，恰在于此！

2006年，我在武汉中山高中任教。3月1日夜，我给夏颀写了第一封信，谈人生。信纸四页，一千六百字。这一年，他二十四，我五十九。

2007 年，我在武汉太平洋高中任教。2 月 5 日夜，我给他写了第二信，谈亲情。信纸十一页，字数逾四千。这一年，他二十五，我六十。

2014 年，我已挂鞭息教，赋闲在家，与从广州辞工而回的夏顾分楼而居。3 月 12 日，我给他写了第三封信，没使用纸笔，用短信发给他，谈工作。相当信纸三页，千字文。这一年，他三十二，我六十七。

这是我迄今为止给他仅有的三封信。不知不觉中，小子已到而立之年，而我，也慢慢变老，年近古稀。作为父亲，毋庸讳言，我是未尽父责的。

现在，当他与儿媳互帮互助，互谅互爱，携手共进，比翼双飞之时，我把对他们爱的补偿化作言行，万事亲力亲为，全心全意，相信儿子和媳妇看得出，悟得到，感于心！

而对于长子江帆，我的愧疚之心则更甚，更深！

表面上看，他的学历令多少人钦羡：六岁上小学，适逢粉碎"四人帮"；十一岁考初中，名列竟陵前百名；十四岁读天中，十七岁上北大，二十一读硕士，二十四攻博士，再加两年中科院博士后，一共求学二十三年，学成已是二十九岁的大青年了。

看起来，他一路高歌，一帆风顺，可有谁知，这个中辛酸，难言苦涩？在这二十三年的求学生涯中，由于历史的原因，他小小年纪，就饱尝缺爱的苦楚，孤独的寂寞！所幸，他时刻牢记祖父的教诲：勤奋努力，艰苦奋斗，永不懈怠，一往无前！应该说，江帆是一个能吃苦的孩子，也是一个勤奋的学生。因为我不仅是他的父亲，同时也是他的老师。我可以自豪地对大家说，在我四十年的教学生涯中，江帆是我最杰出的学生之一！然而，光鲜的外表难掩心灵的伤痕!

而且,大龄青年,婚事特让家长操心。

2007年7月,他应邀去了加拿大,两年后转至美国工作,一干就是八年。真可谓十年一觉"外国梦"!这期间,他遇到了他生命中最重要的一个人——刘雪梅女士。于是,二人从相遇到相交,从相知到相爱,直到在美国领证,携手步入神圣的婚姻殿堂。这真是异国他乡遇知音,天作之合美姻缘!说来也巧,他们两人都在彭市出生,小学同班同学,高中同届校友,大学同在北京,但从此之后就杳无音讯。想不到十几年后竟然相逢于异乡,结缘在纽约!真正的千里姻缘一线牵啊!

"雪梅迎春报喜讯,江帆乘风披霞光——佳偶天成。"这,就是我们为他们撰写的新婚嵌名联!

这副喜联,上联说儿媳妇雪梅:品若梅花香在骨,人如秋水玉为神;俏也不争春,只把春来报,待到山花烂漫时,她在丛中笑!下联说儿子江帆:长风破浪会有时,直挂云帆济沧海。一叶白帆,第一个披上绚丽的朝霞,第一个迎接暴风雨的考验,乘风破浪,勇往直前!这真是:雪中红梅,江上白帆,才子佳人,天造地设,珠联璧合,龙凤呈祥!

我希望二人一定要共同珍惜这传奇式的恋情,共同享受生活中的苦乐,共同发展在美国的事业,共同创造美好的未来!有机会一定常回家看看,家乡的亲人每时每刻都会为你们祈祷,每时每刻都欢迎你们回家团聚!因为,人是漂泊的船,家是温暖的岸。最终,船是一定要靠岸的!

是的,船终于靠岸了。在广东,他有了合办的公司,这就是他文章中所说的"去岁才仓皇归来,却踟蹰南荒,不得承恩于膝前"。美国护照虽在身，我心永远是中国心！要趁年富力强时，尽心为国出点力——这是他初渡外洋时对我的承诺。现在，他做到了！我心欢畅，倍感欣慰！此其一。

江帆虽专攻理工，却从小打下文字功底；后又读完马克思主要著作，且写下详细心得笔记，具备了一定的哲学功底；加上他漂洋过海的旅程阅历，故泼墨于纸有一定深度和张力，且简洁明了，有一种全局在胸、高屋建瓴、君临城下的感觉。此其二。

江帆行文虽大处落笔，却极为重视古今中外之例证，尤其擅长选择催泪细节，用真情感人！我读至"幼学之年""孤灯如豆"；读至中学课堂之上，"我头痛面赤，不能支撑而伏在桌上，父亲中止上课，送我去了医院"等处，都不由得热泪盈眶，泪花长流……此其三。

如果说，读芬芬的文章，我感到了明媚，明畅，明澈，明达；那么，读江帆的文章，我则品出了深沉，深切，深邃，深透！正如实验初中黄华茂校长之点评："感人至深的父亲节礼物！恢宏的跨度，细腻的情感，精湛的文笔，足见江帆先生之不凡！夏老先生拥有此等后人，此生足矣！"

然而，我岂能足矣！

我读江帆文章，"不安全感和不自信""这也大大影响了我的生活与事业""我是知道自己的胆怯自卑、彷徨不安的。恐怕来源正是这种心理上的缺失和人格的不完整"。这严峻而哲学的言辞，直戳我心窝！看似他在自我解剖，实则手术刀在我心上操作！我知道江帆所言种种，我是脱不了干系的！这也正是我痛感愧疚之最深处！

我希望孩子们能谅解！不只江帆，还有夏顾，当然也包括梅梅和芬芬，亦包括老伴熊然！

好在江帆有一个好太太！"我很感谢太太的理解与包容，她成为我后半生最大的支撑。"

好在孩子们都大了，懂事了，成熟了！他们能写出这样的真情佳作，说明他们并未计较老爸的过错，我也稍稍释怀。把心中的愧疚写出来，以求孩子们的理解，即为初衷！

好了！抖抖肩，抖落一身忧烦；扬扬眉，换来白云蓝天！一个父亲，还有什么比在父亲节收到儿子媳妇的心灵之作更为欣慰的事呢？

今天是个好日子，非比寻常！2015 年 6 月 28 日，中文谐音就是："爱您！要我！一路爱爸！"调整一下语序，则是："我们要爱您！老爸，我们一路爱您！"

幸福的泪花，挂满脸颊！

夏传举　天门市作家协会会员，竟陵退休教师。

熊荟蓉

心亮着，眼闭着

教书三十年，当了二十多年的班主任，我带过各种层次的班级，与各种学生打过交道。过去，我觉得教育即修行；现在，我觉得教育即生活。我要感谢这些年接触的那些所谓的问题学生，是他们磨炼了我的心性，成就了我如今的从容与淡定，让现在的我看每个孩子都是天使，面对哪个孩子都小心翼翼，生怕自己一不留神说出了伤害孩子的话语。昨天有人向我请教管理问题学生的方法，我笑了笑，说："心亮着，眼闭着。"我先讲一个我读过的故事。

在某婚宴中，一位中年男士认出了小学教过他的老师，走过去恭敬地说："老师，您好！您还认得我吗？"老师说："对不起，我实在记不起来。"男士说："老师，您再想想，我是当年在教室里偷了同学手表的那位学生。"老师看着面前的这位学生，还是摇了摇头说："我真的认不出你。"男子说："当时，您叫全班同学用手帕蒙着眼睛面向墙壁站着，然后您一个个搜查我们的口袋。当您从我口袋里搜出手表时，我想我一定会受到您的谴责和处罚，一定会遭到同学们的鄙视，也将在我人生中烙下不能磨灭的耻辱和创伤。但事情并不是如我想象的。您把手表归还给失主后，就叫我们坐回原位继续上课。一直到我毕业离开学校那一天，偷手表的事从来没有被提过或被传过。老师，现在您应该记起我了吧？"老师微笑着说："我怎么会认得你呢？为了同学之间能保持良好关系，为了不影响我对班上同学的印象，当时搜查你们的口袋时我也蒙上了自己的眼睛。"男子听了，紧紧地抱住老师，哭了。

初读这个故事时，我就被深深感动了。这位老师把自己的一双眼睛都蒙着，他什么也看不见，但他的内心却是无比明亮的。谁没有懵懂无知的岁月？谁不曾因一时冲动做过糊涂事？这些事对于漫长的一生来说，其实是无足轻重的，若能被温柔以待，也许还能成为生命的养料；而如果被纠缠不放，有可能会因此身败名裂，甚至危及生命。我们当班主任的，一定要清醒地意识到，我们面对的是不成熟的孩子，他们犯点错误是正常的，我们没有必要对这些错误纠缠不休。只要是为了孩子的健康成长，偶尔当一下睁眼瞎，也是可以的。下面，我给大家讲讲刚毕业的吴同学的故事吧。

吴同学是去年八月进我班学习的复读生。进班之前，有领导告诉我，别问这个孩子的高考分数，因为他连高职高专线都没过，没有大学读。他一米九的身影只在教室外面一晃，就有个复读生对我耳语："老师，不要收这个学生，他在别的学校抽烟、喝酒、打群架、玩手机……"我制止他继续说下去，我说："谢谢你提醒我，但这些话，你不要再对任何人说。"

吴同学进班后，我向同学们介绍："我们班来了一位'高富帅'！"吴同学赶紧辩解："老师，我不富！"我说："从物质层面来说，你还是学生，是消费者，当然称不上富，但是，从精神层面上说，你很富有。因为，高三是学习生涯中最艰苦的一年，而你读过一年高三，还能再读一年，这表明你有非凡的决心和勇气，同时，一定有远大的理想，想考个好大学。在我心里，一个有理想，又有决心和勇气的人，就是最富有的！"吴同学的脸色瞬间明亮起来。

进班后，吴同学确实表现积极向上，学习也主动认真。不久后调座位，他们小组本来应该坐在前面，但他要求坐在最后一排的角落，理由是自己个子高，坐在前面挡别人视线。但我发现，他坐在后面经常发呆、打呵欠，再就是上洗手间次数多、时间长，还不喜欢上教室旁边的洗手间，而是拐到九年级那边。

我怀疑他躲在洗手间里抽烟或玩手机，就在某次外出改卷时提前返校，当时上课铃已经响了，我就守在九年级那边洗手间外面的楼道口。等到他出来后，我装作刚从楼下走上来的样子，漫不经心地问："咦，现在是上课时间，你怎么不在班里？"他说："我肚子坏了，多蹲了一会儿。"我瞥见他口袋里有个烟盒子一样的东西，故意说："口袋里是英语单词速记本吗？"他不好意思地说："嗯嗯。"我也没深究，只是说："那快点进班吧，别让老师着急！"随后，我在班里表扬了吴同学时间观念强，上洗手间都在背英语单词，同时也规定上课时间不得在教室外的地方，以免让老师担心，让值班领导误会，有特殊情况要提前请假。

这之后，吴同学上洗手间的次数少多了，但上课依然萎靡不振，几次月考都是班里倒数一二。我觉得他应该是对未来没有信心，精神比较空虚，于是，我决定给他定切实可行的目标，用有意义的事情充实他的生活。正好学校让各班办时政手抄报，我在班里问谁有彩笔时，他举了手，我就任命他为时政手抄报的主编。没想到，他几乎用了一周所有的课余时间，找报纸，配插图，独自一人承包了八个版面，把这一期报纸办得活色生香。我在班里大张旗鼓表扬了他，说他多才多艺，认真负责，是堪当大任的帅才。

第二天是他的生日，我把他叫到我的工作室。他是 2000 年出生的，属龙，我送给他一个龙的钥匙挂件，对他说："你长得很像我的侄子，我这个侄子，读书时成绩一般，但为人正直善良，做事有恒心，后来虽只读的一个三本（现在的二本）大学的计算机专业，但现在在深圳开了家电子公司，好多研究生都在他手里做事……我觉得你将来一定也可以！"

他神色黯淡："老师，二本大学分数得三百大几，我平时三百都难考过。"我说："我教的很多学生平时都只考两百几，最后都过了二本的，你要有信心。我发现你记忆力好，字迹端正，语文考 100 分肯定没问题，英语考 80 分、生物考 60 分，应该也可以。数理化合起来考 100 多分，更不在话下。是不是？你不要跟其他的复读生比，就跟自己比，就朝这个目标努力，好不好？"他目光坚定地点点头。

这之后，他真的没有再明显违规，我也一直以种种方式关心他，鼓励他。他个头大，饭量也大，我每餐都会把自己的菜分给他，还将自己的煮鸡蛋悄悄塞给他。每次放月假，我都提前给他准备一篇范文，让他带回家背下来，返校后背给我听。当时，为了确保高分和一本人数，学校让我们主抓 985 临界生和一本临界生，每位老师各负责三五人，吴同学肯定不在其列。但每次给一本临界生准备语文培优辅差卷时，我都给他复印一份，让他感受到老师的重视。每次，吴同学做这份小卷，都做得特别认真。他的语文成绩也从 70 多分，逐渐上升到 100 分左右了。

但三月会考，题目一难，他又只考了 293 分，状态又萎靡不振了。一次午休，我在寝室没睡着，就去班里看看，发现他又不在。我就又去九年级洗手间外面的楼道口等。这次他完全没防备，出洗手间门时，手里还握着手机。看到我，十分惊慌，解释说："老师，这手机不是我的。我刚才上洗手间，在里面的窗台上看到这个手机，正准备去交给您的。"我点点头，说："可能是哪位老师的手机，你把手机再放回窗台上吧，丢了手机的人会回来找的。我这会儿有点困，要去午休了……"我没有多看他，自顾自地去楼上工作室休息了。

过了一会儿，他妈妈给我打来电话："熊老师，孩子在学校没犯什么事吧？他说有个同学把手机放在他手里，他怕被学校查出来，让我去拿回来，并说要我帮忙保管到高考后再还给同学。"我说："学校现在查手机查得很严，您就帮忙保管吧，一定要保管到高考后。"

高考期间，他属于家长带考，提前两天回家。这期间，我经常与他保持着联系，我把自己了解到的考试信息以及各科老师强调的重点，都在微信里发给他妈妈，让他在家里加强。最后一场考试结束后，他提着一袋苹果来到学校，说自己考得还顺利，特来跟我说一声谢谢。

6 月 23 号早上 7 点 29 分，他妈妈给我发来了他的高考分数：456 分。还附带了一条短信："熊老师，孩子考这些分虽然在班里不高，但我们已经非常满足了。无论孩子最终上什么学校，以后在哪里工作，他永远都感激您的！他说他读了十几年书，只有您真正关爱他，给他的鼓励最多……"

故事讲完了，相信大家也都听出来了。对于吴同学，我什么都知道，但我的眼睛一直是闭着的。虽然我闭着眼睛，但他绝对没有把我当瞎子，我与他之间隔着一层美丽的窗户纸。我闭着眼，是给他转身的时间，给他下台的梯子，给他改过的机会。直到高考，包括在他家长那里，我也一直没有捅破这层窗户纸，而是一直向他传达我对他的关爱和重视，期待与祝愿。我有意忽略他的缺点，小心维护师生之间最可贵的信任，以免他破罐子破摔。我是幸运的，因为吴同学最终走上了我希望的那条路，他的家庭也收获了阳光和希望。

熊荟蓉　湖北省作家协会会员，任教于天门杭州华泰中学。

谢首国

石板缝里的长春花

　　时值仲夏，因为有绿化工的养护，夏场小学校园内树木葱茏，草坪碧绿，百花竞放，蝶舞蜂忙，昆虫花鸟在它们的世界里自由自在地生活着。受新冠肺炎疫情的影响，今年的寒假连着暑假，少了孩子们的欢声笑语，校园里显得异常宁静。

　　我习惯没事到学校去转转，每次都会在一棵长春花前驻足良久，忏悔疫情期间几次搬家式的清洁大扫除时对它的无意伤害。

　　这棵长春花独自生长在校道旁边的石板缝里，缝里几乎不见一点土，左右两边都是高墙，只有在正午时，太阳才能从头顶施舍它一点阳光。高墙形成的狭长通道让它时刻处在风口浪尖。因为它长在了野草的地界，当它顽强地探出头来时，恰逢校园第一次大清扫，我一把揪住它的头，正打算连根拔起时，才看清它是一株长春花，顿时手下留情，但为时已晚。想必此时它根须已断，只好将它留在原地，听天由命了。再细看，它的头顶处已长出两节嫩嫩的侧枝，分叉处分明是旧伤，想必它在刚长过石板时便已惨遭路人脚板的灭"顶"之灾。

　　世间万物皆有生命，一株幼苗尚在"襁褓"之中便已饱受磨难，独自面对未知世界，还会经历多少风风雨雨，需要鼓足多大继续生存下去的勇气。顿时，我心生几分怜悯，几分敬意。我在根部填了一些土，浇了些水，叮嘱园丁，无论如何别拔了它，任凭它自生自灭吧。

过了些时日，学校又要进行地毯式消杀，我再次去看了这株可怜的长春花。它似乎长高了些，主干倔强地直挺着，侧枝新添了几片叶子，但叶片边缘略带黄色，像金边黄杨，在我看来，更像大病初愈的人营养不良的蜡黄的脸。它栖身的石板上，满是消毒水的味道，想必这些时日，它定然经历过多次消毒水的淋浴，也被迫饱饮了这消杀的毒药吧。我心中懊悔，当初怎不提醒消杀工避开它呢？

转眼间，梅雨季节来临，连续二十多天的强降雨让我愈发担心起这株可怜的病恹恹的长春花的安危来。

雨后初霁的一天中午，我专程去看了它，眼前的一幕令人惊喜不已。手指般粗壮高挺的迎春花已独成一景，密密层层，粉红色的花朵布满它浑圆的身躯，远远望去，犹如一个歇满了粉色蝴蝶的彩色气球。每朵花都有五片花瓣，像电风扇的扇叶一样均匀而有规律地排列着。每片花瓣上颜色深浅不一，宛如粉色的香水滴在了花蕊中央，缓缓地朝着五个花瓣的方向，由内向外渗透，浸染成粉色的桃红。也许是粉色香水的量太少，临近花瓣的末梢处都留下晶莹的淡白，像极了水墨画中的飞白，又像掩面含羞低眉顾盼的少女，显得娇羞妩媚，令人一见倾心。

真没想到，一株屡受磨难、瘦弱的小苗，短短两个月之后竟摇身变成了超凡脱俗的大家闺秀。我不禁再次细细地考量起它的生活环境。它的根须顺着宽约不足两厘米的石板缝隙深深地延伸到了下水道，因雨水长期的冲刷，部分根须上已没有一丝泥土，裸露出白色的嫩嫩的根须，但每一条根须都没闲着，它们争先恐后寻找抓手，每一根都努力向下探索，直到扎进泥土……

此时，骄阳似火。石板上的温度高达近 40℃，我已汗流浃背，好多花草树木都低垂着打蔫的叶片降了太阳，而长春花在烈日下随风摇曳，婀娜多姿，花朵更显艳丽芬芳。

对于追求"四时见花开，季季闻花香"的校园花草种植格局的我来说，一花开四季的长春花自然成了种植的首选品种。校园西南角原本一片荒芜，杂草丛生。前年，我从兴隆坝汉江沙海移来长春花到这里安了家。此后，这里成了一片长春花的海洋。

兴许是去年哪个调皮的孩子将种子扔到了石板缝里，才有了这株命运坎坷的长春花。

当初，我只知长春花花期长，观赏价值高，可更长时间地装点校园，而不知它还有这般坚韧不拔、奋勇抗争、不屈不挠的精神。怀着敬佩而好奇的心情，我在网上进行了搜索。

长春花属夹竹桃科，原产非洲东部。嫩叶顶端每长出一片叶子，叶腋间便冒出两朵花，除极寒天气外，它都花势繁茂，不断地花开花落，尤其在广东、海南、云南等低海拔热带亚热带地区，全年花开不断。因此，长春花还有"日日春""三万花""四时春"等多种别名。宋代诗人徐积曾作诗赞曰："曾陪桃李开时雨，仍伴梧桐落后风""月月浓情超杏雪，天天梅艳斗桐霜"，足见其花期之长。更为称奇的是朱淑真的七绝《长春花》："一枝才谢一枝殷，自是春工不与闲。纵使牡丹称绝艳，到头荣瘁片时间。"既写出了长春花一枝刚谢另一枝又开放，层出不穷的花势状况，又将长春花"春工不与闲"盛放不衰与绝艳的牡丹花"荣瘁片时间"形成了落差千尺的对比。

另外，长春花中含有七十多种生物碱，对治疗肺癌等恶性肿瘤、淋巴肉瘤及儿童急性白血病等都有一定疗效，是目前国际上应用最多的抗癌植物药源。生时四时唱春歌，一朝枯朽治恶患，这不也是长春花的表现吗？

搜索至此，我不禁为这株在植物界名不见经传的平凡小花深深折服。

一株生长在石板缝里饱受磨难的花尚能与命运抗争，永葆长春，而主宰世界的人类为何却将孩子关进温室遮躲风雨？

前不久看到这样一个故事：

一位母亲为她十八岁的孩子伤透了心，于是去求助心理问题专家。

专家问，孩子第一次系鞋带打了个死结，你是不是不再给他买有鞋带的鞋子？孩子第一次洗碗弄湿了衣服，你是不是不再让他靠近洗碗池。母亲说是。

专家又问，孩子第一次整理自己的床铺时间过长，你嫌他笨手笨脚，对吗？孩子大学毕业去找工作，你又动用了自己的关系和权力。这位母亲惊愕地从椅子上站起来：你是怎么知道的？

专家说，从那根鞋带知道的。母亲问，以后我怎么办？专家说，当他生病时，你最好带他去医院；他要结婚时，你最好提前准备好房子；他没钱时，你要及时送到他手上。这是你今后唯一的最好的选择，别的，我无能为力。

这则故事让我明白：溺爱，意味着什么。现在有不少家长，过分地呵护孩子，一味地满足他们各种不合理的需求，亲手挖掘了一个非常美丽的陷阱。掉进陷阱里的孩子，少了风吹雨打，多了骄奢之气，是非观念淡薄，自然也就失去了长大成人的权利。

花儿和孩子一样，都是未来世界的希望。她们共同沐浴阳光甘露，接受风霜严寒的洗礼，花儿以生生不息尽情绽放为美，孩子以勇敢拼搏造福人类为傲。从小不接受磨炼，不经历苦难，弱肩何以挑起民族伟大复兴的大梁？

前不久，我再次走近这株石板缝里的长春花。它已不再让我牵挂和担忧。它的侧枝又长出了不少，粉色的花朵压满了枝头。原来的花凋谢后已结出饱满的油菜籽一样乌黑发亮的果实，有的已经裂开，掉在了地上。明年，这石板缝里又将长出很多的长春花。

谢首国　天门市作家协会会员，任教于天门市拖市镇夏场小学。

杨 波

怀念啊，那所学校那些人

大学毕业后，我曾南下逐梦，后来几经周转，2012年参加湖北农村新机制教师招考，最后尘埃落定，花落白茅湖小学，并在这所农村小学一待就是七年。七年时光，逝者如斯，唯有那些人和事犹如记忆中的珠宝，在尘封的往事里熠熠闪光。

前天看到前领导在朋友圈发布招聘教师信息，用的照片还是我们以前的合影。内心一暖，仿佛昨天还在那里上班，昔日战友情，今日座上宾。物是人非，人走也不一定茶凉。

白茅湖是我家先生的家乡，那里有他成长的足迹。我曾在那里挥洒过青春的汗水，这是我与那片土地的缘分。我婆婆经常跟我说，谁谁跟她念叨，杨主任走了后学校都没那么有朝气了，还说上面把好的年轻的老师都挑走了。我跟她说，别人夸我的话听了后笑笑就好，还是有很多优秀的年轻老师留在那里，留下来的更值得称道。

上次有事回去，在学校附近一家餐馆逗留。一个七八岁的男孩子总是在我面前晃来晃去，跟在我后面走了好久。我停下来笑着问他："你认识我吗？"他说："认识，你是杨主任，以前升国旗的时候老看到你。"我在心里不由得给他点赞，现在的孩子不管是学习好的还是不好的，都沉浸在自己的世界里，很少有关注和观察别人的，而这个孩子居然注意到自己班级外其他的老师。我煞有介事跟他聊起来。

他告诉我，我教过他姐姐。他一说名字我就记起来了，他姐姐小学时很优秀，是一个温柔内敛的女孩子，现在在一所普通高中读高二。这次疫情期间，学校没有安排网课，于是他姐去打工了，每天六十元钱。我很惊讶。说实话，我很心疼。这么珍贵的时间，离高考不到一年，居然没去上课，去打工了，或许她还不知道她这么做损失有多大。我多想告诉她，上帝给我们赠送的每一件礼物，都暗中标好了价格。孩子，没有什么比在青春里学习更值钱了。

七年时光，足以让一个孩子长大。当年天真可爱的孩子或许成了沉默寡言的少年。我多想找到她，跟她聊聊未来，多想给她看世界的眼睛。

曾记否，这群孩子不知道从哪里得知我的生日在周末，然后悄悄策划了一个生日惊喜。想让我知道，又怕让我知道，憋着秘密的空气里酝酿着甜蜜的惊喜。他们派语文课代表——一个长着虎牙、眼神清澈的女孩对我说："老师，你到时候一定要来呀。""好的呀！"我欣然应允。第二天，我一进教室，发现教室里的桌椅被精心摆放，围成会议室的样子，讲台上摆了一个大大的花花绿绿的蛋糕。孩子们坐得整整齐齐，伸长脖子等着我。看到我，大家不约而同站起来，鼓掌，欢呼。"老师生日快乐！"第一次被这么多人簇拥着，我脸红了，泪水在眼眶打转。我笑着和他们一起分享了蛋糕。后来听说每个学生交了五元钱，一共收了一百六十五元，这个蛋糕花了一百元，剩下的钱买了瓜子糖果。我要把钱还给他们，他们都说不要。我拿了两百元让几个学生去买了西瓜和薯片之类的水果零食，和三十多个学生在一起度过了一个难忘的生日。记得那一天，我快乐得像个孩子，全然忘了为人师的身份，和孩子们一起打乒乓球，学滑板。记得有个调皮的学生教我滑滑板，教了几遍没学会，他脱口而出："老师你真笨啊。"旁边的学生起哄："老师，罚他写作业……"

这群孩子的笑脸仿佛还在眼前。后来这个班的学生大多都考上了理想的高中，有的考上了天中，有的考上了实验高中；也有的步入社会，在工作岗位上刻苦勤奋，也成为业务骨干。多么好的一群孩子啊，细心、温暖、毫无戾气。

也是这群学生，跟我感情最深厚，亦师亦友。有时候会去学校探望我，一群孩子长得比我还高，站在我面前，叽叽喳喳叫我老师，然后就无话了。有的在感恩节给我写长长的书信，过了好几个月才收到。有的跟村里的学弟学妹不厌其烦地提杨老师。她们会在 QQ 上没大没小地评价："老师你做双眼皮了？哎呀，都不认得了。""老师，你胖了，要减肥呀……"

教学年长，时有困顿之感。每每想起在那所学校遇见的那些孩子，心中不觉莞尔。家长们总是说遇见良师，是一场美丽的遇见。而我遇见你们，又何尝不是一场美丽的遇见？

杨　波　天门市作家协会会员，任教于天门市开发区中学。

张民主

初为人师

1975 年 9 月，刚从荆州师范毕业的我，被分配到天门红旗中学担任初二（三）班的班主任，那一年我二十岁。

一个激情勃发、活力四射的热血青年，心中充满了许多美好和梦想。没想到走进教室的第一节课，我的学生就给了我一个不小的下马威，几乎让我下不了台。

那是开学第一天的第一堂课，上课铃响后，我夹着教案兴致勃勃地走进教室，踏上讲台。和其他老师一样，我站成立正姿势高喊："上课！"班长紧接着："起立！"我指望接下来应该是"老师好"，没想到，全班同学在起立的同时，不仅没有哪个说老师好，反倒是所有男生齐刷刷摘掉头上的军帽，露出二十多个锃亮锃亮的大光头，然后是一阵哄堂大笑。这把我的肺都气炸了，眼泪在眼珠子里打转，就差没有掉下来。

非常失败的第一堂课，给了我难堪，也给了我很多思考，提出了多个为什么。

通过两个多星期的相处，通过放下老师的架子，和他们打成一片，我找出了问题的症结：原来，我的那帮学生，都是十三四岁青春萌发阶段的少男少女，正处在叛逆期，思想活跃，行为激进，胆子特大，喜欢搞恶作剧而不计后果，并且把谁都不放在眼里。他们觉得我就是一个还没有他们哥哥大的毛小子，根本就不配当他们的老师。看来想让自己的学生从心里佩服自己，没有两把刷子还真不行。

机会终于来了。

那年代，要经常走出学校搞开门办学。我是年轻老师，这个任务首先落到了我所带的班级。因为把课堂搬到了农村，教师人手不够，我这个在师范里学数学的老师，就把数学课和语文课都承担起来了。记得在跟同学们上"山丹丹开花红艳艳"这一课时，我自己也不知道怎么会发挥得那么好，教室里除了我的讲课声，几乎没有任何杂音，同学们一个个聚精会神，张着嘴巴，仰视着我。一对对眼珠子，随着我绘声绘色的讲演和手势，时而左右摇摆，时而上下转动，师生简直就是在同时享用一桌美味大餐。下课后，同学们给了我长时间的热烈掌声。从此，我的学生对我完全改变了态度。

但真正让他们折服的应该还是后来发生的一件事。

这一年冬天的一个下午，我带学生到阳渡砖瓦厂用板车去拖煤渣勤工俭学，班上有一个比较顽皮的男生，他推着一个女同学借来的板车至砖瓦厂窑旁边的下坡处时，干脆就把车把手放了，让板车放任自流地直接沿下坡滑到煤渣场去，不料板车的一只轮子脱落滚到了县河里。女同学急得直哭，那个男同学也吓得呆呆的，站在一旁不知所措。我来到河边，二话没说，脱掉棉衣棉裤和鞋袜就向河里走去。当天的气温只有零度左右，同学们一下子都惊呆了，他们没有想到他们的老师会毫不犹豫地挺身而出。说实话，当我脱掉衣服准备下水时，确实没有想到冬天的河水真的是刺骨寒冷。当河水漫过心脏时，我的心跳明显加速，人几乎到了承受不了的地步。我咬紧牙关，屏住呼吸，潜入河底几个回合，才将车轮子的位置找到。但由于寒冷，无法用力，车轮子怎么也捞不上来。后来当地老乡弄来一条船，才把轮子捞了上来。我上岸后，冷得嘴唇发紫，牙齿打架，浑身颤抖，几个懂事的学生赶紧帮我套上棉衣棉裤，我才缓过神来。

通过这件事，我的学生对我彻底刮目相看了。班里再也没有不听话的"坏学生"了，我说什么都是一呼百应，步调一致。

夏天，我经常带他们去县河里游泳，不会游的同学就在河岸上看护衣服和书包，给河里游泳的同学们呐喊助威。同学们在河里打水仗、潜水捉迷藏、戏水逗乐，玩得非常开心。那时河流清澈水缓，也不像现在担心发生安全事故。我记得那一年暑假，每天晚上，都有三五个男同学找到我的宿舍，我们一起上楼顶乘凉，看星星，讲故事，往往是通宵达旦，第二天太阳出来了他们才各自回家去。因为我经常家访，每一位学生的家长我都熟悉，孩子跟我在一起他们很放心。

再后来，我的班主任工作更是得心应手，和班上的学生们建立了很深的感情。这种感情的建立，我的体会首先是要真心爱他们。班上每一位同学，我都一视同仁地对待他们，不亲谁，也不疏谁。再就是有创意地开展一些活动，不断提升凝聚力。

每天，我让学生们从自己的过早钱中省出五分钱，交给生活委员，作为班费积攒起来。每次开运动会时，同学们可以用这个钱自己买菜买米，自己烧火做饭，全班同学在一起集体进餐，大家用汽水饮料互相敬酒，很是好玩。而开展整个活动的过程就是一个提升凝聚力的重要环节。比如，平时学习成绩不怎么样的，但是在活动中却很会做饭炒菜，显现出了他们另一方面的英雄本色；再比如，有的人做事特别干净利索，你不得不服，那他自然就成了活动过程的中心人物。通过开展一些有创意的集体活动，可以充分调动和发挥每一个人的积极性和用武之地，从而达到团结、向上的目的。

因为我有一些文艺特长，会拉手风琴和演奏一些别的乐器，所以学校里每次搞文艺汇演，我们班永远都是第一名，这无疑对增强凝聚力起到了至关重要的作用。可以说，班上的活动开展得有声有色，非常活跃愉悦。同学们都舍不得离开这个集体，舍不得离开我。县里、镇里一些有头有面的人物，总是指名道姓要把自己的孩子放在我班上。

记得1985年班上开元旦晚会，那一天我从早上一直忙到第二天凌晨才回家。那一年我爱人因怀孕身体不适，几个月都是在家卧床休息。她也是另外一所学校的老师，离我所在的学校三四里路，我班上几个懂事细心的女生，就主动帮我给她送饭。元旦当天，由于前一天晚上回去很晚，第二天早上，我睡了一个难得的懒觉，大约八点钟才起床。当我打开宿舍门，发现我班上的五个女生站在门外，我不解地问："有事吗？"她们不作回答，就径直往里面冲。有的帮我洗衣服、被子（那时没有洗衣机）；有的帮我擦桌凳、家具做卫生；有的帮我生炉子；有的陪我爱人聊天……一直忙到中午才离开。

多么懂事的学生啊！那天上午，我好感动，眼泪都快流出来了。早上我爱人还在跟我发怨气，说我一天到晚只顾搞工作，全然不顾家里还躺着一个不能动弹的人，这下子气全部消了。

为了把自己所带的数学课教好，能在中考时为天门中学多送几名考生，以赢得学校在社会上的声誉和口碑，我每月都会从自己微薄的工资中拿出一些钱买参考资料和报刊图书，不断研究题库，有的放矢地对学生进行模拟考试训练，以提高接近考题和猜题的命中率。

功夫不负有心人，1986 年中考，也是我教师生涯中最后一次带初中毕业班学生，数学试卷最后一道分量最重的题，我猜到了原题，一个字都不差。学生们从考场出来后，高呼："张老师万岁！"

这一年 10 月，我调入行政部门工作。在新的工作单位的前三年，每到元旦前后，学生们新年祝福的明信片像雪片一样飞到我的办公桌上，让我要兴奋好几天。

从 1975 年参加工作，到 2015 年退休，我工作了四十年，其中十年教师生涯让我特别怀念，不少学生四十多年来一直跟我保持着很好的师生关系，他们有什么活动总是不忘邀请我参加，我们在一起时，总是说不完当年的话题。如今他们也是快六十岁的人了，大部分都当上了爷爷奶奶，但我总觉得他们还是当年那样年少，那样活泼可爱。

在本文即将结束的时候，我要跟同学们说：如果当年我对你们有不敬的地方，那一定是一种"恨铁不成钢"的特别的爱，并非恶意。如果你当时受到了伤害，而我又没有察觉，我借此机会向你"赔罪"！希望能得到你的谅解。

附：我在 1985 年班级元旦晚会上创作表演的最后一个节目——诗朗诵：《难忘啊！今宵——东风中学初三（二）班元旦晚会纪实》。

这里是彩灯闪耀

这里是鼓乐喧嚣

这里是歌落舞起

这里是景美人娇

这里的每一个人都在乐

这里的每一件物都在笑

这里啊

紧张动人春意扬

这里啊

热闹活跃友谊飘

来一个吧

尊敬的老师

露一手吧

亲爱的同学

不要说我们的晚会才开始

要知道美好的时辰短暂易消

快放开你那动听的歌喉

让优美的歌声飘向天涯海角

快舞起你那窈窕的身姿

让时代的节奏冲上九天云霄

如果错过了这难得的机会

今宵过后

遗恨难消

平时不爱动的

今天在舞步弄影

平时不爱唱的

今天在反复推敲

就连那最老实的极个别

此刻正张着嘴巴

在哈哈大笑

难忘啊

1985 年元旦晚会

虽是寒夜胜春宵

时间啊

请你就此停下

钟声啊

请不要把最后一响敲

这里的一切都这样美好

叫人留恋不舍

这里的一切都这样迷人

叫人记忆难消

今宵遇君情深意厚

来年再会花红香飘

别了盛会

难忘啊今宵

张民主　天门竟陵退休教师。

曾利华

温暖的记忆

　　母亲去世后，我就很少回老屋了，触景生情，总是止不住悲伤。见不着老屋，老屋的影像却像老电影般，在脑海中，一遍一遍地放映，长镜头，短镜头……

　　老屋是父亲亲手建成的。那个时候，父亲从中州拖来一卡车的木头，到村子时已是晚上，大大的卡车在窄窄的桥那儿堵着了，村里人都跑去看热闹，我是循着热闹过去的。只见人们都围着那卡车，七嘴八舌地出着主意，高高的卡车头上，父亲坐在副驾居高临下地望着我，笑容满面。后来，卡车是怎么过来的，我不记得了，只记得那一刻的父亲，在我心里陡然高大起来，尽管我一直崇拜他。父亲是瓦匠，他和外公用那些木头盖了一栋大房子。房子的四面外墙用砖头砌成，内面的梁和墙全用的木头。我喜欢木头，比起现在的钢筋水泥，木头有生命力，更亲近人一些。盖房子的时候，我在木头上睡过觉，老屋盖成后，我常常倚靠着那些木头柱子，或看书，或发呆。

　　梅雨季节，老屋廊檐下到处都是滴水的声音，水声缠缠绵绵，如诉如泣。大自然在用最浪漫的方式向人间呈上一支动听的乐曲。这样的日子，母亲与父亲一般都歇在家里。母亲闲不住，在堂屋里编晒筵，两条长板凳上搭两根粗长的木棍，架在屋中，她将已经削好的长短一致的小拇指粗的细竹竿摆在上面，细心编制，深绿色的细尼龙绳像某个童话里的精灵随着母亲的手上下穿梭。我最爱看母亲编晒垫，这个时候的母亲，不像平日督促我们做作业时那般严厉，盯着一条条细竹竿的眼神，仿佛盯着一朵朵芳香四溢的花儿，专注而温柔。我和弟弟喜欢围着母亲的编织区你追我赶，偶尔，看见母亲手边没有细竹竿了，便抢着递竹竿，母亲的表扬随着接竹竿的手飞到我们耳边，我们的追赶便更加欢快了。父亲负责在一旁准备细竹竿，一根根削齐，弄光滑。看见我们追赶得实在太闹腾，他就会拉着我们姐弟俩，坐到大门口，讲田螺姑娘、牛郎织女的故事，一遍又一遍。廊檐下是滴滴的雨声，廊檐内是父亲声情并茂的讲述，堂屋中间是母亲翻动竹竿的声音，温馨，温暖。我记得小时候最喜欢倚在父亲的怀里，不断地追问："田螺姑娘和那个勤快的小伙子结婚后怎么样了呢？"父亲开始回答得敷衍："就像所有人结婚了一样呗！""然后呢？然后呢？"抵不住我死缠乱打的追问，父亲会笑着告诉我们："他们就生了两个孩子啊，一个女孩，一个男孩！""生了孩子后怎样了呢？"弟弟学着我问。"就像我这样坐着给你们讲故事啊！"父亲边说边刮弟弟的鼻子。原来田螺姑娘的幸福生活跟我们是一样的，我满足地笑了。不经意间，发现母亲也望着我们，眼里也含着笑。

　　夏日，阳光开始变得炽热多情，父亲母亲也在田里忙开了。放晚学后，我和弟弟到门背后把钥匙拿出来，开门，放书包，然后，跑到禾场边上对着田野里歇斯底里地喊"爸爸、妈妈"，直到听到父亲或者母亲的回音，让他们知晓我们回家了，才停止大喊，跑回家玩耍。后来，我看过一首小孩子写的回家的诗："我一回家/就是找妈妈/找到了妈妈/就回到了家。"大抵就是我们那个时候的心情。

有一次，是插秧的日子，暮色已经沉沉地压下来，父亲母亲还没有回家，旁边的邻居都端着秧马回来了。我们两姐弟手牵着手在父母亲回家的路口等待，见着一个回来的就问："我爸爸妈妈怎么还没有回来？"陆陆续续地有伯伯婶婶重复告诉我们："你爸妈还有一厢田，栽完就回来。"鸡儿回笼，鸟儿归巢，狗狗耷拉着耳朵躺在大门口，天已经完全黑了，他们还没有回来，我和弟弟等得焦急了，围着路口转圈圈。堤上的少甫爷爷含着个烟斗从我们旁边经过，看到我们，笑着捉弄："别等啦，回家去吧，你们的爸妈把卢湾的鸭子赶到水里淹死了，派出所把他们抓去啦！"卢湾是我们隔壁的村庄，我们很少去那个村子，人对不熟知的事物总是有些惧意，更何况两个孩子。年幼的我们，也不会分析什么笑话，只注意到"卢湾的鸭子死了""派出所""被抓去"这几个字眼，害怕得抱在一起，呜呜啦啦地哭起来。母亲的声音从远处急促地传来："怎么啦，怎么啦，怎么在哭啊？"听到母亲的声音，我们才睁开婆娑的双眼，哇，父亲母亲都回来了，颠颠地迎上去，好不欢喜。忙了一天的父亲母亲一手拿秧马，一手抱着我和弟弟，乐呵呵的。父亲的胡子扎着我的脸，母亲的吻落在弟弟的额头，"乖，回家给你们做好吃的！"

除夕的夜里，鞭炮的声音渐渐淡下来，一家人坐在新买的电视前，看连续剧，吃橘子。母亲的事忙完了，坐在床边叠衣服，高兴起来了，哼几句《天仙配》，长长的拖音载着止不住的欢喜滚入我们的耳边。父亲的酒喝得高，捏捏我的脸，揪揪弟弟的耳朵，偶尔，冷不丁地凑到母亲脸旁亲一个，电视上放着《庄园之梦》，母亲的笑容跟女主角一样美。酒醉的父亲最好逗，晕晕乎乎坐在床边看电视，我和弟弟趁他不注意，爬上床，绕过母亲，从父亲后面偷偷凑过去，利落地把他拉倒在床上，挠痒痒，父亲反手过来回击。被父亲逮着挠痒痒的我们，笑成了一团，滑稽样惹得母亲也放声大笑起来。笑声穿过楼板，从瓦屋里蹿出去，飘到小村子的上空，久久不绝。

父亲的过年故事里，有一个穷人和富人的故事。富人很有钱，却只有一个人，守着一堆银子，孤单寂寞；穷人很穷苦，连吃的都不能得到保障，但是，他们一家子聚在一起，天天都很快乐。富人和穷人是邻居。有一天，富人对穷人说："你每天都那么快乐，我和你换一换吧，我愿意用我的全部财产换你的快乐。"穷人想到可以锦衣玉食答应了。后来，变成了富人的穷人，孤单地守着一堆银子到老，而变成了穷人的富人，再也不愿意换回去了。我想，我们的快乐，就是穷人的快乐吧，虽然简单，却富可敌国。

父亲农忙时在家，闲月出去做瓦工，家里也还宽裕。后来父亲还到云南做筛网生意，每每出了远门回来，就给我们带小人书，一角钱一本的小人书，我在六七岁时就有一大摞。父亲常说："养的子孙不如我，要那钱财做什么；养的子孙胜过我，要那钱财做什么。"他对我们姐弟期望很高，学习上不允许半点马虎，就连夏夜里，在禾场上乘凉，也不忘出几个智力题让我们姐弟俩做，要是谁做出来了，父亲准会对着隔壁乘凉的人说："你看我家这大娃（小娃）是块读书的料，这么难的题都做出来了。"言语间，止不住的得意之情。

母亲的手巧，会做鞋子，会绣花，会弄花样百出的食物。一年四季，我们家四个人穿的鞋子全是母亲纳的；所有的枕头上都是母亲绣的鸳鸯，白白的枕套，红绿黄相间的鸳鸯，色彩明亮，煞是好看；吃的更不用说，母亲像一个魔法师，将简单的食物烹饪得香甜可口。母亲的巧手，温暖了我们的脚，舒适了我们的胃，柔软了我们的长夜。

后来，望子成龙、望女成凤的我最敬爱的父亲没有看到我们在这个纷乱的世界里站稳脚跟，就走了；十六年后，一生只为儿女奔波的母亲受不住病痛的折磨，也离开了我们。

父亲离开后，还有母亲。我即使不再是父亲的公主，可依然是母亲的宝贝儿。母亲离开后，我就再也找不到像他们一样爱我们的人了。一想到母亲离开时对儿女的不舍，一想到没有好好地陪伴母亲，一想到穷尽所有也找不到母亲，我便肝肠寸断，悔不当初，食不能下咽，寝不能安寐。洗碗的时候，想到母亲在厨房的样子，眼泪忍不住簌簌地掉下来；半夜醒来，想母亲，可这世间再也没有我的母亲了，心揪成了麻花辫。

我思念他们啊，思念他们啊！夜深人静时，思念就像决堤的洪水。

于是，在这个思念他们的夜晚，我回忆着那些他们在身边的美好日子，感觉自己又成了他们的公主，那般欢喜，那般骄傲！

漫漫红尘，我从他们温柔的怀抱里走过，从他们鼓励的目光里走过，从他们爱的滋养里走过，脚步轻快，步履轻松。直至今日，在他们离开我之后，我仍然觉得自己就是一个孩子，在蜜罐里泡过的孩子，他们永远长不大的孩子。我狡黠地依偎在老屋的影像里，依偎在那些美好的回忆里，温暖自己，甜蜜自己。我不孤单，不寂寞，不苦涩，我用他们给我的爱来甜蜜周围的人，让自己成为天空里的一抹蓝。

曾利华　天门市作家协会会员，任职于天门市天宜学校。

郑勤霞

别后不知君远近

1. 小城贤集

这是秋天傍晚，我应了好友小叶的邀约，去往陆羽街，又辗转进了一道深巷子，去参加一个教师沙龙。这里是一间画室，东面墙上以大写意手笔，绘松一株，株柱粗粝，屈曲蜿蜒。背景为蓝色，从下往上，由深至浅至无。独松立于山巅，长风掠过高岭，有辽阔之意境。

活动发起者小叶，是一名语文教师，我们见面并不太多。活动现场设在一间厅阁，有乐曲响起，轻缓，不知名。从陆羽茶经楼来的张老师，身形清癯，眉宇间流露出书卷气，与《似水年华》中乌镇书屋里守着旧书的爷爷神似。这样的身影，真适合在书屋里行走。他说，现在的信息不是太少，而是太多，要警惕碎片化阅读对于自我的消解。

来的多半是九〇后的老师，一张张青春洋溢的脸，真叫人忘了"老之将至"。一位初出校园的男孩子，已出版了三部清朝著名人物传记。他其实是内秀的。他说："我还是站起来说吧。"他高高地立在那儿，阔阔的肩膀，两手合握，又散开。他说喜欢李白，只需凭借天才，徜徉山水；他也喜欢苏轼，即使一贬再贬，也能在困顿中，把五花肉做成艺术品。

另一位小杨老师，也不过二十五岁吧，谈戏剧发展史，如数家珍。尽兴处，他来了一段昆曲《牡丹亭》："原来姹紫嫣红开遍，似这般都付与断井颓垣。良辰美景奈何天，赏心乐事谁家院？"我们一群人，安静地围坐于一张木质茶台前，烛台闪耀着橘黄的光，在顶灯的辉映下，烛台弥漫着一种神性的光芒——那是出自石家河遗址的泥灰色烛台，也算是历史的遗迹。小杨老师最后说："唐诗是吟的，宋词是歌的，元杂剧是唱的。我们现在的白话文，离戏曲很遥远了，所以欣赏起来难了，普及也难了。一门艺术，到了需要用行政的手段来推广的时候，那就要玩完了。"

夜已经深了，我沉醉于诸先生的宏论，暗自慨叹小城鸿儒多。小叶怂恿我发言，我说："我就说说自己喜欢的书吧，我喜欢汪曾祺先生。《受戒》里有废名的《桥》的影子，是充满诗意的小说，不过要比《桥》好一些；《邂逅》里，写那盲人，衣衫也美，身形也美，连那略微显出等待的神情，也美。"

结束时，我才发现大厅另一面墙上的绘图，无数墨蓝色的斜纹，自上而下，绵柔而曲婉，让人想到"曲水流觞"。昔日晋人王羲之偕友人，于兰亭茂林修竹间，饮酒赋诗，清溪潺潺，少长贤集。"人之相与，俯仰一世"。此情如斯。

终于是要告别！小叶说"有缘的人总会相逢"。

2. 午后琴声

那是十年前的事了，时值暑假，酷日炎炎。我经过学校教师办公室，乐曲声从办公室二楼传来。那曲子名为《彝族舞曲》，我最为熟悉了。

我不能打扰了弹奏者，可我仍不由自主地上了楼。办公室里没有旁的人，屋顶上旋转着老旧的吊扇，伴着吱呀吱呀声。弹奏吉他的欧阳老师，年过不惑了，除了说起几何代数题，他平时总是沉默的，沉默地走在校道，沉默地进餐。他坐在办公室中央的木椅上，斜对着门。他的手指在琴柄处转换，是和弦 F6 和 Am。那把吉他看起来已经很有些年头了，调弦处，绑了一支绿色的秃头铅笔。

我离开门口，落脚很轻，在远一点的走廊上停留了时刻。那曲调时而优美舒缓，时而热烈欢快，如多变的舞蹈节奏。

欧阳老师沉浸在自己的琴声中，沉浸在自己的世界里。这份沉浸，须得于无人处，须得天籁相伴（林荫深处有一串蝉鸣）。一个人从凡俗的日常中，摘取一小片光阴，让自己暂别生活之"重"。

吉他这种乐器，似乎是属于年轻人的。于我而言，它真正的魅力是它的怀旧色彩。20 世纪 90 年代的师范校园里，草坪上年轻的弹奏者，他们在月光下独自弹唱，弹唱着没有着落的爱情，他们的脸上写着对明天的迷惘。时光的马车一路向前，他们急急忙忙地赶路。跋涉，徘徊；本心与屈意，得意与失意；在起起落落的波动中，时光已随着耳旁的风，一起逝去了。吉他上面，落满了尘埃。

终于在某个静谧的夏日午后，重拾这昔日的琴，试音，定调，曲谱不忘，指法自如。有些东西，已经刻在生命里，成了生命的一部分。一次独自弹奏，是一次重回往昔，是对逝去年华的轻轻挽留与慨叹。爱与怀念，清淡如水，顽强如石。

十年过去了，我也辗转告别了家乡。家乡的校园，再难回一趟；那午后的琴声，也再难听到了。

3. 禅意

十二年前，我新调到这所学校，与这里生疏隔阂，终日静默无语。办公室靠北有一位留短发的施老师，也与我一样。后来我们相熟，她讲述了一些往事给我听。我们的经历相去甚远，竟也能够相交无隙。

她是爱种花草的人。她在学校里有一格子间，养着几钵绿植——一钵是像韭菜一样的兰花草，一钵是海棠。她说兰花要分钵了。这兰花是她在一个挑担的老人那里买的。我们讨论着要不要去种花的店里再买一个钵。她说离得最近的那家花店，名字叫"石上花"，隔壁大婶说楼顶多的是花钵，废弃不用的。

我们上楼去，果然有大大小小土黄色的钵。有的长着毛毛草，有的倒扣着。她要找一个大小适宜的钵。最后在围墙外边的下水檐上找到了。围墙高至腰身，花钵并不好弄出来。我跟在她的身后，我对围墙外那个脏脏的钵，寄予小小的热望。我们终于如愿地得到了那只钵——不过是一只几元钱的寻常花钵，我们却甘心费一些力气。她拔出了原来的兰花，分为两半。又从楼顶废弃的钵里弄来一些土，安置好了两钵花。我在旁边，看着整个过程。她说她老家养着几十钵花草，还有根雕盆景——是她父亲经营的。

我搬进新家，有两位好友送了两钵东西，一钵是仙人球，比篮球大一点，取名"团团圆圆"；另一钵是塑料仿竹子，取名"节节高"。施老师来了，指着"节节高"说："家里摆这个?!"她是不喜欢假花假草的，她说："还是养两钵花吧，好养的。"她给我送来一钵仙客来，盛情难却，我精心养着，不知道自己可以养多久。

过年时，我们回了老家。那钵团团圆圆的仙人球，在阳台经历了一场雪，底部溃烂，不像样儿了。我的确不是养花的人。花在我这里枯萎了之后，我总是有些不安。我把仙人球移出去了，只留下一只蓝色花纹的钵，脸盆般大小。每每看到这空落落的钵，我心里也空落落。我把这只蓝钵送给了施老师，施老师说："花，本来是开一季，谢一季的，不要太在意。"我觉得这句话颇有禅意。

我已许久没见施老师了。

4. 祝酒词

那是冬天，我参加一个会议。席间是来自各地各单位的与会者，大家彼此也多不熟悉。晚上在酒桌上，有一位穿西服的不苟言笑的 M 君，他是一名高中语文老师，他双肘搁在桌沿，一手夹着烟，一手转着玻璃酒杯，眯缝着眼睛说起一桩往事。

有一次外出学习，去游山，他和另一个人落下了队伍，索性也不追赶了。他们沿山脚下边走边聊，仿佛多年故友。直到傍晚，大部队下山，他们才重新归于队伍，重新走进程式化的会议流程，两人再也没有说过话。

他描述着那个春天——山路旁的杨树柳树，时不时横伸出来，他为那个人撩开面前的几缕杨柳枝。山脚下大片大片油菜花，像铺满金子，人在这样的大场景面前，容易生出"无可奈何花落去"的感慨，也极易牵出匿藏内心深处的故事。

席间很静，M 老师低沉的嗓音有代入感。他突然打住话头，身子往后一仰，靠到椅背上，深吸一口烟。一缕烟影飘过椅背（椅背上挂着整洁的黑西服），袅袅消失了。他站起来，端起酒杯："冬来煮酒，春来赏花，人活着，要有这样的时候。"大家纷纷举杯，为着 M 老师这份别样的祝酒词。

酒桌，更像是一个江湖。人在江湖上游走，往来交锋，渐渐明了彼此的宗派，渐渐接近，或者渐渐疏离。琴遇知音，酒逢知己。酒真是最诗意的发明，一杯酒喝下去，一腔心事诉出来。

多年以后，我偶然记起那位 M 老师说过的话，"冬来煮酒，春来赏花，人活着，就得有这样的时候"。

5. 带牙箍的姑娘

2011 年 7 月中，我们几个人去了湖南张家界。走过的山水，见过的风物，渐渐模糊了，唯旅途中遇到的人，不曾忘。

我们的导游是一位姓邱的阿妹。她穿深蓝色运动短衫，淡蓝色牛仔裤，个子不算高，脸盘油黑且周正，模样也不算过分美丽，周身有一种说不出的纯净。眼底稍微有点轻愁，还好，看不出忧郁的痕迹。一笑起来，那点轻愁就没了。她戴了银色的牙箍，成人矫正牙齿，我见得不多——像是一种补救，不显山不露水，也不越出旁人挑剔的底线，程度刚刚好。

她握着话筒，讲解湘西风习。她的嗓音有一点点哑，语速不快，语调却带有一种天然的山水味道。旅途行色匆匆，她舒缓的声音，让旅途的节奏慢下来，这真很难得。她说："我们湘西呢，山多地少，有很多人到川中、云南去谋生，人死了以后呢，是一定要葬在家乡的。于是呢，就有了'赶尸'……"一个人异地而殁，隔山隔水，也要披星戴月，"走"回故地，一定是因为故乡有放不下的人吧。

在天子山顶，我歇在石凳上，吹山风。风容易让人怀想。处在如此高旷而陌生的山巅，让人生出一点繁华盛世里的寂寞，这寂寞像山间的雾霭，将你和众人隔开。邱阿妹过来的时候，脚步很轻。她握着红色导游旗，也坐下了。她对我说："很累吧。"我问她当导游几年了，她说七年。她师范毕业，曾在湘西农村当过三年民办老师，难以转正，就改行做导游了。我有些吃惊，她曾与我同行，并且已经工作十一年，三十岁了。她笑着说："我一眼就看出你是当老师的。"我点点头。我们没再说话。有一种轻微的感动，在心底熨过。

我和她，彼此陌生，临风落座，坦言无碍，我从她眼睛里，又看到一抹湖水般的轻愁。我似乎急于为她分担，但却无从分担。我们就要分开了。

午后雨歇，我住在四楼，屋前林子刚刚高出我的阳台，林子里有鸟啾啾欢鸣。我静坐许久，无由地想起武陵源那个戴牙箍的土家姑娘。

郑勤霞　湖北省作家协会会员，任职于天门市实验初级中学。

钟雄云

愿你能感受到我的温暖

1. 领娃

悲悯、同情、难过、沉重，这些词语，好像都不足以表述出我们特校老师家访后的感受。这一次，学校又开展了家访的延续活动，主题是"孩子别怕，从此你是老师的娃"——每名教师认领一个特殊加特殊的学生。有一个叫作轩轩的聋哑学生，家住九真镇健民街，在学校里表现总是不尽人意，是个有待转变的差生，家里还有一个曾在学校就读过，同样是聋哑的哥哥林林。我和三年级班主任彭老师商量，决定将他定为我的帮扶对象。

九真镇健民街说是街，实际上也就是一个村子。在村子里热心人的指引下，我和万老师来到了轩轩同学的家。屋子的门开着，我们走进大门，家里到处乱七八糟的，几乎看不到一点像样的摆设。静悄悄的，没见人。我高声问："家里有没有人?"没人回应，只有一只小狗从后门蹿过来。我们疑惑地走进厨房，厨房里，看到了令人揪心的一幕：一位白发苍苍、佝偻着肩背的老奶奶在锅里搅拌着，衣着破旧、面色蜡黄的一高一矮两兄弟围在奶奶的身边，低着头，眼睛紧盯着锅里，眼珠子都快蹦出来了。见到陌生人，老奶奶用惊异的眼光看我们，一高一矮两兄弟正是轩轩和林林，我们的到来让他们显得不知所措。我忙解释，奶奶没有反应，只是一个劲地说："得罪啊，得罪啊，耳朵不中用了！"我的心不由自主地震颤了起来，这一老二小三个残障人是怎样在相依相靠啊！此时此刻，我才明白了，这两兄弟在学校里为什么比其他学生显得内向、迟钝。怕吓着了老人家，我让大一点的哥哥解释我们的身份和来意，奶奶这才高兴地笑了起来。

沉重的悲悯情绪已注满了我的心田，竭力地，我不让这种情绪流露出来，不希望伤害到他们。现在，与奶奶最好的交流手段就是真诚的笑意了。奶奶告诉我们，家里还有一个会说话的孙女，跟着在外打工的儿子媳妇。儿子媳妇一年到头赚不了几个钱，自己又常年生病，还要照顾两个不会言语的孙子，这日子过得抬不起头来啊！可以想象，艰难、困苦、自卑是怎样地与他们相伴。面对这样一个特殊 N 次方的家庭，我一时半会儿真的找不出什么话来安慰，认真倾听也许是安慰的一种方式吧。

问起轩轩同学在暑假期间的情况，他目光呆滞地看我，孩子的性格、学习成绩现在来说确实不容乐观。他甚至连有些学过的简单手势语都看不懂。当拿着我为他买来的糖果时，孩子的脸上这才露出了难得的笑容，还主动将新文具盒举起来和我照相。告别时，奶奶一直拉着我的手，送到了村头，还一个劲地说："学校真好，老师真好啊！"

在这个世界上，最赏心悦目的，是纤尘未染的青山绿水；最温暖人心的，是人与人之间纯洁真挚的感情。孩子，愿苦难消失，愿你能感受到我给你带来的温暖。孩子，我要告诉你，从此以后，你就会有一个做你良师益友的妈妈！孩子，老师多么希望——不，是妈妈多么希望，在今后的日子里，你会变得自信、开朗，在幸福的阳光照耀下成长。

2. 学语

当你看到自己的孩子牙牙学语、蹒跚学步的时候，当你看到孩子高高兴兴、背着书包上学的时候，当你看到孩子日益进步、茁壮成长的时候，你是否会想到，还有着一群身体和智力残疾的孩子，他们无法用普通人的大脑去思考，甚至不能像大多数的孩子那样，去吃饭、走路、读书、生活……

他们，就是来自全市一百多个不幸家庭，生活在市特殊教育学校的一群特殊孩子。这些孩子，大的有十五六岁，小的只有六七岁；他们中，有唐氏综合征、脑瘫、自闭症、多动症，还有外伤或其他疾病引发的后遗症。再看看这些孩子，有的鼻涕挂在嘴上，嘴角流着口水；有的将粗短的手指时不时放在嘴里吮吸；有的生活不能自理，随时随地大小便；有的走路歪歪斜斜、一副弱不禁风的样子。

每一个走进学校，走近这些孩子的人，看到这种状况，内心无不充满了悲悯与同情。然而，我是一名从教二十多年的特教教师，除了悲悯同情，我感受更多的是肩负的责任，是日复一日的守望，是铁杵磨成针的坚持。

就说这样一个数星星的孩子吧。由于大脑功能障碍，从小患上了自闭症。从小到大，他没有开口说过一句话，甚至没有叫过一声"妈妈"。入学前，他的母亲带着他跑遍了全国众多的医院，但是没有任何效果。从他进校第一天起，我就立下了一个心愿：让他学会叫"妈妈"，让一个妈妈听到来自儿子最原始、最动听的呼唤。也就是从这一天起，我开始收集整理自闭症的矫治方法。买来一些五颜六色的彩纸，写字、画图，做了许许多多的训练卡片。那段时间，教他说话成了我的必备功课，"妈妈、爸爸，爸爸、妈妈……"一次一次、一遍一遍，反复地教他发音、吐字。

多少个日日夜夜，多少次朝夕相处，由于孩子不配合，我感到非常沮丧，有一种强烈的挫败感，我甚至怀疑自己当初选择特教事业，是不是在浪费生命。但想到孩子沉浸在孤独的世界，想到一个母亲的期盼，我一次一次告诫自己，要坚持坚持再坚持。我花更多的时间陪着他，对着不理睬我的他说话。一天一天、一月一月，当他入校快一年时，妈妈来学校看他，对着母亲，孩子终于涨红了脸，开口模模糊糊叫出了第一声"妈妈"。尽管叫得是那么吃力，尽管不是那么清晰，我相信，在妈妈听来，这一定是世界上最美最动听的语言！这时我才知道，孩子看似不配合，其实他已在慢慢地接受。正是我的不放弃和不厌其烦的反复尝试，才有了幸福的回报！

3. 捐赠

耳聋的学生，由于生理上的残疾，或多或少导致了他们心理上的障碍和性格上的怪异，几乎每一个学生的身上都有一个辛酸的故事。看到这些学生，我总希望能用自己的一点微薄之力，尽量地让他们感受到来自身边的温暖和师长的关爱，包括呼吁人们对他们的关注和帮助等。

通过多种形式的宣传，我们成功地让社会了解了他们。于是，关爱和帮助的好心人纷至沓来，各种各样的献爱心活动一浪高过一浪地在学校举行。看着学生接过的学习、生活用品，看着他们沐浴在关爱的氛围里，我总是特别高兴。

有一件事改变了我当初的想法。那是一个下着小雨的午后，一位友人送来了一大箱旧衣服。她是在听了我的倾诉后，回单位组织人们捐出的。我兴冲冲地将箱子搬进了教室。打开一看，里面全是些质地好、样式好，还有七八成新的上衣、裤子、裙子，很适合孩子们。要知道，当时连日的下雨天，让气温骤然下降，在校住读的孩子们缺了添加的衣物，这些衣服可真是雪中送炭。我拿出一件红色的羊毛衣给小婷穿上，这时的小婷光彩照人，漂亮极了！我又给小涛穿上一件浅咖啡色的夹克，小涛也显得挺有精神。我心里甜滋滋的。小傲穿着一条已经发白，还磨出几个小洞的裤子。我又找出一条深蓝色的牛仔裤，这条裤子还很新，很时髦，我示意他换上。这个虎头虎脑的孩子，慢慢腾腾、很不情愿地站了起来，眼里好像闪着泪花。我以为他不喜欢，让他自己再找一条。他站着不动。我强压着一肚子火，告诉他这裤子很好，比他穿的好。这时他的反应非常特别，只见他用牙齿咬着下嘴唇，明亮的眸子很坚定地望着我，用手语比画："我不要别人的。"我愣住了，刚才那种成就感悄然溜走。猛然意识到自己走进了爱的误区，同情和怜悯虽然是达到了某种关心，但它却无意地伤害了孩子的自尊心，我必须停止这种"爱"的方式，以免更多地伤害孩子们。

我开始认真研读《聋教育学》《聋心理学》，开始认真观察，从他们的一言一行中捕捉他们的内心世界。让他们认识张海迪，走近海伦·凯勒，给他们讲述一个个在逆境中成长的故事，为他们驱散心理上的阴霾，挥走自卑的影子，确立"面对自我、完善自我、超越自我"的目标，用积极向上的态度面对人生。孩子们勇敢地走出校门，与别人大方地交流，帮福利院的老人洗头、按摩，在广场上玩耍……现在的他们活泼、自信，现在的我面对的是一群正常孩子。

4. 送教

随着人类的产生、社会的发展，五花八门的各行各业也应运而生，每一个职业有每一个职业应有的责任，于是关于职业道德的话题，爱岗敬业成为中华民族传统美德的一分子。既然说到了爱岗敬业，说到了职责所在，就讲讲我们的送教下乡之旅吧。

人间四月天，草绿天蓝、云淡风轻，我与杨老师、曹老师三人相约，前往同一个目的地——蒋场镇一个叫澳澳的孩子家。

都是第一次知道有这么一个村子，都是第一次去进行送教上门，曹老师启用了最新的向导——手机导航，没有测出路程，杨老师说就权当是春游吧。我们开始欣赏起这无限春色来，路的两旁是一望无际的麦田，像一条条长长的绿色丝带和蓝色的天空在地平线上结在一起，路的两边是叶子逐渐茂密起来望不到头的整齐的树，车在行驶，两边的树次第往后退，到处是一片绿的海洋。闻着正吐出麦穗的麦香和豌豆花的清香，有一种洗肺的感觉。

当导航出现无名路的字眼的时候，就正式进入了乡间小路，我们发现这先进设备不管用了，经过前方左拐，前方右拐，乡路几曲弯以后，"车到田前已无路，柳暗花明下一村"。只有动用又一导航——鼻子底下的嘴，车一路行，一路停，等找到孩子家时，算一算时间，快三个小时了，足够跑一趟武汉了。

澳澳的爷爷奶奶很热情地招呼我们，我们看见屋子旁边一辆拖拉机上坐着一个十来岁的男孩，这就是他了吧，这个时间点，其他的孩子都去上学了。

爷爷拉着他将我们带进了屋子里的桌子旁，孩子很怕生人，看着我们总是低着头，手里把玩着一个瓶子，叫他也不理人。曹老师拿出之前准备好的测试表和登记表开始和爷爷攀谈起来，我和杨老师观察孩子接近孩子。爷爷的话匣子一打开就是无尽的诉苦，从当初的在外地经商，到发现孩子患上了自闭症，到四处医治康复，到觉得没有太多成效，最终心灰意冷，回家专门带这个孩子，言语中充满了太多的无奈与艰辛。

我劝爷爷，孩子的康复不是拿他和正常孩子比，是和他自己比。我们这一次来是对孩子的情况进行初步的了解，根据情况制订教案计划，以后我们还会来给孩子上课。了解到孩子上厕所不能自理，我们要求爷爷奶奶在饮食上对他进行调节，多吃水果和清淡的食物，要求爷爷奶奶多一些耐心培养他穿衣吃饭自己动手的能力。离开时，爷爷奶奶很热情地留我们吃晚餐，我们婉拒了。

回来的路上，车内沉默，春游的心境全无。好一会儿，杨老师开口了："有多少钱才算钱，在健康面前，钱算什么呢？"曹老师说："有很多事情是无法用钱来衡量的，就比如今天，我们给这家人带去了希望，带去了精神上的安慰。"想到澳澳的爷爷奶奶那满是感激的眼神，觉得这一路上的辛苦劳累值了！

是啊！就像开出豌豆花会长出豌豆，麦穗会长出麦子。普通老师收获的是桃李芬芳，而我们特教老师播撒的是爱的种子，同样会生根、发芽、开花、结果。正因为有了这样一群爱岗敬业，尽职尽责的特教人，我相信特殊孩子们的明天会更好！

钟雄云　天门市作家协会会员，任职于天门市特殊教育学校。

朱国前

人间最美是清秋

天高云淡，望来南飞雁。"长风万里送秋雁，对此可以酣高楼。"远飞的大雁，传递天涯游子思归的书笺。

金风荐爽，玉露生凉，丹桂飘香，银蟾光满。风高秋月白，雨霁晚霞红。"露从今夜白，月是故乡明。"秋日的天穹，高旷悠远，柔和明丽。

岁月清且浅，快走踏清秋。

金风玉露初凉天，一场秋雨一场寒。天凉好个秋！闲云潭影日悠悠，物换星移几度秋。谁说秋风秋雨愁煞人？那是老皇历，如今时过境迁，实乃秋风秋雨喜煞人！

秋入佳境，秋如佳人。眺望一线蓝天，"落霞与孤鹜齐飞，秋水共长天一色"。霞鹜齐飞，水天一色，多么旷远神奇的景色！凝望一池碧水，秋水为眸玉为肌，天光云影共徘徊。明眸玉肌，波光潋滟，多么温婉美妙的意境！回望一位丽人，秋波暗送细思雨，醉风扯纱显明月。秋波思雨，千娇百媚，多么醉美幸福的际遇！

枫叶荻花秋瑟瑟，霜叶红于二月花。

一叶知秋，飞叶炫舞渲染了成熟的秋色。火红的秋阳点燃远山枫叶，彤彤的火苗在天边霍霍燃烧。一枝一叶总关情，春有落花，秋有败叶，本是大自然一场唯美的谢幕与归宿。脚下，落叶窸窸窣窣，俯拾一片红叶，叶面似心，叶脉为思，执笔秋风，饱蘸清露，欣然题诗寄情，书一叶暗香盈怀的眷恋：金风玉露，秋水天长；你若安好，便是清秋。

"月帘梦染灵心魂，满园尽迷桂花香。"三秋桂子，九里花香，花繁叶茂，浓淡相宜，暗香浮动，涤尘播远，一树桂花氤氲了浅秋安谧、静美的气场。

"柿红葡萄紫，肴果相扶檠。"台前，柿树挂满了红灯笼，招来馋嘴的鸟雀。屋后，凡·高画笔下的向日葵，仰首低眉间，似主人的笑脸，一路朝阳，一路绽放。

秋日的原野，明净、空灵、清韵、丰盈。牛鹤同框，和谐共生。不远处，三五头放牧的黑牛、黄牛，黑黄杂陈，自得其乐，有的静静地吃草，有的悠闲地瞌睡；七八只飞来的白鹤、八哥，白黑分明，悠然自得，时而栖骑牛背上，时而踱步牛脚边。好一幅牛鹤共舞、牛鹤同乐图！

"关关雎鸠，在河之洲。""蒹葭苍苍，白露为霜。"关雎叫，芦花白，是关雎的歌谣唱白了芦荻，抑或是芦花的对白启发了关雎，是大地接收了霜天的信息，抑或是白云照应了大地的情分。云水禅心花开如梦。但愿关雎的和鸣如芦花一般缘定今生，白头偕老。

一花一世界，"秋来谁为韶华主，总领群芳是菊花"。秋菊一枝独秀，惊艳了清秋风韵。秋菊冶冶，对月把盏。阶前，一只只菊盏斟满秋雨、甘霖，斟满清香、淡雅，还有盈盈月色与欢颜，举樽开怀畅饮。清风朗月不用一钱买，星月点灯，秋虫伴唱，金菊浅笑，清风助兴。习习秋风频频推杯换盏，好一场温馨而曼妙的月光晚宴。

秋虫唱晚秋月夜。秋虫唧唧，没有夏蝉、蛙鼓的张扬和高调，却有悦耳赏心的内敛和舒缓。原生态乡野小夜曲，浅唱低吟，清韵幽婉，和谐安恬，驱散白日的忙碌与疲倦，催人入眠。

庭院梧叶已秋声，雨打芭蕉落闲庭。"隔窗知夜雨，芭蕉先有声。"细雨梧桐，绵绵絮语，如切如磋，窸窸窣窣皆有意；雨打芭蕉，疏密有致，珠圆玉润，点点滴滴在心头。一声梧叶一声秋，秋意脉脉韵悠悠。"芭蕉得雨便欣然，终夜作声清更妍。"

纵有欧阳修《秋声赋》的"悲秋"，乃借题发挥，以此抒发人生的苦闷与感叹。"百忧感其心，万事劳其形"，情景相生，极力描写秋日"肃杀"气氛，"悲秋"即"悲时政""悲人生"。

难得刘梦得跳出前人窠臼，切身感受"自古逢秋悲寂寥，我言秋日胜春朝"。对于秋的观照与审视，后人当与刘公同感，既无意抑春，又不妨扬秋。有道是：人间最美是清秋。

朱国前　湖北省作家协会会员，任教于天门市拖市一中。

朱青苓

和你远行 (外一篇)

　　婀娜的舞姿，我钦羡；悠扬的乐曲，我迷醉；惟妙惟肖的图画，我欣赏；有喜有泪，有血有肉的文学，我更热爱。

　　骨子里那根敏感的文学神经时常牵扯着我。识字后，最初接触的文学——连环画（小人书），是我们那一代的精神食粮。我好奇的目光走进这方小天地，惊喜地打探那缤纷的大世界。每当用几分钱硬币买到这小人书，或是伙伴之间交换后又有新书时，我便像中了邪似的，脑子里满满当当全是那一页页画面，就是上厕所也要带上，看几幅图画，读几行画下的文字。渐渐的，我还惦记起父亲早年买的几本"大书"，可惜在与同伴的交换中，那几本"大书"失散了。其中一本《李家庄的变迁》，那个叫"一兜坏"的地主我仍然记得。

　　有时候，白天做家务，老想着看书，偷偷地瞟几页，又生怕父母看见后责怪：不做事哪来吃的用！只能忍着，实在忍不住了，就又偷偷地瞟几页。如此反复，做贼一般。记得有一回，跟伙伴们换了一本新书，明明下午放学要去割猪草，却不甘心，悄悄地把那本书小心地夹在竹篮底部的厚篾片间，挽着出了门。出门做事时，可以放心大胆地看。选好了僻静的地方，有滋有味尽兴看完时，太阳已经落山了，就拼命地割啊，寻啊，篮子须得满满才敢回家，不然，挨训斥是小，自己都觉得对不住大人辛辛苦苦挣工分换来的几餐饭。而每每写的作文被老师当范文念的时候，心里别提有多美：贼样看书的时光换成了老师眼里口中的好作文！

　　中学时代，伯父单位订有文学类杂志，《收获》《当代》《十月》这样的刊物让我爱不释手。有一次放晚学，见伯父桌上一本《十月》，我边拿起边对伯父说："大伯，先借我看看？"没等伯父回答，我几步溜进奶奶的房间，津津有味地读起来。初冬的夜晚，昏暗的煤油灯下，一个女孩专注地低下头，捧着书，时而微微一笑，时而轻轻叹息，偶尔还悄悄抹泪，似乎那些人和事与自己贴得格外近……不知不觉中，在奶奶的反复催促下，才知道夜已很深了。躺在床上咂摸着书味，什么时候睡着的，不知道了。

　　就这样，我一天比一天迷恋起文学来。毕业后，除了做该做的事，我对女红一类提不起兴趣，就想方设法地寻书躲在屋里看。"人家都在打毛衣，做新鞋，看你以后怎么生活？"母亲没少在我耳边唠叨，我只当作耳边风。多亏政策帮忙，让我能买鞋穿，不然，真被母亲言中。不过，毛衣还是会织的。看了书后，我心里蠢蠢欲动，开始留心观察身边的人和事，感受周围熟悉的环境，试着写下内心的感悟。家人不解：这能当饭吃？有人提醒：你太敏感，当心神经出毛病。我笑着，不置可否。心里却明白：心湖上泛起了一朵两朵微小的浪花，那么自然，那般真切，又那样美好！我怎能不小心捧起？

　　还得提一下一九八六年那纯属偶然的一次。村里团支书找到我，说："乡里不久要举办一次诗歌大奖赛。你写不写诗，时间很紧的。"犹豫片刻后，我回答："让我试试。"

不承想，我以自己的生活经历为素材，涂鸦出《农家少女的渴望》，得到了几位诗界权威人士的一致好评，并获了奖。呀！我能用诗吐露心声，表达真情！文学拥抱了我！至今，那位评委（现为省作协会员）事后对我说的话，仍让我记忆犹新：你的诗饱含真情，有浓厚的乡土气息，应该坚持下去！是的，生长在农村，是温厚的泥土让我永远都吸着地气，只可惜笨拙的我却不能完全复原泥土的灵气！这次偶然，给了我莫大的动力，让我对文学有了又一层迷恋。

一度，家庭琐事多了，教学任务重了，农活紧了。我有了借口，借口这些琐碎，俗气地忙碌起来，疏远了我的文学。那些时日，忙啊累啊，肉体在感知；无聊空寂，心灵在萎蔫。此时，我才清醒：没有精神的滋养，心灵不会鲜活！得亲近我的文学，找回我心灵的伴侣。于是，忙碌中，琐屑里，我又摊开了书，纷繁熙攘的世界里，我能寻到清静安适的理想一隅；我又拿起了笔，清贫普通的生活中，我拥有了雅致本真的快乐天地。留心花草树木，关注凡人小事，我就觉得物与人都特别有情有义，也感到自己留在稿纸上的文字渐渐渗出了一丝香甜的气息。每隔一段时间，有些语言成了铅字，获得了小小的奖励。这是心田的耕耘，我沉浸在这别样劳动的快慰里，情不自禁地喃喃低语：文学啊，我应该和你不弃不离！

前不久，我因事到城区，顺路去了书市，买得几本书，其中有已故著名作家路遥的《平凡的世界》（早先粗略浏览过）。我虔诚地仰慕着这位头脑敏锐、创作严肃的大家，满怀敬畏拜读这部巨著。那里面有我曾经生活的场景，有那物质生活虽极度贫乏，精神世界却永不枯萎的难忘的时代。几乎每天，书在手中，坐着，躺着，清早，傍晚。我与书中的人物同喜同悲，双泪涟涟时，鼻堵塞，眼肿胀，才暂时搁下。但就在同时，我又觉得心田似乎特别温润柔软，情感也仿佛格外炽热纯净。书中忍辱负重的劳苦大众就站在我面前，他们活得艰难卑微，却又活得十分有尊严！什么是淳朴善良，什么是坚忍顽强，我能从书中找到最好的答案。放下书，我在想：当下，我们的社会，这善良，这顽强，该怎样延续？

"执手相看泪眼，竟无语凝噎"，羞于此般缠绵，却似"心有灵犀"，可以"衣带渐宽"。文学啊，有你，心很滋润，人也丰富。我会跟随你远行，赏一路风景……

舞吧，家乡

《茶经》。茶圣陆羽。家乡天门厚重的名片。

以陆羽命名的建筑、地名，实证家乡的景仰与骄傲。而陆羽广场，宛如一杯浓酽热茶，品着提神润心；又恰似一方灵动的舞台，舒展生活的香甜。

漫步广场，各个感官都觉美妙。可以观赏应时的花草、涌动的喷泉；可以捡拾童趣，笑看孩童游乐；或是一览宽频电视，关注天下，或是细品先人遗墨，启迪心智。尤其傍晚，可以调配几分体内情愫，加入热舞的行列。

这里，灯光在闪亮，音乐在流淌；生命在跃动，心灵在飞扬。柔柳般的双臂曼舞，拂去今日的疲惫；蜻蜓似的双脚轻点，憧憬如梦的明天。浪漫多姿的生命恣肆演绎，美好闲适的生活尽情释放！

或许，你从敞亮的办公室走来，想保持好身段，永远优雅迷人；或许，你从嘈杂的菜场走来，紧张劳作后想舒活绷紧的神经；或许，你烧好饭菜，从封闭的单元楼走来，想让舞蹈做朋友，真诚交流；或许，你脱了白大褂，从救死扶伤的医院走来，想丰富单调的生活，补偿流失的青春；或许……

你们来了，不须身份，不管目的，不分季节，不论老少。舞动就好，忘我就行。明快的音乐弥漫夜空，激扬的舞姿洋溢广场。星星眨眼观望，花草张嘴喝彩，附近的小区悄悄地欣赏……醉人的广场自醉了。

还有一片广场，在乡下。空阔的场地，洁净的台面，那是农家女人向往的广场，心中的舞台。曾有女人到过城区，目睹广场舞蹈方阵，心生羡慕又暗暗发誓：咱也能！白天，忙时，风风火火干农活；夜晚，闲时，热热闹闹齐聚集。三四十的媳妇，五六十的婆婆，横排，纵列，音响打开，身体扭动。媳妇讲，打麻将玩纸牌折财耗神，还坐出病，咱跳舞健身，还有好心情；婆婆说，孙儿上幼儿园，闲得无聊闷得慌，蹦几下，儿女不嫌老，自个也精神！

一丈夫这样描述妻子：种完地瓜跨进门，铁铲放下了，腰间还系着篓。喝碗米茶，啃块西瓜，拧开音响，蹦蹦跶跶。邻里早有默契，三五成群立马汇集。兴头上，男人烧了饭菜连叫几遍，妻子身子边扭边说："先吃，别管！这个舞邻村跳得好，咱不能输她们！"

城区，乡下，都有广场，都在舞蹈；乡下，城区，规模不同。但翩然起舞的身影里，欢快跃动的脚步中，前方，那摇曳的文明花束，却离得那么近。

如果，邀三两挚友居室品茗，显闲适，见性情，是美是雅；那么，聚群舞友伴乐而舞，何尝不是纯美真性？家的富有，源于国的强盛；人民幸福，来自社会和谐安宁。

来吧，朋友！广场诚邀您！舞吧，家乡！展示你舒心和乐的生活，舞出你青春靓丽的风韵！

茶仙捋髭颔首，好不欣慰：吾后人，与时俱进……

朱青岑 湖北省作家协会会员，任教于天门市拖市一中。

祝福堂

雪落长河

过去乡下的雪天有多冷，看我手背上的疤痕就略知一二。当然，冻伤也不单是冷的缘故。家里人要出工，无人照护孩子，只得交给湾里叫"拣爹"的瞎眼老人代管。哪里是管，就整天关在屋里，不让爬到塘堰淹死而已。夏天还好，只是光屁股蛋子舔灰吃鸡屎。冬天可就惨了，雪从那老宅的天井飘下，落在脸上和手上，红了，肿了，痒了，疼了，烂了。脓血渗出，白骨森森。也许当时我并不曾哭泣，不然为何那以后母亲常说我是牛魔王转世呢。

雪是幼时的棉花糖。抓一把捏成团，闻一闻，舔一舔。母亲说，憨，雪脏，吃不得！不说还好，一说倒提醒了，整团塞进嘴里，鼓起腮帮子跑开了。大人们也只是说说而已，并不顶真，或许他们自己也有疑问，都说雪里裹有灰尘，有这么白的灰尘吗？从未听说谁吃雪拉过肚子、感冒发烧的。口渴的时候，他们不也随手抓几把往嘴里塞吗？

母亲曾打过一个关于下雪的谜语："天上一笼统，井上黑窟窿，黄狗身上白，白狗身上肿。"上过几天私塾的母亲，不知道这是张打油的《咏雪》，并把"江上"说成了"天上"。那时人们兴之所至都爱来几句顺口溜，湾里的茂林，每逢下雪就扯起喉咙喊他的大作："鹅毛大雪飘，我在茅厕喵。风吹屁股冷，颈脖似水浇。"近日，待在老家抗疫，与茂林说起儿时旧事，他一脸茫然，笑答："作死吧，还作诗，我们种田打土块的，不想那洋心事。"

儿时过年必有雪，无雪不成年。初一的早晨，睁开眼就是看屋顶的那方亮瓦，如清亮无物，便十分泄气，捂了被子懒得起床；如半掩半亮，就叹一声，这点小雪，不够意思；如全掩昏暗，则大喜并吟诵："冬天麦盖三床被，来年枕着馒头睡。"那年的雪实在惊人，没了小孩的头，齐了大人的腰。开门一件事，不是扫雪、撮雪，应该叫挖雪，挖出一条壕沟，与左右邻居相连。父亲当时还不算老，童心不灭，在门前的禾场上挖起了迷宫，与我的想法不谋而合。第一个进入迷宫的是来拜年的"老爸爸"——父亲的得意朋友，早听笑声响，就是进不来。在禾场里转了好几个圈圈，才抵达门前。"老爸爸"跶着满脚雪泥，故作嗔怒："搞的什么名堂，不欢迎还是怎的！"父亲赶忙推卸责任："都是娃出的鬼主意。""老爸爸"随即大笑："好，好，瑞雪兆丰年，寻点乐子好！"湾里有户人家，为方便出行，兴师动众，把门前的雪全部移走，堆在禾场边上，形成一个硕大的雪堆。哪知前湾的"鬼老鸹"看到了，故作惊讶地说："哎呀，好大的一个新坟！"新年第一天被人往死里咒，这还怎么活！那户人家操了家伙，把"鬼老鸹"赶着打。好在那家人命硬，无病无灾，红红火火，否则，那可是杀死的冤仇。那年雪大且长久，今日下明日堆，加上气温低，连续两个多月才融尽。春风吹来的时候，麦苗一觉醒来，懒腰伸一伸，陡长七八寸，宽大肥厚的叶片如手掌一般，托起孩子们奔跑的脚尖……

有一段藏在套鞋里的雪，轻易不愿去触碰。去年夏天，几个在外的同学归来，专程踏访了母校——杜桥湖中学旧址，没寻见寸砖片瓦以及曾经的校园风水。荒草丛中，一个墓亭里立着几块方碑，刻着某富家祖先名讳及其孝子贤孙。炎炎烈日之下，我分明记起了那年的冬天。家距学校七八里，早去晚归，披星戴月。冰雪时节，没有帽子，没有围脖，没有手套，更没有雪地靴，一双浅浅的马鞍子套鞋，打满补丁。补丁容易脱皮，常有泥水渗入，即使补丁再牢固，也挡不住没脚的雪，鞋里总是湿漉漉的。有一种办法可稍稍缓解，就是在套鞋里塞稻草。牛可在稻草上取暖，脚会在"稻鞋"里麻木。这些都无所谓，并非不能忍受。让人不能释怀的，倒是一个令今日学子们捧腹的"笑话"。一天放学时，有几个同学在一起咬耳朵，隐约被我听到：据说学校到了几十本复习资料，不够人手一本，明天谁先到发谁。我暗自庆幸知道了这个信息。第二天上学比平常早了几个时辰，冒着漫天大雪向学校跑，一路摔了好几跟头，套鞋里积满雪水，裹脚的稻草早踩成了泥浆。学校操场前边是个长长的斜坡，路面冰雪打滑，须连滚带爬，手脚并用。终于第一个站到了班主任的寝室门前。很快，陆续又有几个同学排在了后面。过了不久，班主任起床洗漱，看到我们，有些诧异。大家说起复习资料的事，他停顿了一会儿说："复习资料只到了十多本，几个科任老师一拿就没有了。"他肯定地表示，下批资料很快就到，今天排队的保证人手一本。老师应该不会骗人的，我们抻长脖子等着。可直到那年高考结束，我都没有等到"下批资料"。那团塞满套鞋的雪，塞进了内心最深处，久久不能融化……

多年之后，我终于拿到了"下批资料"。那是我师范学校毕业，在一所乡村中学任教五年，准备报考成人高考的时候。二十世纪八十年代中期，新华书店一律悬挂毛体金字招牌，各类书籍琳琅满目，畅销非常。我第一眼就看见了那几本一寸来厚的"宝典"，当年曾在老师的寝室和极少数同学的书包里见到过。"秘籍"果然不同凡响，归纳严谨，选题精要，高中期间留下的知识障碍，一下子被打通了。成人高考试卷发下来，粗略浏览，所有题目似曾相识，感觉胜券在握。成考分数公布（百分制），语文93分，数学99分，总分超过录取分数线156分。三十而立，大学梦圆。迟到的春天，迟到的风华！那片藏在心底的雪早已消失在莺飞草长的阳春三月，消失在激情洋溢的三尺讲台。

我离开教育战线与雪有着不解之缘。一个大雪封门的早晨，老家乡镇的组织委员敲开了学校的宿舍门。段委员拍打干净身上的雪，从公文包里拿出一张干部调动表让我填写。他的手冻得通红，额头上的雪水滴在调动表上，他很快用棉袖擦去，好在纸张厚实，没留水渍。我没觉得太意外，只是没想到事情进展这么快。在学校工作久了，就想换个环境，换个工作试试。很有"世界那么大，我想去看看"的勇气，只是没有别人的决绝与潇洒，也就只是在封闭的小圈圈里转转而已。凭着年轻共产党员、学校团委书记、优秀班主任的萤火之光，凭着大学文凭和地市报刊征文获奖证书，就想到乡镇机关闯荡一番。听说家乡书记爱好文学，重视人才，就给他写了自荐信，并附上了自己的新作——描写故乡的散文《古韵新歌》。还真成了，还是速成，前后不到两个星期。

好事总归是好事，其发展变化也很精彩。第二天上午，所在学校乡镇组织委员冒雪来了。张委员直截了当地说："镇里缺党办秘书，你愿不愿意去？如愿意，今天就填表。"我也实在，回答没有拐弯抹角："从本心上讲，我愿意在本镇工作，只是调动表我不能填了，因为已经填了回老家工作的表，不然两张表送到市委组织部，我不就成了脚踏两只船的小人吗？"张委员倒爽快，说："只要你愿意，不填表也行，我们来操作。"大约十天之后，张委员就把组织部调令交到我手中。还记得那年与学生们元旦联欢的情景，在同学们热烈的掌声中，我健步走上舞台，激情朗诵了毛主席的《沁园春·雪》："北国风光，千里冰封，万里雪飘……"真可谓意气风发，气吞万里如虎！后来，当我打电话向老家书记致歉时，书记热情地对我说："你是一条藏在草丛中的大鱼，是我把你赶动了，好好干，不要辜负了我们的好意！"

好好干，莫辜负。十三年青春好年华，十三年奋斗摸爬滚打；爬格子点灯熬夜，锤钉子声嘶力竭；计划生育迎难而上，收粮派款斩钉截铁；体味了甜酸苦辣，尝试了人生百味。吾本布衣，一介书生。走得再快，也快不过风云变幻；走得再远，也走不出剑胆琴心。羁鸟恋旧林，池鱼思故渊。又是一个落雪的冬天，在市委考核专班年终考核座谈时，我提出了回归教育的想法。领导感到不可思议，别人都是要挑重担，百尺竿头更进一步，你怎么打起了退堂鼓？没什么，或许我更适合教育，或许教育更能赋予我人生丰厚的内涵。室内暖意融融，窗外白雪皑皑。我记起了柳宗元的《江雪》："千山鸟飞绝，万径人踪灭。孤舟蓑笠翁，独钓寒江雪。"

　　岁月流逝，鬓发飞霜，对雪的依恋日渐浓厚，可暖冬频频，雪迹难遇。今年春节因疫情待在乡下老家，在生计窘迫中遇到一场迟到的雪，也算是百无聊赖中的一剂调料。黄昏时分，踱到湾前的荷塘边。塘里枯梗稀疏，三三两两，在寒风里交头接耳，诉说着夏日的温暖。有被遗忘的莲蓬，探头探脑，鼓眼东张西望，等待着馋嘴的孩童。一只鸟飞来，无处落脚，翅膀一扇，很快消失在不远处的树丛里……

　　雪覆原野，雪落长河……

祝福堂　天门市作家协会会员，任职于天门市招生考试院。

诗

歌

敖 维

一滴水也疼 (外十首)

微笑

在一滴水的背面

为这一滴水

走进另一个世界

没有遇到你

也许

当我变成

一滴水的时候

我的夜晚

我的夜晚，走近你

内心隐秘

故事

挂在树梢

照亮一段
尘世里的路

一 颗 心

大年初一
把一颗心
贴在门上
一年后
它变成了门神

一 只 鸟

一只鸟
整理旧岁
安个新家
在一棵树的高枝上

一棵树醒了

一片原野醒了
江水的歌
才流上了枝头

夜雨听花

第一个喜欢
夜雨听花的人
是杜甫
我从小背他的诗
就落下了
雨夜听花的毛病
病症如花色
摘下一朵
就成了
一生的禅悟

年　关

那朵雪，虚构的
上下五千年

落下了
就是一个乡音
亮如灯盏
照亮的
只是一个归期

岁　月

数着日子
挑挑拣拣
快乐的时光就没了
数着日子
齿轮一般
没几圈
日子也就老了

乡村女教师

她走过
诵读经典的声音
课堂装在大袋子里

背来背去
很沉，很沉
沉重得胜过一座村庄
放下袋子
就放下了一串微笑

早　春

几阙杨花
悠悠地落在水面
伤心往事
一河的
杨柳表情
水被挟持着
空空荡漾
听一丝风的消息

都市小区里的树

不知年的老树
都说它来自大山

任时光在身上
再长出一片鳞甲
鳞甲里
再长出一个故事

深　秋

瞳孔，悠远宁静
凋零的暑热
注视
一枚苹果
红着脸，有些羞涩
满地庄稼裸露
黄得带劲儿
表白着内心
卡车
在纵横交错里
跑向冬天
从秋到冬
还有很长的一段路要走
一程没有归途的路

唐道明

走不出我的平原 (外四首)

大洪山南
襄河北边
这片广袤的平原
就是我世代栖居的家园

我骑行在大洪山边缘
这也是平原的北端
荆门、钟祥、京山、应城……
再往东就到了武汉

这片平原真大呀
跨过汉水
跨过长江
一直连接洞庭湖上
河湖密布，沟渠纵横
人间福地，鱼米之乡

我走过万里关山

我走过戈壁草原

我走过大漠雄关

我走过绿色江南

我走不出

我的平原

平原上那袅袅的炊烟

平原是河流与村庄的时光

平原上延续着鸡鸣狗汪

平原上传来锣鼓咚锵

平原上躬耕的人生

流转着一辈辈人的期望

平原上世代的欢乐

又把日月变长

我走不出我的

平原

大洪山南

襄河北边

我出生的地方

这 条 路

　　深秋时节，第三次重回团山。三十二年过去，弹指一挥间。
不胜唏嘘，感慨系之。

　　　　　这条路
　　　　　通向团山
　　　　　通向我曾经的学府
　　　　　天门师范
　　　　　路　蜿蜒凌乱
　　　　　岁月的风尘
　　　　　长满记忆的苔藓
　　　　　路的两旁
　　　　　蒿草连天

　　　　　路　是我找出来的
　　　　　从农舍的后院旁
　　　　　它本是一条宽阔的路呀
　　　　　路上有车来人往
　　　　　鼓乐喧天
　　　　　那是三十二年前

它还是把我带到了团山
昔日的校园
已是花果满山
这儿是过去的运动场
这儿是礼堂餐厅
这儿是教室宿舍
这儿是菜地农田
对照过去　我认不出你了
我的团山

望得见
山坡下层层的梯田
望得见稻菽翻金浪
望得见果树棉田绿成行
望得见这条路
通向
山的那一边

这条路
不是很短
也不很长

蒹 葭

冬钓汉江，沙洲上有芦苇生长，苍苍如林。或曰：此蒹葭也。汉水上游，正是古秦地，《国风·秦风》的故乡，《诗经》原来正是汉水滋润出来的绝唱啊。

蒹葭苍苍
白露为霜
汉水遗下这一湾水洼
曾写满了少年的忧伤

他是驾着秦岭山地的竹筏
他是赶着洒满春雨的杏花
他把竹筏停在这一片水洼
溯洄从之
溯游从之
秋风乍起
乱了薄裳

这里不是秦地
这里是汉水中游的平原

离秦地已经有了
千年的时光

我在《诗经》里眺望汉江
我在汉江边和伊人守望
一沓线装的残卷
一条经流不息的江水
在千百年的风雨历程中
相互依存
我不知道
它们究竟
是谁成就了谁

我放歌这段江上
蒹葭依然苍苍
思绪宛如穿越了千年时光
凝固在秋水汤汤的岸上
寂然的背影
在大片大片芦花的深处怅然独望
望不见的伊人
是否还立于秋风中
乌黑的长发和芦花一样飘荡

渔歌晚唱
雾霭茫茫

纱巾般的清风飘起
如烟的芦花漫天飞扬
飘进了落寞的眼眸里
一地苍茫，一抹残阳
依稀，谁在轻唱
蒹葭苍苍
秋水成殇

镰　刀

曾经，五月里
农民们用镰刀收割平原

沉睡了一个冬季
春天的镰刀
在五月里醒来

那是我的父亲母亲
还有我的姐妹兄弟

那把镰刀在不停地挥动
它以自己的坚韧和挚诚

收割望不到头的岁月
总有汗水
雨般洒落

总是以舞者的姿态出鞘
麦穗是躺你怀中的
另一群恣意的孩子
时间磨砺的齿口
锋芒毕露
或喜
或悲
写意着你端坐的表情

父亲在田埂上安静地睡去
他听到麦穗在田野里呓语
需要带它们回家

于是
镰刀睁开蒙眬的眼睛
踏着麦田的梦
在田野里奔跑
惊起一群贪婪的麻雀
飞向荒芜的天空
麦穗在风中放声大笑
躺进镰刀的怀抱

等待它脱去它们的衣裳

五月在燃烧
镰刀喝着主人的汗水
与麦田舞蹈
它又想起多年前的那个夜晚
通红的火炉旁
有一位老者
在火焰里用铁锤把它锻炼
它也是喝着那老者的汗水
望见了天外的曙光
已经是很多年前
它已然忘记了老者的模样

镰刀开始思念
远处的机器把田野荒凉

这 一 刻

这一刻
是旧年的除夕
是新年的子夜

这一刻
我被团圆的鞭炮声
惊醒
将囤积千年的老酒
一饮而尽

这一刻
千万挂鞭炮一齐炸响
千万张笑脸在尽情欢唱
千万颗童心在放飞梦想
千万架相机在嚓嚓闪光

这一刻
思绪
在酒精的燃烧下
向着黑夜加鞭
一路疯跑
说着胡话
守望
那盏心灯

这一刻
让我们尽情挥洒
抖落一年的风尘
这一刻

让我们把

蓄积一冬的热情

重新唤起

迎接新春的降临

举杯举杯

开心地举杯

一杯杯醇香的美酒

化作春天的一腔豪情

青山不改

绿水长流

人生有约

天地悠悠

相约明年

相约明年的这一刻

挂更大的红灯笼

燃更响的鞭炮

酿更香的屠苏酒

把明天的生活祝福

腾空的五彩焰火

映衬一副副红彤彤的对联

涂新法

我为少男少女们歌唱

——献给校园里的同学们

我亲爱的孩子们啊
我可爱的朋友们
你们可知道
我有一支歌
要为你们深情地歌唱

我歌唱你们年轻的生命
你们是清晨初升的太阳
你们是含苞欲放的花朵
带着清晨的露水
满含生命的朝气与芬芳
你们是初出清水的芙蓉
有着天然的清纯与风流
你们是初生的牛犊
你们是待哺的小虎
你们是早春二月枝头的蓓蕾
预报着三月锦绣春天的即将来临

你们是浩瀚长江的水之源头
孕育着未来壮阔汹涌的滔滔江流

我歌唱你们幸福的生活
那油一般光滑而乌黑的头发
不必刻意梳妆
就是世上最美丽的发型
那天然润泽的皮肤啊
无须什么增白露与护肤霜
那晶亮透明的眸子啊
闪烁着求知的光芒
年轻的父母
无微不至地把你们呵护
优秀的人民教师
呕心沥血地把你们培育
我歌唱你们的聪明与精灵
我歌唱你们的温柔与文静
我歌唱你们的热情与上进
我歌唱所有少男的健康和力量
我歌唱所有少女的美丽与活泼

三尺讲台
承载着我的青春、信念和梦想
一根粉笔
书写着我的歌声、意志和希望

两袖清风

染白了我的黑发，削弱着我的健康

岁月的长河里

渡过少男少女

一拨又一拨

迎来快乐天使

一群又一群

是你们让我的生活

总是一样的新鲜、明朗和芬芳

快乐着你们的快乐

悲哀着你们的悲哀

你们的成长是我的欣慰

你们的进步是我的骄傲

三生石上

早就写满了我们

今天的缘分

我亲爱的孩子们啊

我可爱的朋友们

你们给了我不尽的快乐和人生的寄托

我要为你们深情地歌唱

唱一支心底里的歌

涂新法 天门市作家协会会员，任教于天门市实验初级中学。

朱青苓

小麦熟了 (外五首)

五月
金黄比翠绿更叫人欢欣
古铜悠远，太阳热烈
归在同一色系

金黄的小麦
用自己谦逊的秉性
低下头，深沉地怀想
热汗洇透的季节
镰刀把日子磨得锃亮
走不出生了锈的记忆

颗粒兴高采烈
鼓胀起满腹的期盼
绕着机车风风火火
追逐香甜
奔出好远好远

风景依旧

多年后，再来看山川
水仍旧山依然
可忘不掉
自己曾对着山水
发出惊叹

早已修好的栈道　就在江边
累了的小渔船歇着
扬起几块帆布的桅杆
江风飘远了它的记忆
还想打捞沉淀的故事

信步栈道
感觉不是在江边
也少了惊叹
低头　灵动的依旧是水
抬眼　沉稳的仍然是山

一只花钵

富贵花的图案相伴
花钵努力盛满阳光
给一株活泼的月季

阳光殷勤，雨水也懂事
春天一来，月季迫不及待
撩起绿衣，大大方方抖靓
整月缤纷的心事

秋天还没到
月季怂恿一枚枚尖刺
恹恹挤进阳光的缝隙
让叶儿抛下思念
竟瘦得不再言语

雨水再唠叨，了无新意
花钵四下找寻赞语
仰头，那个大太阳
调稠了叶绿素泼洒
月季好顽皮，伸长了手臂

离山水很近

——游清江画廊偶感

随大船上成簇的游人
我与山水靠近了
山葱茏冷峻，想必若干年
峭壁荆棘叠加
揣了永恒的憧憬

风儿沁凉，清流无意间
润湿了舱内的躁动
我隐约捉到了船身外奔涌的遐思

山峰若喜欢我
我会不会穿越荆棘爬过峭壁
去诚心回应
江水若疼爱我
我该不该跃入那清流
享受一次耳热心跳的拥吻

我就想，我离山水
很近，很近

雨夜江边漫步

灯光从夜的眼睛里走来

也把秋雨擦亮

夜行的伞不睬秋雨

黏着缓缓的脚步

看灯光在江水里流淌

亮光把江面烘暖

大小船只精神抖擞

去自己要去的地方

恼人的秋雨

秋高气爽，都喜欢的语句

秋，精心装扮了田野丰满的希冀

大豆鼓胀的情愫想对太阳诉说

稻子对土地表达沉甸甸的感激

一向乖巧的秋雨，忘情亲吻着土地
毫不顾忌农人的眼神
积攒了春夏的热情，心头的笑意
都被拥紧
搅得太阳没了心思

花生早憋不住，发芽透了口气
那些熟透的思念霉变成记忆
匍匐状无声叹息
一柄柄残荷挺着愁怨

怎么能堵住天空的缝隙
四季就有温情的风雨